A MULHER EM SILÊNCIO

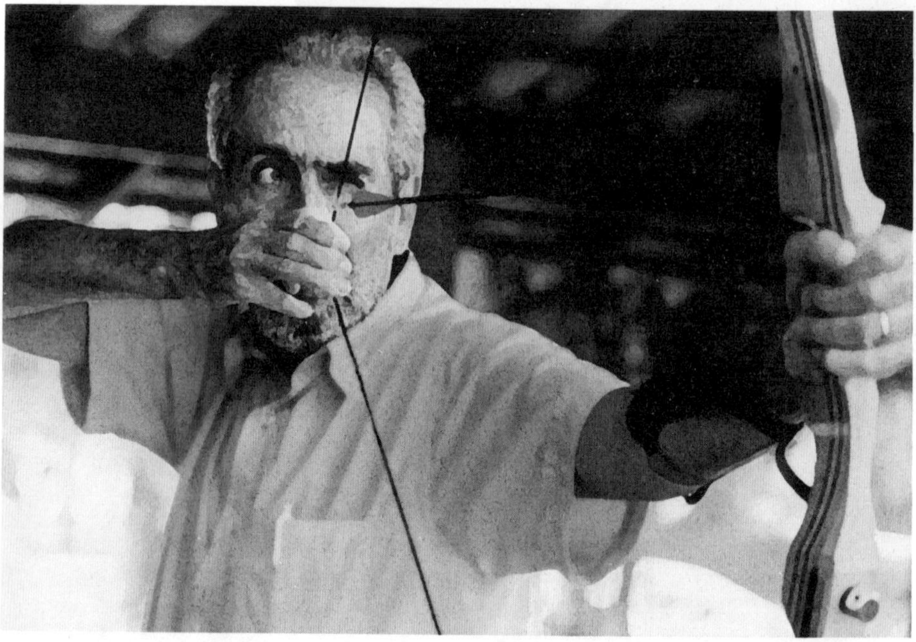

O Arqueiro

Geraldo Jordão Pereira (1938-2008) começou sua carreira aos 17 anos, quando foi trabalhar com seu pai, o célebre editor José Olympio, publicando obras marcantes como *O menino do dedo verde*, de Maurice Druon, e *Minha vida*, de Charles Chaplin.

Em 1976, fundou a Editora Salamandra com o propósito de formar uma nova geração de leitores e acabou criando um dos catálogos infantis mais premiados do Brasil. Em 1992, fugindo de sua linha editorial, lançou *Muitas vidas, muitos mestres*, de Brian Weiss, livro que deu origem à Editora Sextante.

Fã de histórias de suspense, Geraldo descobriu *O Código Da Vinci* antes mesmo de ele ser lançado nos Estados Unidos. A aposta em ficção, que não era o foco da Sextante, foi certeira: o título se transformou em um dos maiores fenômenos editoriais de todos os tempos.

Mas não foi só aos livros que se dedicou. Com seu desejo de ajudar o próximo, Geraldo desenvolveu diversos projetos sociais que se tornaram sua grande paixão.

Com a missão de publicar histórias empolgantes, tornar os livros cada vez mais acessíveis e despertar o amor pela leitura, a Editora Arqueiro é uma homenagem a esta figura extraordinária, capaz de enxergar mais além, mirar nas coisas verdadeiramente importantes e não perder o idealismo e a esperança diante dos desafios e contratempos da vida.

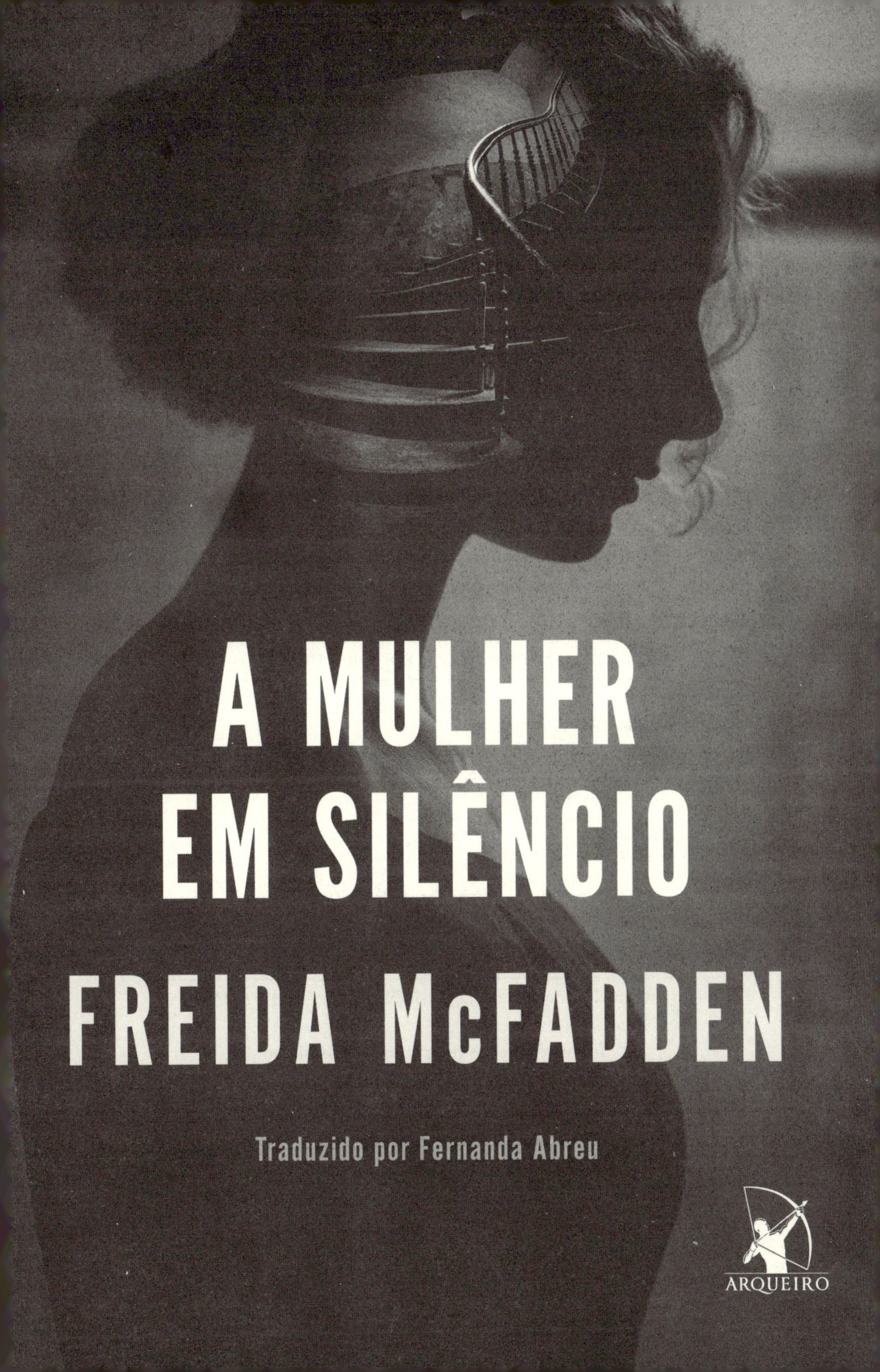

A MULHER EM SILÊNCIO

FREIDA McFADDEN

Traduzido por Fernanda Abreu

ARQUEIRO

Título original: *The Wife Upstairs*

Publicado originalmente em inglês em 2020 pela Hollywood Upstairs Press.

coordenação editorial: Taís Monteiro
produção editorial: Ana Sarah Maciel
preparo de originais: Karen Alvares
revisão: Pedro Staite e Taís Monteiro
diagramação: Guilherme Lima e Natali Nabekura
capa: Raul Gastao
adaptação de capa: ©Magdalena Russocka | Trevillion Images (mulher); ©Jaroslaw Blaminsky | Trevillion Images (escada)
impressão e acabamento: Lis Gráfica e Editora Ltda.

CIP-BRASIL. CATALOGAÇÃO NA PUBLICAÇÃO
SINDICATO NACIONAL DOS EDITORES DE LIVROS, RJ

M144m

McFadden, Freida
A mulher em silêncio / Freida McFadden ; tradução Fernanda Abreu. - 1. ed. - São Paulo : Arqueiro, 2026.
320 p. ; 23 cm.

Tradução de: The wife upstairs
ISBN 978-65-5565-920-7

1. Ficção americana. I. Abreu, Fernanda. II. Título.

CDD: 813
25-100668.0 CDU: 82-3(73)

Gabriela Faray Ferreira Lopes - Bibliotecária - CRB-7/6643

Editora Arqueiro Ltda.
Rua Artur de Azevedo, 1.767 – Conj. 177 – Pinheiros
05404-014 – São Paulo – SP
Tel.: (11) 2894-4987
E-mail: atendimento@editoraarqueiro.com.br
www.editoraarqueiro.com.br

Para minha família

UM

Outubro de 2019

Se eu tivesse hesitado por alguns segundos sequer, tudo teria sido diferente.

O rosto dela teria ficado azulado aos poucos. Ela teria desabado no chão com os pulmões clamando por oxigênio. Uma ambulância teria chegado, tarde demais. Haveria uma ida ao hospital. Ou quem sabe direto para o necrotério. Depois, ligações para parentes: um marido, uma filha, um filho.

Nunca fiz nada heroico na vida. Acredito que o mais próximo disso tenha sido um gato que eu costumava alimentar numa rua perto do meu prédio. Mas não tenho certeza se alimentar um gato de rua conta como heroísmo. Além do mais, fiquei sabendo que ele mordeu uma pessoa, então talvez eu tenha apenas sido cúmplice de um felino mal-humorado.

Mas hoje, sentada a uma mesa junto à parede numa pequena lanchonete, tranquila depois do movimento inicial de clientes da manhã, vejo a idosa da mesa em frente à minha arquejar em busca de ar. No começo, ela tosse. Então para de tossir e não fala nada. Segura a própria garganta do mesmo jeito que a pessoa no cartaz que ensina o que fazer quando alguém se engasga.

Olho em volta, agitada, na esperança de achar alguém que saiba o que fazer. Sinto o estômago revirar; estou praticamente sozinha na lanchonete. Além de mim, tem só um homem de terno, e ele está bem lá no fundo, olhando o celular. A garçonete não está em nenhum lugar visível.

Se eu não ajudar essa mulher agora, vai ser tarde demais. Ela vai morrer.

Aprendi a manobra de Heimlich numa colônia de férias quando tinha 13 anos. Kevin Malone treinou em mim, e fiquei tão entusiasmada com o fato de ele estar me tocando que foi quase impossível me concentrar no que estava aprendendo. Mas não é muito difícil. É só abraçar a vítima do engasgo, fechar o punho logo abaixo do esterno, então apertar. Com força.

Empurro a xícara de café para longe e me levanto em um pulo. A mulher é minúscula e deve pesar uns 40 quilos no máximo. Eu a levanto da cadeira com facilidade e abraço seu peito frágil. Então, faço força para cima. Uma. Duas. Três vezes.

Não é nem de longe tão divertido quanto da vez que treinei com Kevin Malone.

Bem na hora em que começo a ficar com medo de não estar dando certo, um pedaço de salsicha sai voando da boca da mulher. Ele aterrissa na mesa com um baque úmido, bem ao lado do prato de ovos.

Salvei a vida dela. Pela primeira vez na vida, sou uma heroína.

– Pelo amor de Deus, qual é o seu *problema*? Ficou maluca?

Pensei que a mulher fosse me agradecer nesse momento, toda chorosa. *Muito obrigada por ter salvado a minha vida. Como posso te recompensar?* Mas, em vez disso, ela não está muito grata. Na verdade, esse é o maior dos eufemismos. Ela está me fuzilando, cheia de rancor nos olhos azuis marejados enquanto sua papada treme de raiva.

– Você tentou me atacar! – berra a mulher enquanto se segura na mesa para se equilibrar.

Ela então pega a xícara de café pela metade e atira o conteúdo na minha direção. Por sorte, o café já foi servido há um tempo e não está mais quente. Porém, como era de se esperar, continua *líquido*. Fico ensopada.

– A senhora estava engasgando – balbucio.

A mulher bufa como se nunca tivesse escutado nada mais ridículo em toda a sua vida.

– Eu estava *bem*. Só tinha engolido um pouco de água pelo lugar errado! Você me *atacou*! Eu estava quieta, e do nada você me agarrou!

A garçonete de meia-idade finalmente sai da cozinha. Vem direto até nós, sem fazer qualquer esforço para disfarçar a exaustão nos olhos castanhos injetados. Parece estar no fim de um turno movimentado e, pela cara, preferiria estar em qualquer lugar que não ali, lidando com aquela situação. Ela enxuga as mãos na calça jeans.

– Algum problema? – pergunta, com uma voz rouca.

– Sim! – A velha pega sua bolsa rosa abarrotada e a aperta junto ao peito. – Essa moça acabou de me atacar e tentou roubar minha bolsa.

Roubar a bolsa dela? Essa mulher não pode estar falando sério!

– Eu não...

– Acho que ela quebrou minha costela. – A mulher geme e leva a mão ao próprio flanco. – Preciso que a senhora chame a polícia.

A polícia? Meu Deus, isso não pode estar acontecendo...

– Ela estava engasgando... – digo, sem forças.

A velha me fuzila com os olhos.

– Diga à polícia que eu quero prestar queixa – sibila ela. – Vou garantir que você passe um bom tempo na cadeia.

Agora quem está engasgando sou *eu*. Ela não vai prestar queixa por eu ter salvado a vida dela, vai? E não tenho como pagar por um advogado. Minha conta bancária no momento só tem teias de aranha.

Alguém pigarreia atrás de mim. Viro a cabeça com um tranco, e é o homem de terno que estava sentado no outro canto da lanchonete. Ele se levantou e está em pé atrás de mim.

– Com licença – diz ele. – Eu vi tudo.

Os olhos da mulher se iluminam.

– Eu tenho uma testemunha, então! O senhor viu essa moça horrorosa me atacar!

– A senhora estava engasgando, sim! – grito pelo que parece ser a centésima vez.

Ela segura o próprio peito e geme.

– Acho que estou com um pulmão perfurado! Provavelmente é melhor chamar uma ambulância.

Solto um arquejo involuntário.

– Ambulância?

– O senhor é minha testemunha – diz a mulher para o homem. – Viu como ela me atacou, não viu?

Ele olha para mim com uma sobrancelha erguida, e eu só consigo balançar a cabeça.

– Não, eu vi como ela salvou a sua vida – replica ele. – A senhora estava *engasgando*. Teria morrido.

Ela arregala os olhos.

– O senhor está inventando isso!

– Não estou. – A voz dele é equilibrada, sem deixar espaço para argumentação. – Ela salvou a sua vida. A senhora estaria morta se não fosse por ela. Deveria *agradecer* a essa moça.

A mulher olha alternadamente para nós, e as rugas em seu rosto ficam sombrias.

– Ah, entendi. Vocês dois estão mancomunados!

O homem se vira para a garçonete.

– Não houve ataque nenhum. Não precisa chamar a polícia.

De repente, me ocorre que o homem é bastante atraente, e não só por estar me defendendo. Ele tem um cabelo castanho bem cheio, olhos verdes vívidos, e, além disso, o tal terno lhe cai muito bem. Não costumo reparar nesse tipo de coisa, mas é difícil *não* reparar.

– Eu fui atacada! – exclama a velha, embora dessa vez as palavras saiam com menos convicção.

A garçonete mal parece estar conseguindo reprimir um bocejo. Fica evidente que gostaria que esse tormento terminasse para poder se sentar.

– A senhora quer que eu chame uma ambulância ou...?

– Não precisa! – responde a velha, ríspida.

Apesar do pulmão supostamente perfurado, ela sai da lanchonete batendo os pés, levando a bolsa cor-de-rosa gigante, e, ao atravessar a rua depressa, quase é atropelada por um táxi. Até onde posso ver, não se deu ao trabalho de pagar a conta. A garçonete suspira e recolhe da mesa o prato que ela deixou pela metade e também o pedaço de salsicha que quase a matou.

– Ei. Quanto ela ficou devendo? – pergunta o homem para a garçonete.

A mulher baixa os olhos para o prato.

– Incluindo o imposto, uns 7 dólares.

Ele lhe passa uma nota de 20.

– Pode ficar com o troco.

Enquanto a garçonete desaparece na cozinha, baixo os olhos para minhas roupas. Hoje de manhã vesti uma blusa de botão rosa recém-passada e uma saia lápis cinza, porque vou à minha primeira entrevista de emprego desde que fui demitida duas semanas atrás. Não é nada muito incrível, só uma vaga de bartender, mas preciso dela… e muito.

Só que agora tenho uma blusa ensopada com uma mancha marrom-escura no peito. Não posso ir a uma entrevista de emprego assim. Pareço uma desleixada. Minha única alternativa de verdade é ir para casa e me trocar. Mas a minha entrevista é daqui a…

Quinze minutos. Droga.

Sou nova nesse negócio de salvar a vida das pessoas. Será que tudo sempre acaba desse jeito estranho? Mas, pensando bem, eu não deveria me espantar. Tudo dar errado de maneira inesperada parece ser um padrão na minha vida. Nem deveria mais ser inesperado.

O homem está olhando para mim com as sobrancelhas franzidas.

– Tudo bem com você?

– Tudo. – Volto a olhar para minha roupa arruinada. – Tudo ótimo. Melhor, impossível.

Ele só me encara. Não sei o que esse cara tem, mas algo no jeito como me olha faz com que eu queira desabafar com ele.

Ou arrancar minhas roupas. Ele é *mesmo* bem gostoso. E já faz um tempo que estou na seca. *Muito* tempo. Acho que da última vez, o presidente ainda era outro. Kevin Spacey ainda era um ator de respeito. Brangelina ainda era um casal feliz.

– Eu tenho uma entrevista de emprego agora – admito. Dou um puxão na blusa ensopada de café. – *Tinha* uma entrevista de emprego. Não sei se vai correr bem. Na verdade, acho que eu nem deveria mais ir.

Ele arqueia as sobrancelhas.

– Você está procurando emprego?

Dou de ombros.

– É. Mais ou menos isso.

Na verdade, estou procurando desesperadamente. O proprietário da minha quitinete me informou ontem que, se eu não acertar o aluguel até sexta, vai haver um aviso de despejo na minha porta. E aí vou ter que ir morar numa caixa de papelão na rua, porque essa é a minha próxima opção.

– Que tipo de emprego era?

– Bom, esse era de bartender. – Num bar de má reputação, que me pagaria um salário mínimo. – Mas… enfim, é isso que temos pra hoje. A essa altura…

Paro de falar antes de dar a entender o quanto estou desesperada. Afinal, esse sujeito é um desconhecido. Não vai querer ouvir minha história de vida deprimente.

Ele abre um sorriso contagiante que revela uma fileira de dentes brancos e retos. Como meus pais não tinham como bancar um aparelho, tenho dois incisivos tortos que me causam um enorme constrangimento. Meu sonho, se algum dia tiver dinheiro suficiente, é consertá-los. Só que isso não vai acontecer a não ser que eu ganhe na loteria. E nem pelo bilhete eu tenho como pagar.

– Você acredita em destino? – pergunta ele.

Inclino a cabeça, confusa. Se eu acredito em *destino*? Que espécie de pergunta é essa? Parece o tipo de pergunta que apenas alguém que teve uma vida muito boa poderia fazer. Porque as cartas que tirei até agora foram todas ruins. A começar pelos meus pais. E depois Freddy. Se existir destino, tudo que posso dizer é que ele não gosta muito de mim.

– Eu vim à cidade hoje pra uma entrevista – prossegue o sujeito, sem esperar para ouvir minha resposta. – Na verdade, eu ia entrevistar uma pessoa. Aqui mesmo, nesta lanchonete. Só que ela não apareceu. Então…

Eu o encaro. Será que ele está dizendo mesmo o que acho que está?

– Que tipo de emprego?

– Bom, é… – Ele hesita, então meneia a cabeça para a mesa nos fundos. – Escuta, por que você não vai se limpar e depois a gente conversa? Eu te pago uma xícara de café… Pelo visto, você está precisando. – Ele sorri para mim. – Meu nome é Adam, aliás. Adam Barnett.

– Sylvia Robinson.

– Prazer em te conhecer, Sylvia.

Ele me estende a mão, e eu a aperto. Tem um aperto de mão agradável. Quente, firme, mas não como se estivesse tentando esmagar os ossos da minha mão. Aliás, por que alguns homens apertam a mão da gente assim? O que eles estão tentando provar?

É claro que nessa hora eu reparo que minha mão também está toda grudenta de café. Hoje definitivamente não é o meu dia. Mas Adam não limpa a mão na calça quando acabamos de nos cumprimentar; ele não parece nem um pouco preocupado com o meu estado.

– Então, o que me diz? – pergunta ele.

– Eu, é…

Não sei por que estou hesitando. Trabalho é trabalho. E esse homem parece razoavelmente simpático. Ele me defendeu quando aquela mulher quis chamar a polícia. E pagou a conta dela para a garçonete não sair no prejuízo. Estou precisando muito de um emprego, e essa é a minha única chance no momento. Além do mais, eu bem que tomaria um bom café quente depois da manhã que estou tendo.

Mas, por algum motivo, não consigo me livrar de uma sensação ruim bem lá no fundo.

Certa vez li que, antes de as pessoas sofrerem enfartos quase fatais, elas têm um mau presságio. Descrevem uma sensação de peso antes mesmo de a dor no peito começar, como se o mundo estivesse a ponto de acabar. É um fenômeno descrito com frequência, que ninguém consegue explicar. Mas, quando alguma coisa terrível está prestes a acontecer, as pessoas *sabem*.

E quando olho para Adam Barnett, por um instante é essa a sensação que eu tenho.

Um mau presságio.

Como se algo terrível fosse acontecer se eu for atrás dele até a mesa dos fundos.

Só que isso é ridículo. Já tive meu quinhão de má sorte ao longo da vida, por isso desconfio de tudo. Não acredito em destino nem em premonições. Acredito é que vou ficar sem ter onde morar daqui a alguns dias se não conseguir algum dinheiro. Então preciso agarrar essa chance.

– Tá bom – digo. – Vou lá me limpar e te encontro na mesa.

DOIS

É ainda pior do que eu pensava.

Fico mal ao me olhar no espelho do banheiro. Sabia que estava com a blusa manchada de café, mas não tinha me dado conta do quanto. A maior parte está bem na frente, como se alguém tivesse me dado um tiro e, em vez de sangue, meu corpo tenha produzido café, mas há respingos nas mangas, na gola e até na saia. Um desastre total.

Ao inspecionar mais a fundo, vejo que inclusive há alguns respingos marrons no meu pescoço e no meu queixo, e, no esforço de executar a manobra de Heimlich, meu cabelo loiro-acinzentado se soltou um pouco do coque torcido complicado que aprendi a fazer num tutorial do YouTube. Removo os grampos e solto o cabelo, sabendo que jamais vou ser capaz de recriar o penteado sem o passo a passo de Yolanda, a Guru do Cabelo.

Abro a torneira da pia. A água está um gelo, claro. Aguardo alguns segundos até ela esquentar, mas não estou com sorte hoje. Em vez disso, preciso molhar o rosto com a água gelada mesmo. Infelizmente, isso faz meu rímel vagabundo escorrer como se eu fosse a Noiva do Frankenstein, então preciso tirar tudo. Eu usava bem mais maquiagem preta nos olhos quando era mais nova, mas ainda uso bastante, e sem ela fico com um aspecto pálido e sem graça. Mas não trouxe nenhuma maquiagem na bolsa, então não há muito que eu possa fazer no momento.

Começo a jogar água na blusa. Eu a comprei semana passada num saldão de roupas na internet, que a anunciava como uma "camisa social salmão". Só que ela está menos para "salmão" e mais para "rosa-choque". O rosa é tão berrante que chega a fazer meus olhos doerem. Pareço saída de um videoclipe dos anos 1980. Faltam só as polainas, o elástico no cabelo e as ombreiras.

Consigo tirar a maior parte da mancha marrom, mas agora estou cheia de manchas escuras de água. Além do mais, está ficando cada vez mais óbvio que o tecido molhado fica transparente.

Mas o que posso fazer? Não tenho uma blusa extra na bolsa. Talvez ela seque no caminho até a mesa. E quem sabe uma blusa parcialmente transparente não seja a pior coisa do mundo na minha situação atual.

Antes de sair, pego na bolsa um batom vermelho. Passo uma nova camada que dá uma animada no meu rosto pálido.

Pronto. Vai servir.

A lanchonete é apertada, e Adam conseguiu uma mesa colada na parede com lugar só para duas pessoas. Ele já pediu o café, e há uma xícara à minha espera do lado desocupado da mesa. Os olhos dele se iluminam quando me vê, e ele faz um gesto para eu me sentar.

– Pedi um café pra você. Espero que esteja tudo bem. Tem creme e açúcar na mesa.

Eu me acomodo no assento.

– Eu tomo puro.

Amargo e puro. Só tomo café assim.

– Eu também. – Adam ergue sua xícara e sorve um bom gole. – Que dia, não?

Assinto. Sei que *eu* tive um dia de merda. Mas não sei que tipo de dia ele teve até aqui. Será que está se referindo à pessoa que deveria ter entrevistado e não apareceu? Algo na expressão dele me leva a pensar que é mais do que isso, mas acho que perguntar seria passar do limite. Não quero ser grosseira, principalmente agora que estou contando com o cara para continuar tendo um teto sobre a minha cabeça.

– Quer comer alguma coisa? – indaga ele. – Por minha conta.

Estou faminta. No momento, estou fazendo a dieta da pobreza. Tudo o que comi no café da manhã hoje foi uma banana. Jantei espaguete todas as noites na última semana, o que significa que só precisei comprar uma caixa de macarrão e uma lata de molho de tomate, um total de 5 dólares e 39 centavos. Mas a última coisa que quero fazer é me empanturrar na frente de um potencial patrão, que por acaso também é um gato. O café vai ter que bastar.

– Não, obrigada.

Ele mexe o café com uma colher, apesar de não ter posto nem creme, nem açúcar. Com a outra mão, dá um puxão na gravata. Não sei por que está com uma cara tão nervosa. É *ele* quem está me oferecendo um emprego. Com a economia do jeito que anda, qualquer um que ofereça um emprego parece estar bastante bem de vida. Quem está prestes a ficar sem teto sou eu.

Mas também não sei do que se trata essa vaga. Vai ver é algo bem horrível. Tento imaginar um trabalho que não estivesse disposta a fazer por um salário razoável. Eu limparia privadas. Tiraria a neve para ele no dia mais frio do inverno. Colocaria o lixo dele para fora.

Mas não *comeria* o lixo dele. Se fosse esse o trabalho, eu não aceitaria. Suponho que seja esse o meu limite. Comer lixo.

– Então, tenho certeza de que você quer ouvir sobre a vaga – diz ele por fim. – Direto ao ponto, certo?

– Bom...

Ele sorri de lado.

– Você trabalharia pra mim... na minha casa. Bom, tecnicamente trabalharia pra minha esposa.

– Ah! – exclamo.

Mas o que estou pensando mesmo é: *ah*.

É claro que ele é casado. Um bonitão de 30 e poucos anos, que fica ótimo de terno. É *claro* que é casado. Esses caras nunca estão solteiros. Não tinha reparado na aliança, mas, a bem da verdade, eu estava distraída.

No fundo, isso é bom. Porque, se ele tiver mesmo um emprego para mim, a última coisa que eu deveria fazer é embolar o meio de campo com uma paquera sem futuro. Além do mais, sou muito ruim de flerte. Se ele tiver um casamento feliz, isso será carta fora do baralho. E vou poder me concentrar no emprego novo e em recolocar minha vida nos trilhos.

Levo um segundo para dar uma olhada na mão esquerda dele, e de fato:

ali está a aliança de casamento simples, de ouro branco. Como foi que deixei isso passar?

Tomo um gole de café e estremeço de um jeito bem parecido com o dele. Nossa, que café forte.

– Sua esposa?

– É. – Ele brinca com a aliança e a faz girar em volta do anelar. – A Victoria teve... Ela ficou doente.

Sinto um aperto no peito.

– Eu não tenho nenhuma formação de cuidadora...

– Ah, nem precisaria ter. – Ele toma outro gole de café. – Ela tem uma enfermeira pra ajudar de manhã. E à noite tem a mim. Mas quando estou no trabalho quero alguém que faça companhia pra ela.

Ela tem uma enfermeira que vai todo dia? Então deve estar bem doente. Apesar de estar morrendo de vontade de perguntar o que aconteceu com ela, sinto que isso poderia ser uma indelicadeza. E ele não está dando nenhuma informação. Se quisesse que eu soubesse, iria me contar. Se eu aceitar o emprego, é provável que descubra.

– Ela passa o dia inteiro sozinha – explica ele. – Eu trabalho de casa, mas não consigo ficar com ela 24 horas por dia. Só quero alguém pra ficar com ela. Quem sabe ler um pouco pra ela. Fazer companhia durante as refeições. Só pra ela ter uma amiga.

– Está me contratando pra ser amiga da sua esposa? – pergunto num rompante, antes de conseguir me conter.

As orelhas de Adam ficam ligeiramente rosadas.

– Bom, quando você coloca dessa forma...

– Desculpa – digo depressa. – Eu não deveria ter dito isso. O que você tá fazendo pela sua esposa é muito... gentil. Você não quer que ela se sinta sozinha.

E estou sendo sincera. Não sei qual é o problema com a esposa do cara, mas ele obviamente se importa com ela. Está disposto a pagar alguém para ficar com ela enquanto ele trabalha. Se alguma coisa acontecesse comigo, eu provavelmente acabaria indo parar numa casa de repouso ou algo assim.

– Você falou que trabalha de casa – digo. – Que tipo de trabalho você faz?

Imaginava que ele fosse dizer que trabalha com computação, uma vez que é isso que a maioria das pessoas que trabalham de casa parece fazer. Mas ele me surpreende.

– Sou escritor.

– Tá de brincadeira?! – Tomo um gole do meu café. – Alguma coisa de que eu teria ouvido falar?

Ele dá de ombros.

– Talvez.

Não leio muito, então ele poderia ser um autor de sucesso e eu nem saberia. É de se esperar que seja razoavelmente bem-sucedido, se tem como me pagar para ser amiga da esposa dele. Ou então tem uma boa herança. Ou quem sabe o dinheiro seja de Victoria.

– Enfim… – Ele passa uma das mãos pelo cabelo escuro. – Tem mais uma coisa relacionada ao trabalho.

Sinto que lá vem o "porém". Deixa eu adivinhar: preciso fazer minhas obrigações completamente nua.

– Que coisa?

– Não é aqui.

– Não é… aqui?

– A Victoria e eu moramos em Long Island.

Franzo o cenho.

– Onde em Long Island?

– Bem longe.

– Tipo os Hamptons?

– Montauk.

Reprimo um grunhido. Montauk fica na outra ponta de Long Island. Tipo, o mais longe que dá para ir antes de chegar ao Atlântico. Eu levaria mais de duas horas para chegar lá de carro saindo da minha quitinete no Brooklyn. E isso se eu tivesse carro, o que não é o caso. Acho que eu poderia pegar o trem, mas nem consigo imaginar quanto tempo levaria.

– É uma viagem meio longa – reconheço. – E eu não tenho carro.

– Certo. – Ele torna a mexer o café. – É por isso que… quer dizer, se você aceitasse o emprego, poderia morar lá em casa. Sem pagar aluguel, claro. E poderia usar o carro da Victoria pra tudo que precisasse.

Meu queixo cai. Não imaginava que ele fosse propor isso. Faz sentido, claro. Quem mora em Montauk não pode esperar que alguém em Manhattan vá trabalhar na sua casa a menos que ofereça moradia.

– Que generoso – comento.

Ele torna a abrir o mesmo sorriso de lado.

– Tenho andado muito ocupado com o trabalho ultimamente, e detesto pensar na Victoria passando o dia inteiro sozinha. Preciso encontrar alguém antes de o inverno chegar. Com a neve vai ser bem mais difícil marcar entrevistas.

Esse emprego resolveria todos os meus problemas. Eu teria dinheiro entrando. Um lugar para morar. Poderia começar a sair do buraco em que entrei por causa das minhas despesas médicas. Poderia começar de novo. Seria incrível.

Só que, por algum motivo, cada pedacinho de mim implora para eu dizer não. É a mesma sensação de mau presságio iminente que tive antes. Se eu aceitar esse emprego, se for morar nessa casa em Montauk, algo terrível vai acontecer comigo.

Não só terrível. Pior do que terrível.

Não posso aceitar.

– A gente provavelmente deveria falar sobre salário – diz ele.

Dou um pigarro. De nada adianta continuar essa conversa. Preciso dizer isso a ele.

– Escuta, Adam...

– Mil e quinhentos dólares por semana seria razoável?

Meu queixo cai novamente. Ele está falando *sério*? Não tem como. Ele vai me dar um quarto de graça *com* as refeições *mais* tudo isso por semana para ficar de bobeira com a esposa dele? Como é que ele tem dinheiro para me pagar tanto assim? Parece bom demais para ser verdade.

Mas, se for verdade, esse dinheiro vai mudar a minha vida.

– E a gente pode fazer um plano de saúde também – acrescenta ele, depressa. – E você pode folgar aos domingos. E... duas semanas de férias? É suficiente? – Ao ver minha expressão, ele se corrige. – Três. Três semanas de férias.

Acho que vou engasgar de tão feliz.

Não há motivo algum para não aceitar esse emprego. Sim, meu instinto está me dizendo para recusar. Mas e daí? Freddy costumava me dizer que eu vivia achando que alguma coisa ruim ia acontecer comigo. *Sylvia Baixo--Astral.* A bem da verdade, porém, eu muitas vezes tinha razão. Coisas ruins *de fato* aconteceram comigo. Eu me dei mal tantas vezes que faz sentido desconfiar de uma oportunidade que parece boa demais para ser verdade.

Mas esse emprego é uma chance de dar a volta por cima.

– Quando você precisa que eu comece?

TRÊS

A viagem de trem até Montauk não acaba nunca.

Adam se ofereceu para vir me buscar e me levar de carro até lá, mas não consegui, em sã consciência, obrigá-lo a dirigir seis horas, e depois mais outras seis para me levar em casa e voltar. Se ele dirigisse doze horas por minha causa, eu me sentiria obrigada a aceitar o emprego. Tipo quando um cara paga um jantar com lagosta incluída num encontro e você fica com a sensação de que deve alguma coisa a ele.

Não que eu tenha muitos encontros. Isso acabou para mim até pelo menos o resto desta década.

Então estou a bordo do trem, e Adam prometeu me reembolsar o valor da passagem de ida e volta. Consegui um assento na janela sozinha, o que não foi muito difícil, considerando que estou viajando no contrafluxo, e além do mais tenho quase certeza de que ninguém faz essa viagem diariamente até lá. Estou com meus fones de ouvido, mas desliguei a música para me concentrar na paisagem. No começo, foram muitas casas e prédios. Depois, menos casas e menos prédios. Depois, só casas. Agora, é quase só verde.

E ainda tenho uma hora de viagem pela frente.

Pego o celular para encontrar alguma distração pelo restante da viagem. Há uma mensagem de texto de Freddy na tela bloqueada. Troquei de número, mas ele de alguma forma conseguiu descobrir o novo. Um de nossos amigos em comum deve ter passado. Mas ele não mudou o dele, de modo que reconheço o número mesmo sem o nome na tela:

Por favor, me dá outra chance. Por favor, Sylvie.

Bufo olhando para o telefone. A essa altura, Freddy já não deveria mais estar pensando que algum dia vou lhe dar outra chance. É por causa dele que estou me despencando até Montauk para não ter que ir morar na rua. Isso é culpa dele. Minha vida inteira é culpa dele. Penso em bloquear o número, mas antes de conseguir fazer isso, aparece outra mensagem:

Por favor. Eu te amo. Faço qualquer coisa que você disser.

E então ele é oficialmente bloqueado. Mas, conhecendo Freddy, ele vai dar um jeito de me encontrar.

Adam disse que estaria me esperando na estação. Quando o trem para na última estação, estou com o pescoço duro feito uma tábua. Demoro alguns segundos me alongando e reunindo coragem. A sensação ruim foi se intensificando durante a longa viagem até a ponta da ilha, mas faço meu melhor para afastá-la. Só estou nervosa por ter passado tanto tempo morando na cidade grande, só isso.

Trouxe um casaco leve, mas está mais frio do que imaginei. Frio e ventando. Assim que saio do trem, uma rajada de vento atravessa meu casaco como se ele fosse de papel. Como não tenho mais gordura nenhuma no corpo, sinto um frio quase constante, mesmo com o tempo mais quente. Deveria ter posto outro suéter.

– Sylvia!

Ouço a voz conhecida chamar meu nome. Viro a cabeça para dar uma olhada pela plataforma: Adam está acenando freneticamente para mim. Está usando uma roupa mais adequada do que eu: um casaco azul que parece bem quentinho, um cachecol e um gorro preto na cabeça. Claramente está bem acostumado com o clima daqui.

Ele vem até mim com uma corridinha e um sorriso enviesado no rosto. Na última semana, dei um jeito de esquecer que ele é lindo de morrer. Mesmo com esse gorro de lã enorme, ele é bem gato.

Mas também é bem mais do que um rostinho bonito. Ao chegar em casa e dar um Google em Adam Barnett depois que o conheci, descobri que ele tinha sido bem modesto ao se autodenominar apenas como escritor. O cara já emplacou três livros no topo da lista de mais vendidos do

The New York Times. Há matérias na internet dizendo que ele é um dos melhores escritores modernos da nossa época. O próximo Stephen King. Esse cara é um bambambã. E, pelo visto, vive meio recluso.

Em seguida, pesquisei Victoria Barnett no Google. Não encontrei nada. E, pode acreditar, eu procurei.

– Tudo bem? – pergunta ele, ansioso. – Como foi a viagem?

– Longa. – Abraço meu próprio peito e estremeço. – E aqui está uns dez graus a menos que na cidade.

Ele ri.

– É. Tá frio hoje. Quer meu cachecol?

Antes que eu consiga responder que sim, ele desenrola do pescoço o longo cachecol verde-escuro. Aceito de bom grado, porque de fato estou com frio. Que gesto mais galante. Além do mais, o cachecol está cheiroso. Com cheiro de loção pós-barba cara.

Eu provavelmente deveria parar de cheirar o cachecol dele.

Adam me conduz até o estacionamento do lado de fora da estação. Sinto uma leve centelha de empolgação quando ele aciona a chave e as luzes do BMW acendem. O cara dirige um BMW. Nunca conheci ninguém que tivesse um BMW. Nunca nem *tive* carro. Freddy dirigia uma lata-velha, um Ford Fiesta de segunda mão todo arranhado, porque não tinha dinheiro para mandar pintar. Metade do tempo ele precisava me pedir para sair e empurrar o carro para fazer o motor pegar. Adam tem a elegância de adotar um ar levemente constrangido ao ver o modo como estou olhando para o carro dele.

– Nem precisa falar – diz. – Eu sei.

– Sabe o quê?

– Eu tenho um carro de rico babaca.

Ele se acomoda no banco do motorista, e eu me sento a seu lado. Uau, couro. Passo a mão no estofado.

– Mas ele é muito valente na neve – prossegue Adam. – E a Victoria amava esse carro.

Não posso deixar de reparar que ele se referiu à esposa no passado. Já falamos por telefone uma ou duas vezes desde nosso primeiro encontro, e ele manteve uma postura muito vaga em relação à doença dela. Não sei muito bem por que não quer me contar.

Afinal, sou eu quem vai tomar conta dela. Preciso saber o que tem de errado com a mulher. Ela tem artrite? Lúpus? Alguma alergia alimentar grave? Não consigo nem imaginar.

Adam deve captar o que estou pensando, porque, ao dar a partida com o carro, ele diz, do nada:

– Ela teve uma lesão na cabeça.

– Ah…

– Caiu da escada uns nove meses atrás. – Ele faz uma careta. – Na nossa casa. A gente tem uma escada em espiral bem doida e… eu passei o dia inteiro na cidade com o pessoal da minha editora, então só a encontrei mais tarde. Se eu estivesse lá…

A voz dele embarga ao dizer essas últimas palavras. Sinto uma dor no peito por ele. Já é ruim o suficiente ter que lidar com o fato de a esposa estar doente, mas pior ainda é se culpar. Fico me perguntando se Victoria também o culpa.

Depois de uns vinte minutos dirigindo praticamente em silêncio, chegamos a um portão de ferro do tamanho de um quarteirão em Manhattan. Quando Adam aciona o botão do carro e as duas folhas do portão se abrem, me dou conta de que deve ser ali que ele mora. Numa casa gigantesca cercada por um portão gigantesco. Pelo menos não há fosso nem dragão, mas eu não me espantaria.

Adam deve reparar no modo como a minha boca está escancarada.

– Os imóveis são baratos por aqui – explica ele. – Dá pra conseguir uma casa imensa por uma bagatela. Foi por isso que a gente quis se mudar pra cá. Embora esteja na cara que não é o lugar mais prático de se morar.

– Pois é – resmungo, embora esteja pensando com meus botões que nem se eu guardasse dinheiro até os 100 anos conseguiria comprar uma casa parecida com essa.

Levando em conta o aspecto magnífico da casa, é uma surpresa constatar como os jardins estão malcuidados. O gramado precisa muito de um trato. Há folhas espalhadas por toda parte, e galhos pendem acima do caminho que leva à garagem. Isso dá ao imóvel inteiro um certo ar de abandono. Se alguém me dissesse que ninguém mora aqui, eu acreditaria. Sobretudo porque não há luzes acesas dentro da casa de dois andares, embora supostamente a esposa de Adam esteja lá dentro.

– Tínhamos uma jardineira – explica ele. – Mas ela… ela não está mais com a gente.

Ele adquire uma expressão de tristeza. Apesar de atraente e de todo o sucesso que tem, Adam parece um homem que teve uma vida difícil. Pelo menos nos últimos tempos. Isso me faz gostar mais dele.

O interior da casa consegue ser ainda mais esplêndido do que o lado de fora. Parece que estou entrando numa ópera ou algo assim. A sala de estar é tão grande que tenho a sensação de que poderia me engolir. Cinco quitinetes iguais à minha poderiam caber só nesse cômodo. Há um sofá modular imenso virado para uma lareira de verdade, que funciona, e uma TV de tela plana. Tudo na casa está brilhando de novo e tem um ar extremamente caro.

Como Adam está me observando, tenho a impressão de que preciso dizer alguma coisa. Mas tudo que consigo articular é:

– Uau. Que lugar mais…

– Enorme, né? – O rosto dele se ilumina ao ver minha expressão. Está claro que ele ama essa casa. – Por isso que a gente quis. Na cidade a gente morava num apartamento minúsculo. Quando a Victoria entrou aqui pela primeira vez, ficou rodando de braços abertos.

Consigo entender Victoria, porque eu meio que estou com vontade de fazer a mesma coisa. Essa casa foi feita para ficar rodando de braços abertos.

Meus olhos pousam numa fotografia no parapeito acima da lareira. É uma foto de Adam com o braço em volta de uma jovem loira.

– É… é ela? – indago.

Ele assente.

– É…

Dou um passo à frente para conseguir ver melhor, torcendo para ele não me achar mal-educada. Victoria é… bom, ela é linda. Tem cabelo dourado comprido que usa solto ao redor do rosto e está usando um vestido preto espetacular que cai perfeitamente em seu corpo.

Mas o que não consigo parar de olhar é o rosto de Victoria. Ela é bonita, mas é mais do que isso. Tem um rosto tão franco, sincero e inocente, e um sorriso tão simpático… Eu sempre exagerei na maquiagem, mas Victoria está praticamente de cara lavada, e isso lhe cai bem. Ela parece o tipo de pessoa que a gente conhece e com quem simpatiza na hora. Parece muito feliz na foto.

Não faz ideia do que iria acontecer.

– Que linda – digo, por fim.

– É. – Ele baixa os olhos. – Ela é mesmo.

Ele parece tão triste que me arrependo de ter falado alguma coisa. Adam pigarreia.

– Ela está lá em cima. Quer conhecer?

Olho para o lance de escada que leva ao andar de cima. Ele não estava brincando quando disse que era uma escada comprida e sinuosa. Os degraus são tão altos que subi-los deve ser doloroso, e mal há espaço para um pé em cada degrau. Se alguém caísse esse lance inteiro, não escaparia com tanta facilidade. Olho para o pé da escada e imagino a mulher loira da foto ali, caída, as pernas e os braços retorcidos.

Torno a estremecer. Será que essa casa tem uma corrente de ar?

Subo atrás de Adam, segurando o corrimão como se a minha vida dependesse disso. Se eu cair dessa escada e tiver uma lesão cerebral, não tenho um marido que vá contratar pessoas para cuidar de mim 24 horas por dia, então é melhor tomar muito cuidado ao subir.

– Eu nunca deixo ela sozinha – explica Adam enquanto subimos a escada. – A enfermeira, Eva, está com ela agora. É aí que estou torcendo pra você entrar. Pra Eva poder ter um descanso. E... eu também.

Ele fica encabulado por reconhecer que precisa de um descanso da própria esposa. Mas eu entendo.

– Não tem problema.

Sigo Adam por um corredor comprido. A casa é tão grande que deve ter no mínimo uns cinco ou seis quartos nesse andar. Ele me leva até um quarto bem no final do corredor, à direita.

– Aqui é o quarto da Victoria.

– Vocês não dormem no mesmo quarto? – pergunto, sem pensar.

Os olhos verdes de Adam se arregalam. Por que perguntei isso? Por que vivo falando essas besteiras? Quem sou eu para julgar o que eles fazem ou onde dormem?

– Não – responde ele, por fim. – Ela precisa de muitos equipamentos e... Nós só... Não, não dormimos mais juntos. Não.

– Claro – digo depressa. – Eu entendo.

Adam bate com o punho uma vez na porta fechada. Então esperamos, e eu prendo a respiração.

– Pode entrar! – diz uma voz com sotaque.

Solto o ar ao mesmo tempo que Adam abre a porta do quarto. A primeira coisa que vejo é uma mulher extremamente grande. O cabelo preto é cortado rente à cabeça e a pele é marrom-clara. Os braços têm facilmente a mesma circunferência das minhas coxas, e ela parece capaz de me suspender no ombro e sair correndo pela casa comigo nas costas. Tento adivinhar sua idade, mas ela poderia estar em qualquer ponto entre os 30 e os 60 anos.

– Sr. Adam – diz ela com um sotaque impossível de identificar. – Já voltou.

– Já. – Ele abre um sorriso que parece bem forçado. – Eva, quero que conheça a Sylvia. Ela vai ajudar com a Victoria. Assim espero. – Ele pisca para mim. – Sylvia, essa é a Eva.

Ela estreita os olhos para mim.

– Olá.

Tenho a sensação de que Eva e eu não vamos virar melhores amigas. Dou um pigarro.

– Muito prazer. Estou muito ansiosa para conhecer a Victoria.

Eva vira a cabeça, e acompanho seu olhar até a janela. E é então que vejo a cadeira de rodas posicionada de frente para a janela dos fundos. Ela tem um encosto de cabeça, mas posso ver mechas douradas flutuando ao redor do material preto.

– É ela? – indago, embora esteja ridiculamente evidente que sim.

Quem mais seria?

– É. – Adam sorri de lado. – Vamos lá dizer oi.

Dou a volta na cama de hospital, tomando cuidado para não tropeçar no que parece ser um elevador mecânico para subir e descer da cama. Adam dá um passo de lado para permitir que eu chegue perto da cadeira, que está virada apenas o suficiente para eu poder ver o rosto de Victoria.

E, antes de conseguir me conter, dou um arquejo.

QUATRO

Essa mulher não é a mesma da fotografia do andar de baixo.

Bom, é, mas não é. Se é que dá para entender. Ela costumava ser aquela mulher, mas está claro que não é mais. É uma sombra pálida dela.

Ainda tem o mesmo cabelo dourado, mas agora ele está opaco e sem vida, não brilhante como na foto. Uma cicatriz surge à esquerda, serpenteando por baixo da linha do cabelo. Os olhos azuis perderam qualquer expressividade e miram em direções completamente opostas. A bochecha esquerda parece quase afundada, e uma cicatriz irregular desce por toda a lateral do rosto. Por um instante, fico pensando por que, com todo o dinheiro que têm, não fizeram uma cirurgia plástica nela, mas a resposta é óbvia. Ela não dá mais a mínima para a própria aparência.

– Oi, Vicky. – A voz de Adam fica mais suave e adquire um tom carinhoso que eu ainda não tinha escutado. – Essa é a Sylvia. Ela é muito legal. A partir de agora, ela vai ficar com você um pouco.

Victoria ergue os olhos para me olhar. O olho direito encara meu rosto em cheio, mas o outro continua apontando na direção da janela. É difícil dizer se está me vendo. Ela não fala nada.

– Ela não fala muito – explica Adam em voz baixa. É como se estivesse torcendo para ela não ouvir, embora ela esteja a pouco mais de meio metro de nós. – A lesão na cabeça afetou a parte do cérebro que controla a fala.

Ela entende as coisas, mas é difícil saber até que ponto. Não consegue dizer muitas palavras. Às vezes, fala "oi" ou "tá", mas na maior parte do tempo não é capaz nem de dizer o próprio nome.

A voz dele falha um pouco nessa última informação. Deve ser difícil explicar tudo isso para outra pessoa. Eu nem consigo imaginar como deve ser a pessoa com quem você se casou não saber nem quem você é ou conseguir dizer o próprio nome.

– Oi, Victoria – digo.

Eu me dou conta de que estou falando alto e devagar demais, como se estivesse me dirigindo a uma criança que não escuta bem. Se ela realmente estiver ali e conseguir entender o que estou dizendo, deve achar isso muito condescendente.

– Eu sou a Sylvia. Prazer em te conhecer.

E então, por motivos que não consigo compreender, estendo a mão direita.

É um gesto automático. Em determinado momento na vida de todo mundo, a pessoa aprende a apertar a mão das outras por educação. Só que o braço direito de Victoria está preso num apoio fixado ao descanso de braço da cadeira de rodas. Ela está mexendo a mão esquerda no colo, mas a direita está imóvel. Ela baixa os olhos para a minha mão direita como se eu houvesse lhe apresentado um objeto desconhecido. Eva está olhando para mim como se eu tivesse cometido uma bobagem colossal.

– Ela não consegue mexer nada do lado direito – diz Adam.

– Certo. – Meu rosto arde, e lembro a mim mesma que, se de fato aceitar esse emprego, nem sempre vai ser tão constrangedor assim. Depois de uma semana, vou saber o que fazer e não vou mais ficar passando vergonha. – Desculpa.

– O melhor pra ela é ter uma rotina: a mesma coisa todos os dias – diz Adam. – Eva vai ajudar ela a acordar de manhã, e um de nós dois vai se encarregar da hora de dormir. Você só iria ajudar durante o dia. Com as refeições, pegando as coisas de que ela precisa e simplesmente fazendo companhia pra ela. – Ele baixa os olhos para o rosto da mulher, com o cenho franzido. – Fico preocupado de ela se sentir sozinha. Ela só... O que ela mais gosta de fazer é olhar pela janela e às vezes assistir um pouco de TV.

Acompanho o olhar de Victoria para fora da janela. Tem vista para a frente da casa, para o gramado abandonado, as árvores e um pequeno barracão. O portão está visível ao longe.

– E passear lá fora? – sugiro.

Depois de pôr o cachecol de Adam, percebi que o clima não estava tão ruim assim, eu só precisava vestir as roupas adequadas. Vamos ter pelo menos mais um mês antes de o frio cortante chegar.

Ele aquiesce.

– Você teria que agasalhar ela muito bem, mas se quiser fazer isso, posso carregar ela até lá embaixo.

Entendo o que ele está querendo dizer. É evidente que Victoria não consegue descer a escada sozinha. Mas isso me leva a pensar por que o quarto dela fica no andar de cima.

– Talvez ela ficasse melhor dormindo lá embaixo?

Ele faz que não com a cabeça.

– Só tem um lavabo lá, e não é grande o suficiente para comportar a cadeira. Além disso, a vista das janelas do segundo andar é bem melhor. Ela gosta aqui de cima.

Ele torna a baixar os olhos para a mulher com uma expressão carinhosa no rosto. Não fica claro para mim como ela expressa que gosta ou não de alguma coisa. Seu rosto está totalmente inexpressivo. Eu pensaria que ela está morta, não fossem os olhos piscando de vez em quando e o fato de ela estar usando a mão esquerda para brincar com um fio solto da camiseta.

Mordo meu lábio inferior. Se for aceitar esse emprego, preciso encontrar um jeito de me relacionar em algum nível com Victoria. Afinal, está claro que não vamos ter nenhuma conversa franca em qualquer momento do futuro próximo. Baixo os olhos para a camiseta larga e a calça de moletom que ela está usando e recordo como a roupa dela era estilosa na foto em cima da lareira. Não consigo imaginar que essa seja uma mulher que teria gostado de usar moletom todo dia.

Então vislumbro um colar de ouro em volta do pescoço dela; e, pendurado ali, um floco de neve de diamante bem pequenininho. Uma joia linda e de aspecto caro.

Esse colar é como um vislumbre da Victoria de antigamente.

– Que lindo esse colar, Victoria – comento.

Imagino que toda mulher goste de um elogio, quer ela esteja me entendendo ou não. Victoria torna a erguer os olhos azuis e me encara.

– Obrigada.

Quase dou um pulo ao ouvir sua voz rouca. Não imaginava que ela fosse falar. A voz soou levemente arrastada, mas o que ela disse foi bem claro. Olho para Adam, que exibe um ar radiante.

– Ela falou com você! – Ele está sorrindo de orelha a orelha. – Ela quase nunca fala! Que coisa mais incrível. Deve ter gostado mesmo de você. – Ele pousa a mão no ombro da mulher. – A Sylvia é legal, né?

Victoria não responde. Voltou a olhar pela janela.

Ai, ai.

– Você não deve esperar que ela fale muito – diz ele para mim. – Pode acreditar, já é incrível ela ter falado isso. Em geral, a gente tem sorte de ouvir uma palavra bem menor. – Ele balança a cabeça. – Enfim, deixa eu te mostrar o quarto onde você ficaria.

Ao seguir Adam para fora do quarto, olho para trás uma última vez em direção a Victoria. Ela não tira os olhos da janela. Mal parece ter consciência de que sequer entramos no quarto. Já os olhos de Eva nos seguem feito uma flecha. Ela exibe uma expressão estranha no rosto que me deixa muito incomodada.

– Prazer em te conhecer, Eva – digo para ela.

E, de modo bem parecido com Victoria, ela não reage. Apenas continua a me encarar. Muito perturbador. Torço para não precisar lidar muito com essa mulher. Adam comentou que ela só fica na casa de manhã.

O quarto onde Adam me acomoda é maravilhoso. Maior do que a minha quitinete inteira no Brooklyn. Já está mobiliado com uma cama, uma cômoda e uma pequena estante. Ele mandou pôr lençóis e uma coberta na cama. A única coisa que falta é um chocolatinho em cima do travesseiro.

– Espero que sirva. – Ele aperta as mãos uma na outra. – Posso conseguir um frete pra trazer seus móveis se quiser mandar vir algum, mas pode usar estes, se quiser.

– Não preciso dos meus móveis. Esses estão ótimos.

Os móveis da minha quitinete só continuam de pé por pura obra divina. Toda vez que vou dormir, fico com medo de a cama desabar durante a noite.

– Ou, se o quarto for pequeno demais pra você, tem outros… – Ele olha de relance para a porta. – Aquele lá no final é o meu, mas você pode escolher qualquer outro. Tem também o sótão, mas lá é onde eu trabalho.

– Não, juro, tá maravilhoso assim. – Sento na cama e quase gemo de prazer. A roupa de cama tem um toque tão macio que mal consigo imaginar quanto deve ter custado. Fico pensando se foi Victoria quem a escolheu. – Aqui com certeza tem muitos quartos.

Adam torna a exibir a mesma expressão triste.

– A gente tinha planos de encher eles de crianças.

Ai, meu Deus. Como tudo na vida desse homem é *deprimente*. Esse pobre coitado se casa com a mulher dos sonhos, que evidentemente ama muito, aí ela sofre um acidente horroroso e fica praticamente sem conseguir falar e mal parece saber quem ele é. E, em vez de enfiá-la numa casa de repouso qualquer, ele a trouxe para casa e está gastando uma fortuna para tentar tornar a vida dela o melhor possível.

Victoria pode não ser uma mulher sortuda. Mas ela tirou a sorte grande no casamento.

– O que acha? – Adam passa o peso de uma perna para outra. – Não quero te pressionar, mas... Você viu como é difícil ir à cidade entrevistar candidatos. Eu só queria resolver isso antes do inverno.

– Eu...

Tenho que responder que aceito. Preciso muito desse emprego. O proprietário me falou que ainda tenho até o final da semana para acertar o aluguel, mas não tenho saldo nenhum na conta bancária. De modo que isso não vai acontecer. Esse sujeito está disposto a me pagar um salário incrível, além de me dar casa e comida. Até plano de saúde, pelo amor de Deus. Eu seria louca de não aceitar o emprego.

Então por que estou hesitando? Só porque tudo o mais na minha vida deu errado, não significa que isso também vá dar.

– É o dinheiro? – Ele morde o lábio. – Você precisa de mais?

– Não é isso. – Droga, por que fui dizer isso? Era minha chance de pedir mais. – É que me sinto muito isolada aqui.

Ele assente com um ar de compreensão.

– Entendo o que quer dizer. Eu também sentia isso no começo. Mas na verdade não é tão ruim assim. Quer dizer, tem um McDonald's a cinco minutos daqui. E você pode usar o carro da Victoria pra ir aonde quiser. Não quero que se sinta presa aqui... Pode ficar à vontade pra sair à noite quando eu estiver por perto pra ficar com ela.

– Certo...

– Acho que você vai amar aqui. – Ele se inclina um pouco para a frente, e consigo sentir o cheiro da loção pós-barba que estava no cachecol. Sem querer, ele me deu mais um motivo para ficar: meu patrão é um gato. – É bem tranquilo, e o shopping fica bem na esquina. A Victoria adorava esse lugar. Quer dizer, até...

Não posso lhe dizer o que estou de fato pensando: que essa casa me dá arrepios. Talvez Victoria adorasse esse lugar, mas eu não. E, aliás, a esposa dele também me dá arrepios. Algo nela e na sua expressão vazia me aterroriza. Que coisa terrível de se dizer sobre uma mulher que passou por algo tão horroroso, mas não consigo evitar.

Mas o que posso fazer? Não quero morar na rua.

– Tá bom. Eu aceito o emprego.

CINCO

Deitada no colchão cheio de calombos da minha quitinete, fico imaginando a cama na casa de Montauk. Os lençóis sedosos, o cobertor bem quentinho. Aposto que naquela casa não vou ser acordada no mínimo três vezes por noite por conta das sirenes lá fora. Ou por tiros, como numa noite da semana passada. Tenho certeza de que, se passasse tempo suficiente aqui, acabaria levando uma bala perdida.

Mal posso esperar para sair daqui. Ao mesmo tempo, porém, a ideia de ir morar naquela casa imensa me causa um medo indescritível.

Não sei o que me assusta mais, se a casa ou a própria Victoria. Ao fechar os olhos, ainda consigo ver aquela expressão vazia no rosto dela. Ela era saudável e feliz quando se mudou para aquela casa. E agora olha só como está.

Queria não ter que aceitar esse emprego. Queria ter qualquer outra opção.

Meu celular vibra em cima da mesinha de cabeceira minúscula. Eu o pego e encaro as palavras na tela.

Vai até a janela.

É um número desconhecido, o que não significa que seja alguém que não conheço. O mais provável é que seja alguém que conheço e arrumou outro número para me mandar mensagens mesmo depois de ser bloqueado.

Ou seja: é Freddy.

Respondo: *Vai embora.*

Só depois que você for até a janela.

Minha quitinete é tão minúscula que a distância entre a cama e a janela é de menos de 30 centímetros. Dou os dois passos necessários para chegar à janela, e dito e feito: ali está Freddy. Está chovendo um pouco, e o cabelo castanho-escuro dele grudou na sua cabeça. Ele está piscando para se livrar das gotas de chuva ao erguer os olhos para minha janela.

Dou um suspiro e abro a janela com violência.

– Sai daqui, Freddy. Tô falando sério.

– Sylvie... – Ele revira o bolso da calça jeans largona enquanto olha para cima na minha direção. – Você tem que me dar outra chance. Eu te amo.

– Esquece.

Ele tira o celular do bolso e o ergue. Um segundo depois, "In Your Eyes", do Peter Gabriel, está tocando alto o suficiente para acordar os vizinhos.

– Por favor, Sylvie, me perdoa.

Reviro os olhos. Freddy está recriando a cena clássica de *Digam o que quiserem*, em que John Cusack ergue uma caixa de som tocando Peter Gabriel nas alturas para reconquistar Ione Skye. E no filme dá certo. Por ser um *filme*. E também porque John Cusack e Ione Skye eram apenas dois adolescentes que não passaram pelo que passei com Freddy Ruggiero.

Seja como for, Freddy sabe que *Digam o que quiserem* é um dos meus filmes preferidos. Ele sempre brincava comigo dizendo que eu ficava com os olhos marejados na cena da caixa de som. Então faz sentido ele querer tentar isso. Só que ele não tem a menor chance. Quem sabe se tivesse trazido uma caixa de som de verdade e não a porcaria de um celular. Mas, mesmo nesse caso, provavelmente não teria funcionado.

– Boa noite, Freddy – digo, e fecho a janela com força.

Ainda consigo escutá-lo chamando meu nome, mas apenas ignoro. Nunca vou aceitar Freddy de volta. Se ele quisesse ficar comigo, não deveria ter me abandonado quando eu mais precisei dele. Uma das coisas boas de sair do Brooklyn é que vou garantir que ele não consiga me encontrar.

SEIS

– É só isso mesmo que você vai levar?

Adam insistiu em vir até a cidade me ajudar na mudança para Long Island. Ofereceu alugar um caminhão, mas falei que não precisava. E, conforme prometido, tudo que estou levando são duas malas grandes e uma mochila. Ele jogou as malas no bagageiro do BMW e agora está olhando em volta como se não conseguisse acreditar que não tenho mais coisas.

Enfio as mãos nos bolsos do meu casaco de outono, que tenho desde os 17 anos. As mangas estão esgarçadas e o zíper emperra cerca de vinte por cento do tempo. Quando receber meu primeiro salário, vou comprar um casaco novo. Venho sonhando com isso.

– Só.

– Mas… – Adam coça o queixo enquanto olha para a bagagem uma última vez. – É que não é muita coisa. Quer dizer, a Victoria não teria conseguido pôr nem os sapatos dentro dessas duas malas.

– É, bom. – Não quero lhe dar a resposta verdadeira, que é que não se pode acumular tanta roupa assim quando não se tem dinheiro para comprá-las. – Vamos? – digo por fim.

Fazer o trajeto no BMW de Adam é muito melhor do que no trem. É como se fosse o suprassumo do luxo. Nunca me sentei num banco tão confortável na minha vida toda. Esse cara sabe viver.

Está silencioso dentro do carro, e ele não estende a mão para ligar o rádio. Ou seja, basicamente viajamos num silêncio constrangedor. Fico impelida a preenchê-lo.

– Então... como a Victoria era? – Eu me dou conta tarde demais de que usei o pretérito para me referir a uma mulher que continua 100% viva. – Quer dizer, antes de...

Ele não parece bravo com meu deslize.

– Ela é superinteligente. Inteligente *mesmo*. É enfermeira e trabalhava num pronto-socorro... na verdade, foi assim que a gente se conheceu.

– Ah, uau. – Tento imaginar a mulher olhando para o vazio pela janela do quarto cuidando de pacientes num pronto-socorro movimentado. Não consigo. – Que incrível. Ela trabalhava onde?

– No Hospital Mercy. – Ele faz uma pausa. – Em Manhattan. Estava tirando uma licença depois que a gente se mudou. Ela sempre quis passar um tempo sem trabalhar, e eu quis proporcionar isso a ela. Ela merecia.

– Você também trabalhava no pronto-socorro na época?

Adam me olha com um ar chocado.

– Tá de brincadeira? Eu era *paciente*. Estava esperando lá havia horas e ficando meio fulo da vida, mas, quando ela entrou na sala, eu simplesmente... esqueci tudo. Foi...

Arqueio as sobrancelhas para ele.

– O quê?

– Foi amor à primeira vista. Fui flechado. Anjos tocando harpas. Esse tipo de coisa. – As orelhas dele enrubescem. – Sei que parece bobagem, mas foi assim que aconteceu. Eu simplesmente vi a Victoria, e na mesma hora soube que era com ela que ia me casar.

Ele então se cala, perdido nos próprios pensamentos. Consigo entender como está se sentindo. Também já pensei ter conhecido o amor da minha vida. E aí a coisa toda... bom, deu muito errado. Pelo menos Victoria não está tocando Peter Gabriel num celular na frente da janela dele.

– Que tal um pouco de música? – pergunta Adam depois de entrar na estrada.

– Claro.

Melhor do que passar três horas numa conversa constrangedora. Eu com certeza não tenho mais nada a perguntar sobre Victoria.

Ele vasculha um compartimento entre os dois bancos.

– Tenho um CD com a minha seleção de viagem. Vou pôr esse.

– O que é um CD?

Adam me espia com o rabo do olho.

– Ai, meu Deus. Tá brincando, né?

– Tô, sim. Eu sei o que é um CD. Embora precise admitir que nunca cheguei a ver um de perto.

– Meu Deus, você tá fazendo eu me sentir um velho.

Eu tinha calculado que Adam tivesse 30 e poucos anos, uns dez a mais que eu. Mas há algo jovial nele. Não tenho a sensação de estar na companhia de um homem muito mais velho. Além do mais, as mulheres amadurecem mais depressa do que os homens; é biológico. Isso com certeza se aplica a Freddy, que tem a mesma idade que eu.

– Enfim, você vai adorar – diz ele, e saca um disco compacto do compartimento. – Tcharam!

– Aah!

Pego o disco da mão dele e o seguro, fingindo assombro. Estava brincando quando disse nunca ter visto um CD: meus pais tinham pilhas e pilhas.

– Parece um disco em miniatura. Incrível.

Adam ri.

– Ei, quando eu era mais novo, era só isso que a gente tinha. Bom, isso e as fitas.

– O que são fitas? Tipo fita adesiva?

Ele me olha feio.

– Eu devo ter gravado esse CD quando você estava no jardim de infância. A melhor seleção de viagem do mundo. Fiz questão de comprar um carro com CD player só pra poder tocar esse CD.

– Sinto que você tá alimentando minhas expectativas além da conta. – Insiro o CD no aparelho. – Agora, se essa não for a melhor seleção que eu já escutei, vou acabar ficando decepcionada.

– Com sorte essa *vai ser* a melhor seleção que você já escutou.

Um segundo depois, a primeira música começa a tocar: "Life Is a Highway". Adam aumenta o volume e começa a cantar com uma voz hilária tão desafinada que chega a ser cativante. Não consigo deixar de rir, e um minuto depois já estou cantando também. Embora esteja longe de ser o tipo de garota que canta canções country enquanto percorre a estrada de BMW. Isso com certeza não faz meu tipo.

Mas, por algum motivo, estou me divertindo muito.

Em algum ponto da faixa número dez, quando minha voz já está ficando rouca, começo a pensar que não me divertia assim há... talvez anos. E com um homem casadíssimo. Casado com uma mulher para quem estou prestes a começar a trabalhar, e que está muito doente. Eu seria absolutamente a pior pessoa do mundo se qualquer coisa acontecesse entre nós dois. Preciso ficar me lembrando disso o tempo todo. Sem parar.

O Adam é casado. Ele é casado, caramba.

Ouvimos o CD três vezes antes de chegar a Montauk. Quando paramos em frente à casa de Adam, fico com pena de a viagem não ter sido ainda mais longa. Mas é bom finalmente sair do carro e conseguir esticar as pernas. E, ao erguer os olhos para o casarão, tenho aquela mesma sensação de mau presságio, só que não tão forte quanto no primeiro dia. Quem sabe, tudo vá ficar bem.

Dou a volta até o porta-malas para pegar minha bagagem, mas Adam é rápido demais para mim. Pega minhas duas malas e dá uma corridinha até a porta da frente.

– Eu posso carregar uma das malas – digo.

– Você tem sua mochila.

Fico com vontade de lembrar que eu sou funcionária dele, não o contrário, e que ele não precisa se esforçar para me agradar. Mas ele já chegou na porta da frente com as minhas malas. Tudo bem. Se ele quer ser cavalheiro, não sou eu que vou reclamar.

– Nossa faxineira, Maggie, ficou de olho na Victoria enquanto eu ia te buscar – explica Adam enquanto procura a chave. – Ela tem ajudado um pouco, mas na verdade o trabalho dela não é esse. Vai ser bom ter você por perto.

Ele abre a porta, em seguida pega outro molho de chaves numa estante. Lança o molho para mim, e eu o pego com agilidade.

– Suas cópias – diz.

Tem treze chaves nesse molho, juro por Deus. Quantas portas tem nesse lugar?

Enquanto Adam sobe com as malas até o meu quarto, fico parada na sala sem saber o que fazer. Percebo tarde demais que deveria ter subido atrás dele. Pego minha mochila do chão e começo a me encaminhar para a escada, bem na hora em que uma mulher de calça jeans skinny e regata sai da cozinha. É alguns anos mais velha do que eu, com o cabelo ruivo bem farto e o rosto coberto de sardas. Ao me ver, ela estreita os olhos e dá um passo para trás.

– Oi! – Amaldiçoo o fato de não ser mais extrovertida. Não tenho o tipo de rosto que faz as pessoas gostarem de mim na hora, como Victoria tinha. – Eu sou a Sylvia. Sou... é, sou nova por aqui. Vim ajudar a Victoria...

Depois da acolhida "calorosa" que recebi de Eva, não estou esperando grande coisa. Para meu completo choque, porém, ela me abraça apertado.

– Sylvia! Que bom te conhecer!

– Ah. – Fico estranhamente lisonjeada pela recepção tão entusiasmada. – Obrigada.

Ela ri e se afasta.

– Foi mal. Foi estranho isso. Meu nome é Maggie... eu faço faxina aqui.

– É, o Adam comentou.

Ela ajeita alguns fios que estavam se soltando do rabo de cavalo atrás da orelha. O cabelo é tão vermelho que não parece uma cor natural. Mas não consigo ver nenhuma raiz escura.

– É só que... aqui pode ser bem solitário, e é bom ter alguém por perto que seja... você sabe, da minha idade. Quando escutei seu nome, fiquei com medo de você ser uma velha.

Dou risada, não consigo evitar. Não é a primeira vez que ouço isso.

– O nome Sylvia está voltando. Várias pessoas me chamam de Sylvie.

Ela assente com animação.

– Nem sei te dizer como é maravilhoso ter uma pessoa jovem e normal trabalhando aqui.

Suponho que a pessoa mais velha e estranha a quem ela esteja se referindo seja Eva. E, nesse caso, não posso julgá-la.

– Você mora aqui também?

Maggie faz que não com a cabeça.

– Moro com meu namorado a uns dez minutos daqui. Ele trabalha na região, então eu queria um emprego que fosse por perto. Era pra ser uma coisa temporária, mas já faz tipo um ano e meio que estou trabalhando aqui.

– Quer dizer que você estava aqui antes do… acidente da Victoria?

Ela pega um pano na bancada da cozinha ao mesmo tempo que baixa os olhos.

– Estava. Estou aqui desde o começo.

Ergo os olhos para a escada comprida e sinuosa que quase tirou a vida de Victoria.

– Como ela era?

Maggie franze o cenho.

– Como assim?

– A Victoria. Como ela era?

Maggie de repente fica muito ocupada com seu pano. Não ergue os olhos para mim.

– Ela era legal. Muito bonita. Você sabe. O de sempre.

Tenho a sensação de que Maggie reluta em falar sobre Victoria Barnett. O que é frustrante, porque tenho a sensação de ela ser a única dessa casa que poderia ser capaz de me contar a verdade.

Antes de eu poder pressioná-la mais, ouço Adam me chamando lá de cima. Hora de desfazer as malas no meu quarto novo. E, além disso, não parece que Maggie vai me contar mais nada. Pelo menos não agora.

SETE

Uma das minhas atribuições é ajudar Victoria com as refeições.

Encontro Adam na cozinha para conversar sobre o planejamento do cardápio. Não chego a ser uma chef de alta gastronomia, mas o básico eu sei fazer. Espaguete. Macarrão com queijo. Sei montar um sanduíche. Não é tão difícil assim. Infelizmente, Adam explica que não vai ser tão fácil.

– A Vicky engasga com alimentos de consistência normal. Então tudo que você der a ela tem que ser pastoso. – Ele aponta para um aparelho de aspecto caro em cima da bancada. – Comprei esse processador de alimentos pra transformar tudo em purê. Tudo que ela for comer precisa passar por aí primeiro.

Eu me encolho ao pensar como seria precisar ter todas as minhas refeições transformadas em purê. Purê de bife logo perderia a graça.

– E na pressa... – Ele pressiona a porta de um armário acima da pia para abri-lo. – Ela pode comer qualquer um desses aqui.

É comida de bebê. Fileiras e mais fileiras de comida de bebê. Purê de cenoura. De batata-doce. De ervilha. Coisas que adulto nenhum jamais deveria consumir.

Engulo um nó na garganta.

– Eu detestaria ter que dar pra ela comida de bebê...

As faces dele enrubescem de leve.

– Não uso muito a comida de bebê, mas é que às vezes não dá tempo de preparar nada que fique razoável em forma de purê. Pode acreditar, esse troço é uma salvação. – Ele deixa a porta do armário se fechar novamente. – Pode dar água pra ela beber, mas só se for bem devagar. Fica de olho quando ela estiver bebendo.

Assinto.

– E se ela não quiser comer?

Ele dá de ombros.

– Não tem problema nenhum. Ela tem uma sonda na barriga, então, se você me der uma ideia do quanto ela está comendo, a gente pode complementar a alimentação pela sonda.

Pobre Victoria. Ela parecia tão feliz naquela foto em cima da lareira. Feliz, linda, jovem e cheia de vida. E agora a existência dela é preenchida por comida de bebê pastosa e uma sonda enfiada na barriga.

– Adam?

Ele ergue os olhos verdes, embora eu possa ver que ainda está concentrado na tarefa de me ensinar a preparar a comida.

– Oi.

– A... a Victoria algum dia vai se recuperar?

De todas as perguntas difíceis que tive que fazer, essa é a pior. Ele respira bem fundo e passa a mão pelo cabelo. Quero engolir a pergunta de volta, mas ao mesmo tempo não quero. Quero saber a resposta. Quero que ele me diga que sim, que ela está mal agora, mas vai melhorar. Que algum dia vai voltar a ser aquela moça bonita da foto.

– O médico disse... – Ele pigarreia. – Falaram que ela já se recuperou o máximo possível por enquanto. – Ele baixa os olhos. – Colocamos ela na fisioterapia por um tempo, mas ela não estava progredindo. Passou três meses fazendo, mas continuou totalmente dependente pra tudo. Ainda não conseguia mexer o lado direito, e isso limitou muito a evolução dela. E a fala não estava melhorando nada. Então... eu trouxe ela pra casa, achando que ela poderia se sair melhor no próprio ambiente. Só que... – Ele fecha os olhos com força por um instante. – Parece que é isso mesmo. Isso é o melhor a que ela vai chegar.

Uau. Então é isso.

Minha vontade é estender a mão e pousá-la no ombro dele, mas isso me parece um tanto inadequado.

– Eu... eu sinto muito.

Ele dá um suspiro.

– É. Bom, ela é minha esposa e vou cuidar dela. Jurei fazer isso. Não vou deixar ela acabar numa casa de repouso. De jeito nenhum.

Admiro esse homem. Adam é jovem e atraente... poderia ter qualquer mulher que quisesse. Mas, em vez disso, está cumprindo seus votos matrimoniais e se mantendo fiel a uma mulher que mal parece capaz de reconhecer sua existência. Ele prometeu amá-la na saúde e na doença, e é isso que está fazendo.

Me sinto péssima pelo fato de meu pensamento seguinte ser: esse cara nunca mais vai transar na vida.

Mas é verdade. E isso parece uma injustiça. Adam é jovem. Do jeito que está agora, Victoria não pode ser uma companheira para ele em nenhum sentido da palavra. Não pode lhe dar filhos. Será que ele simplesmente vai dedicar o resto da vida a uma mulher que não tem como lhe dar nada em troca?

Não posso dizer nada disso, claro. Mal conheço o cara, e ele é meu patrão. Então só sorrio e digo:

– Acho isso muito romântico.

O que é verdade, em parte.

Ele esfrega a nuca.

– Vem, deixa eu te mostrar como preparar o purê de batata do jeito que ela gosta.

No fim das contas, o jantar de Victoria consiste num montinho de purê de batata, temperado com manteiga e sal ("nada muito condimentado, o estômago dela reclama") e num bolo de purê de carne. A carne pelo menos é moída, então poderia ser pior. Poderia ser purê de lagosta. Mas a comida no prato tem um aspecto bem pouco apetitoso. Eu com certeza não desejaria comer.

Mas Victoria vai ser obrigada.

Subo a escada com cuidado, segurando o prato com uma das mãos e o corrimão com a outra. Tenho pavor dessa escada. A cada passo, fico pensando se terá sido esse o degrau no qual Victoria tropeçou e caiu escada abaixo, arruinando sua vida inteira.

Chegando ao quarto dela, eu a encontro exatamente como da primeira vez que a vi. Está sentada na cadeira de rodas, observando a janela com um olhar vazio. Não reage quando bato com o punho na porta aberta. Sei que ela não vai responder, mas é por força do hábito.

– Oi, Victoria – digo, jovial. – Hora do jantar!

Nem assim ela ergue os olhos para mim. Bom, tudo bem.

Atravesso o quarto com a comida dela e a ponho na bandeja que Adam prendeu na cadeira de rodas. Há um copo d'água em cima da cômoda, que também coloco na bandeja. Então, puxo uma cadeira ao lado dela e me sento.

– Quer tentar comer um pouco, Victoria?

Ela não vira a cabeça. A mão esquerda irrequieta se ergue em direção ao rosto. Os dedos percorrem a cicatriz de aspecto doloroso na bochecha.

Pigarreio. Lembro o apelido pelo qual Adam sempre a chama.

– Vicky?

Ela por fim desgruda os olhos da janela. Só que não parece nada satisfeita. Olha para mim com o cenho franzido. Vai ver eu não deveria tê-la chamado de Vicky. Não a conheço bem o suficiente para usar um apelido. Vou começar outra vez.

– Meu nome é Sylvia. – Eu já lhe disse isso, mas estou supondo que agora seja uma informação nova para ela. – Mas muitas pessoas me chamam de Sylvie. Pode me chamar assim, se quiser.

Victoria não tem nada a dizer em relação a isso.

– Consegue dizer meu nome? Sylvie?

Não sei o que estava pensando. Que talvez pudesse ensinar Victoria a dizer meu nome? Que iria operar alguma espécie de milagre nessa pobre mulher? Bom, isso não acontece. Ela só me encara com seu único olho bom enquanto o outro continua apontado para a janela.

Pego a colher do prato e estendo para ela.

– Quer uma colherada? Está bem bom.

Bom, o purê de batata está. Não posso dizer o mesmo sobre o purê de carne. Para ser sincera, a visão dele me dá náuseas.

Obediente, Victoria pega a colher com a mão esquerda. A direita permanece imóvel no braço da cadeira. Mas ela não faz nenhum movimento para pegar o purê. Não demonstra o menor interesse.

Bem, Adam disse que na maior parte dos dias precisa lhe dar na boca. Pelo visto, vai ser assim hoje.

– Quer que eu te dê na boca? – pergunto. – Ou será que… você gostaria de alguma outra coisa pra comer?

Os cílios de Victoria estremecem. De repente, surge ali uma clareza que eu não tinha notado antes. A expressão vazia se foi, e tenho um vislumbre da moça da foto.

– Veta – diz ela.

Veta? Que diabos é veta?

Dou uma olhada no quarto, tentando entender.

– Vento? – arrisco. – Está sentindo algum vento?

– Não. *Não*.

Victoria balança a cabeça. Uma gota de saliva escapa pelo lado direito da boca, e é nesse momento que me dou conta de que todo o lado direito do rosto está flácido. Ela só consegue erguer o lábio do lado esquerdo. Não tinha reparado nisso antes porque a expressão dela era sempre muito vazia.

– Veta. A… *veta*.

– A veta? – arrisco. O que quer que isso signifique.

Ela está ficando frustrada. Larga a colher em cima da bandeja e começa a fazer gestos com a mão esquerda.

– Veta! Na… veta!

Ai, Deus. Ela está ficando agitada de verdade.

– Escuta. – Fico de pé. – Deixa eu chamar o Adam. Ele vai entender…

– Não! – A expressão no rosto dela é quase desvairada. – Veta! Na… veta!

A mão esquerda dela está tremendo, mas ela consegue estender o indicador. Está apontando para alguma coisa. Eu me viro e percebo que está apontando para a cômoda.

– Gaveta? Está querendo dizer gaveta?

Os ombros de Victoria enfim relaxam. Ela assente devagar.

Certo, então.

Vou até a gaveta para a qual ela estava apontando. Abro. Está cheia de… calças de moletom. Certo.

Pego uma das calças da gaveta.

– Quer trocar de calça?

Ela me olha como se eu fosse a pessoa mais burra da face da Terra, faz que não com a cabeça e bufa de frustração. A mão esquerda está tremendo muito, mas ela consegue apontar com um pouco mais de vigor.

– Veta. Na...

Não sei mais o que fazer. Começo a tirar calças de moletom da gaveta e estender cada uma delas para Victoria. Todas parecem mais ou menos iguais. Entendo que ela esteja frustrada, mas eu também estou. Parece haver algo muito específico que ela deseja, e não faço ideia do que seja.

Até que pego uma calça de moletom cinza na gaveta e um caderno cai de dentro da peça.

Os ombros de Victoria enfim relaxam.

– Veta – diz ela suavemente. – Você...

Pego o caderno do chão. A encadernação é de couro, e ele tem pouco menos de 3 centímetros de grossura. Folheio e vejo páginas manuscritas. Pela caligrafia miúda e caprichada, dá para ver que foi uma mulher que escreveu. (Fazer o quê? Os homens têm letras horrorosas.) Vou até a primeira página e vejo a data de três anos atrás.

Hoje conheci o homem com quem vou me casar.

Percebo então o que estou vendo. É um diário.

Ergo os olhos do caderno. Victoria está me observando. O único olho saudável está claro como a luz do dia. O outro continua olhando na outra direção. Eu nunca a vi mais alerta do que neste instante.

– Você – repete ela.

Quase dou um pulo ao ouvir passos altos do outro lado da porta. Enfio o caderno na gaveta outra vez e a fecho com força, por pouco não imprensando a ponta dos dedos. Adam está parado no vão da porta segurando uma grande seringa que parece mais adequada para regar um peru de Natal do que para aplicar uma injeção.

– Oi – diz ele. – Eu queria dar os remédios da Victoria. É uma hora ruim?

Ai, meu Deus do céu, ele vai injetar esse troço nela? Parece uma seringa que se usaria para aplicar remédio num elefante.

– Você vai dar uma injeção nela com *isso*?

Ele baixa os olhos para a seringa, e seu rosto então se abre num sorriso.

– Não. Meu Deus, não. Isso vai na sonda.

Ele comentou mais cedo que iria me ensinar a alimentá-la através da sonda, mas essa é a primeira vez que vejo uma sonda de alimentação de perto. Ele ergue a barra da camiseta dela e vejo a sonda se projetando de seu abdômen. Adam segura a ponta da sonda, e, enquanto está tentando tirar a tampa, Victoria segura o pulso dele com a mão esquerda. Levo um instante para entender que ela está tentando impedi-lo de lhe injetar a medicação. Está mexendo no pulso dele, tentando arranhá-lo e enxotá-lo dali, mas ele a ignora. Insere a seringa na ponta da sonda e injeta o conteúdo.

– Não parece que ela gosta muito – comento.

– É, não gosta mesmo – concorda ele, e tampa a sonda de novo, abaixando a barra da camiseta dela em seguida. – Tenho certeza de que a sensação do remédio entrando não deve ser muito agradável. Mas ela precisa dos remédios. O que me lembra… – Ele dá uns tapinhas na mão direita dela. – Uma coisa que preciso que você faça é manter as unhas dela curtas. Não preciso ser arranhado toda vez que fizer isso. Tem um cortador no banheiro.

Isso me faz lembrar de quando eu aparava as unhas da minha gata quando era criança para ela não arranhar a mobília.

– Tá bom – concordo.

Agora que tomou os remédios, Victoria parece ter perdido toda a capacidade de resistir. Está afundada na cadeira, os olhos azuis enevoados. Adam toca o rosto dela com delicadeza.

– Sinto muito que a gente tenha que fazer isso, Vicky, meu amor – murmura ele.

Ela não diz nada. Nem olha para ele.

Minha vontade é contar do caderno que encontrei, mas, quando olho para Victoria, ela balança a cabeça devagar. Não faço ideia do motivo, mas, se ela não quer que ele fique com o caderno, preciso respeitar. É óbvio que ela deseja que o caderno fique comigo. *Você*, disse ela.

Ele dá um suspiro enquanto baixa os olhos para o prato de comida no qual ela nem tocou.

– Sylvia, vê se consegue fazer ela comer… alguma coisa. Mas, se ela não comer, eu volto em meia hora e a gente alimenta ela pela sonda.

– Ela come na maioria das noites?

Ele balança a cabeça.

– Não. Na verdade, não.

A primeira coisa que faço quando Adam sai do quarto é voltar a tirar o caderno da gaveta e guardá-lo debaixo do meu suéter.

OITO

Só volto a tirar o caderno do suéter quando vou para o meu quarto.

As perguntas se embaralham na minha cabeça. Há quanto tempo esse diário está lá? Por que fui a primeira pessoa a reparar na existência dele? E por que Victoria quis que eu o encontrasse? Ela nem me *conhece.*

Viro o caderno nas mãos para sentir o peso. Ao folheá-lo, vejo a letra caprichada de Victoria preencher de preto páginas e mais páginas. As datas parecem abarcar os dois últimos anos. Reparo no nome "Adam" várias vezes. O que faz sentido. Se Victoria mantinha um diário, é claro que iria escrever sobre o marido.

Uma coisa está clara para mim: ela quis que eu pegasse esse diário. Quer que eu o leia.

Eu queria saber mais sobre Victoria, e é óbvio que ela não vai ter como me contar a história da vida dela. Essa é minha única chance de saber mais a seu respeito.

Sendo assim, eu me deito na cama, abro o caderno e começo a ler.

NOVE

DIÁRIO DE VICTORIA

20 de junho de 2016

Hoje conheci o homem com quem vou me casar.

Eu sei, eu sei. Pareço uma adolescente toda ouriçada com um cara gato que acabou de conhecer. Juro que não costumo ser assim! Sou uma daquelas pessoas enlouquecedoras de tão sensatas. Faço meu imposto de renda logo no início do prazo. Estudei enfermagem quando minha verdadeira paixão era a escrita, porque sabia que a primeira opção me proporcionaria uma carreira boa e estável, ao passo que a segunda me deixaria pobre e faminta.

Mas, quando o assunto é homem, tenho uma certa tendência a... bom, a me precipitar. Às vezes. De vez em quando. Pelo menos foi o que me disseram. Reconheço que já achei que outros homens seriam meu futuro marido. Bradley, na faculdade. Noah, logo depois de formada. E Evan. Ainda não sei direito como pude me enganar tanto com ele...

Mas agora é totalmente diferente. Agora é para valer. E digo para valer mesmo. *Mesmo.*

Então é claro que a primeira coisa que eu quis fazer ao chegar em casa foi escrever sobre isso. Posso até ser enfermeira e não escritora, mas pelo menos posso usar minha habilidade para fazer lindas anotações sobre todos os detalhes, para que, um dia, quando meus filhos perguntarem como conheci o pai deles, eu tenha a chance de dar esse caderno para eles com tudo documentado.

Então, isso é para vocês, Futuros Filhos.

O dia começou absolutamente normal. Na verdade, pior do que normal. Logo antes de *aquilo* acontecer, Mack tinha acabado de chegar no pronto-socorro com dois universitários do grêmio de porre. Um estava desmaiado, com suspeita de coma alcoólico. O outro apresentava uma laceração grande e sanguinolenta na testa. E eram só oito da noite, credo! Como foi que as coisas chegaram a esse ponto no grêmio?

– A flor da nossa juventude – comentou Mack depois de fazer seu relatório sobre os garotos.

Mack é socorrista, e uma ou duas vezes por noite traz pacientes para cá. Desconfio que quando estiverem lendo isso, ele não vá mais fazer parte da minha vida. Mas passei a conhecê-lo muito bem nos últimos dois anos, durante suas aparições frequentes no hospital. Às vezes, depois que o plantão termina, ele vai com a gente tomar um café ou algo mais forte.

Mack é um cara legal. Inteligente; dá para perceber pelos relatórios perspicazes que ele passa para a enfermagem. Ele sempre mantém a calma sob pressão. E é grande e forte o bastante para conseguir carregar os universitários bêbados de 90 quilos sem pestanejar. Além do mais, ele é... bom, não dá para negar que é um cara bonito. Foi mal, Futuros Filhos, mas é verdade. Ele é alto, musculoso sem parecer que passa o dia todo malhando e tem um tufo de cabelo preto bagunçado que é encantador. Houve um tempo em que pensei que ele pudesse ser o futuro marido, mas aí descobri que ele namorava firme. Fiquei muito decepcionada.

Não que eu me importe mais com o fato de Mack ter namorada. Mas era algo que costumava me incomodar. Até ontem.

– Noite animada? – perguntou Mack para mim.

Ele não estava se referindo a mim, especificamente, claro. Estava querendo dizer o pronto-socorro.

E, sim, estávamos lotados. Uma mistura de gente que tinha começado a beber cedo e feito burrice com gente que tinha passado a semana inteira ignorando aquela dor abdominal até sair do trabalho no final da sexta-feira. A noite parecia especialmente atribulada. A sala de espera estava tão lotada que as pessoas em pouco tempo precisariam começar a sentar no colo umas das outras. Todas as salas de exame estavam ocupadas, e havia pacientes em macas no corredor. O que nunca é um bom sinal.

– Está meio caótico. – Dei de ombros. – Será que é por causa da lua cheia?

Mack me deu uma piscadela.

– Nesse caso, vou tentar desviar uns pacientes para o norte da cidade.

– Muito agradecida.

Olhei para o cara do corte cheio de sangue, que tinha vomitado na lateral da maca todinha. Senti meu próprio estômago se revirar.

– Poxa – resmunguei.

Tecnicamente, limpar aquilo não era trabalho meu, mas tive a sensação de que acabaria sobrando para mim. Não se pode simplesmente deixar uma poça de vômito no meio do corredor.

– Pois é – comentou Mack. – Esse daí tá bem ferrado.

Mack estava sorrindo para mim. Ele acha hilário o fato de eu nunca falar palavrão. Principalmente levando em conta que muitas das pessoas que trabalham no pronto-socorro têm a boca bem suja. O que posso dizer? Meus pais me ensinaram a não falar palavras feias. Nem a usar o nome do Senhor em vão. E agora que os dois se foram, estou mais decidida ainda a seguir fielmente esse preceito. Não tem nada de errado com isso, tem? Não frequento mais a igreja aos domingos, mas esse é um hábito que nunca vou conseguir perder.

A fila de pessoas a serem atendidas não acabava nunca. A lista de pacientes pendentes aparecia numa planilha no computador, por ordem de gravidade e em seguida de acordo com o tempo que já tinham passado esperando, e a lista ocupava três páginas fácil. Só seria totalmente percorrida quando o sol raiasse. Mas graças aos céus meu plantão terminava às dez da noite. Eu só precisava aguentar até o fim.

Então escolhi o paciente seguinte da fila.

Com base no relatório da enfermeira responsável pela triagem, o paciente, Adam Barnett, 32 anos, sexo masculino, estava preparando o jantar e, quando estava picando uma cebola – valorizei esse nível de detalhe absolutamente desnecessário no relatório da triagem –, tinha cortado o dedo. Enfim, o fato é que ele precisava levar pontos.

Gosto de costurar cortes. Muitas vezes, quando as pessoas vão ao pronto-socorro, não temos uma resposta ou uma cura fácil para o que as aflige. Se alguém chega com dor no peito e uma grande elevação no segmento ST do eletrocardiograma, pode ser mandado para a cardiologia, mas não vai ser uma estadia curta. Se alguém chega com febre e expelindo catarro verde, provavelmente vai sair ainda tossindo. Mas, se uma pessoa chega com um corte, posso dar os pontos e mandá-la para casa. Curada! Bom, mais ou menos.

Então, quando entrei na sala onde Adam Barnett estava à espera, imaginei que fosse curá-lo e mandá-lo para casa. Só que não foi bem isso que aconteceu.

Trabalho como enfermeira há quatro anos, três deles neste pronto-socorro. Já vi muitos pacientes ao longo desse tempo. *Muitos.* E é claro que uma porcentagem razoável deles por acaso é de homens bonitos. É uma questão de probabilidade. Quer dizer, sim, a maioria dos homens é composta de idosos e indivíduos que chegam cheios de catarro ou talvez sangrando, mas, de vez em quando, os deuses ficam com pena de mim e um cara bonito aparece. E em geral lido com isso com naturalidade. Sair com pacientes é algo que não se faz, de modo que eles basicamente são só um colírio para os olhos.

Mas esse cara...

Esse cara foi diferente.

Não consigo explicar. Sou superfã de comédias românticas – já vi todas –, e muitas vezes, quando a garota conhece o cara, ela diz que foi como "ser atingida por um raio". E a gente revira os olhos, porque essa é uma coisa muito batida e ridícula de se dizer. Só que, por algum motivo, foi assim mesmo.

Eu me sinto uma boba escrevendo isso. Mas foi assim mesmo! Eu entrei na sala, olhei para o pai de vocês, e alguma coisa simplesmente me atingiu. Feito um tapa na cara. Ou uma dose de sais de cheiro. (Sais de cheiro são surpreendentemente desagradáveis. Não tentem isso em casa, Futuros Filhos!)

Não sei muito bem por quê. Sim, ele era bem bonito, mas já tratei outros pacientes bonitos. Uma vez, tratei um cara veterano de guerra do Afeganistão, e ele tinha uns músculos incríveis quando tirou a camisa. Mas ele não me provocou o mesmo raio que Adam.

Vai ver foram os olhos verdes. Exatamente da mesma cor de grama recém-cortada.

Então, em vez de fazer meu discurso habitual e dizer que me chamava

Victoria Benson e que era a enfermeira que iria atendê-lo, e blá-blá-blá, eu simplesmente fiquei ali, de queixo caído. Possivelmente com um pouco de baba escorrendo pelo canto da boca.

Mas, para ser totalmente honesta, ele também estava fazendo a mesma coisa. Bom, estava sentado na maca, segurando uma das mãos envolta em gaze ensanguentada. Mas, tirando isso, a expressão se parecia muito com a minha. De queixo caído, os olhos piscando. Ficamos nos encarando feito dois bobos, e juro que consegui ouvir harpas tocando ao fundo.

Então isso é amor. Lá, lá, lá, lá.

– Oi. – Fui eu quem por fim rompeu o silêncio. Afinal de contas, a profissional ali era *eu*. – Eu... meu nome é Victoria. Eu vim, sabe como é, vim segurar sua mão.

Ele franziu o cenho para mim.

– Quer *dizer*, vim *costurar* sua mão. – Eu me corrigi.

Pelo menos consegui fazer as palavras saírem. Foi exatamente esse o efeito que o pai de vocês teve em mim, crianças.

– Certo – disse ele.

Um sorriso se insinuou devagar no rosto dele. E, nossa, ele ficava mais lindo ainda quando sorria. Ele simplesmente tinha um quê muito *sexy*. Humm... se meus filhos vão ler isso, talvez eu não devesse usar palavras como "sexy". Vou ter que esperar vocês terem pelo menos 20 anos para lerem isso. Enfim, vocês não foram nem concebidos ainda, então não vou me preocupar com isso agora.

– Tudo bem? – perguntei.

Ele assentiu.

– Claro. Vai fundo.

Desenrolei com todo o cuidado a gaze manchada de vermelho em volta da mão esquerda. Ao fazer isso, reparei que não havia nenhuma aliança no dedo anelar.

Interessante. Muito interessante.

O corte era no indicador, com uns 3 centímetros de extensão e sem sinal de dano profundo nos tecidos. Eu mesma podia costurar aquilo sem precisar chamar o médico de plantão. Vou tentar reproduzir nosso diálogo sugestivo:

– Como o senhor se cortou, Sr. Barnett?

(Barnett – mesma inicial do meu sobrenome. Eu vou continuar tendo as mesmas iniciais!)

– Adam. – Ele pigarreou. – Então... resolvi aprender a cozinhar. Comprei um livro da Julia Child com um monte de receitas. Pensei... bom, enfim... não é... não tá correndo muito bem. Acho que minhas facas estão afiadas demais. Ou não estão afiadas o suficiente. Ou eu simplesmente não sou bom cozinheiro.

Eu ri, e ele sorriu mais ainda.

– Por que resolveu de repente aprender a cozinhar? – Fiz uma pausa. – Pra impressionar a namorada?

Vocês sabiam que a mãe de vocês podia ser tão esperta???

Ele fez que não com a cabeça.

– Não, não tenho namorada. Só achei que fosse uma habilidade importante de se ter. Mas tá na cara que não é pra qualquer um. Talvez eu devesse me ater às coisas para as quais tenho talento.

Sem namorada. Mais interessante ainda.

– E para que o senhor tem talento?

– Bom, pra escrever livros, acho.

E então algo fez um clique na minha cabeça.

O nome Adam Barnett tinha soado familiar na primeira vez que eu o havia escutado. Mas, nessa hora, eu me toquei. Aquele não era apenas um cara aleatório qualquer. Era um autor best-seller do *The New York Times*. Ele era *famoso*, caramba. Eu tinha pegado o último livro dele na estante de uma Barnes & Noble uns dois meses antes e lido de cabo a rabo em um dia. E agora ele estava sentado ali na minha frente!

Vocês já sabem que seu pai é famoso, claro. Aposto que quando estiverem lendo isso, ele já vai ter escrito outros dez romances de sucesso. Mas isso foi uma revelação para mim. Eu sempre tinha gostado das minhas aulas de escrita criativa na faculdade, mas, como vocês sabem, segui um caminho mais prático. Admirava o fato de aquele cara ter abraçado sua vocação. E mais, se *dado bem*. Mas, claro: ele tinha talento de sobra.

– Ai, não acredito! – Eu já havia abandonado por completo qualquer tentativa de soar blasé e falei feito uma tiete descarada. Todas as minhas frases vinham acompanhadas por vários pontos de exclamação. – Você é o Adam Barnett!!! O escritor!!! Eu amo os seus livros!!! Sou superfã!!!

É preciso dar o crédito ao pai de vocês por ter ficado com as orelhas levemente rosadas.

– Bom, obrigado.

– Seus livros são tão emocionantes e cheios de suspense. – Eu não conseguia mais parar. Que constrangedor. – Como é que você consegue pensar nisso tudo? Eu só... quer dizer, *O limite da cidade* foi um dos melhores livros que li esse ano. Acho que sempre pensei que quem tivesse escrito esse livro fosse ser...

Não havia foto na contracapa do thriller de sucesso de Adam Barnett. Disso eu me lembro, porque sempre olho esse tipo de coisa. Quando estou lendo uma história, gosto de saber quem a está contando. Então, como a foto não estava lá, minha cabeça criou uma imagem própria. Imaginei um homem distinto, de cabelo grisalho esvoaçante, sempre vestido de terno. Muito diferente do cara de calça jeans e camiseta, cabelo castanho-avermelhado farto e linhas finas ao redor dos olhos ao sorrir.

Os lábios dele se contorceram de leve.

– Que eu fosse ser o quê?

– É... – Procurei uma palavra que fosse menos ofensiva. – Mais velho?

– Quer dizer que... eu escrevo feito um velho?

Comecei a me corrigir, mas então reparei que ele estava sorrindo. Estava brincando comigo. Me paquerando. Aquele cara sexy (me desculpem mais uma vez, crianças!) que tinha escrito um dos melhores livros que eu já lera na vida estava me *paquerando*. Minha cabeça estava começando a girar.

– Deixa eu te costurar – falei.

Confesso que, depois de sair da sala, em vez de ir buscar o material de sutura, corri direto até o banheiro para dar uma geral no visual. Por sorte, tinha decidido usar meu pijama cirúrgico justo nesse dia, em vez do outro largão que uso quando estou inchada por causa da TPM ou não estou a fim de levar cantadas de caras bêbados. Meu cabelo loiro estava preso para trás num coque bagunçado, e passei um bom minuto tentando decidir se estava bagunçado de um jeito sexy ou de um jeito desleixado. Acabei deixando o cabelo em paz e apenas retoquei rapidamente o rímel e o batom.

Tive que reconhecer uma coisa: Adam foi estoico enquanto eu o costurava. Uma hora depois, quando costurei um dos dois universitários, ele chorou feito um bebê. Mas o pai de vocês foi bem corajoso. Ele nem se encolheu quando injetei a lidocaína, e ficamos de brincadeira enquanto eu demorava tempo demais para dar alguns pontos. Considerando o movimento do pronto-socorro nesse dia, eu realmente deveria ter feito isso o mais depressa possível e mandado ele embora. Mas fui egoísta. Não queria que ele fosse.

– Tomara que você não vá passar a noite inteira presa aqui – disse ele enquanto eu envolvia seu dedo costurado com uma compressa de gaze.

– Meu plantão termina às dez – falei.

Eeeee... essa era a chance dele. Indireta, indireta! Fiquei parada ali, esperando que ele sugerisse que fôssemos beber alguma coisa. Tá, eu tecnicamente não deveria sair com pacientes, mas estava disposta a correr o risco de me encrencar para sair com aquele cara. Não é todo dia que um raio atinge a gente. Certo???

Só que ele não me chamou para sair. Não sugeriu um drinque, nem um passeio pelo bairro, nem um jantar tardio, nem mesmo irmos para a casa dele. (O que com certeza eu teria negado, e vocês deveriam fazer o mesmo, crianças. Nada de ir à casa de um estranho, por mais bonito ou sexy que ele seja, ou por mais certeza que tenham de que ele vai ser o pai dos seus filhos.)

Depois de preparada a papelada da alta de Adam e de eu mandá-lo para casa, fiquei de mau humor. Não sou de errar quando acho que um cara está a fim de mim. Pelo amor de Deus, como é possível se sentir atingida por um raio e depois nada acontecer?

Mas a resposta na época me pareceu evidente. Era *eu* quem tinha sentido o raio. Ele, não. O raio tinha sido totalmente unilateral.

O restante do meu plantão se arrastou pelo que pareceu uma eternidade. Tudo que eu queria era ir para casa, tomar uma boa chuveirada quente para lavar os cheiros variados do pronto-socorro e tentar não pensar em Adam Barnett. Depois de uma taça de vinho, aquilo já não doeria tanto. Dali a uma semana, seria uma lembrança distante.

À medida que o fim do meu plantão se aproximava, a dor foi ficando um pouquinho mais fraca. Mack apareceu com mais um paciente, e eu quase consegui retribuir seu sorriso.

– Ei, Vicky. – Ele me deu uma cotovelada de leve no ombro enquanto esperava alguém da enfermagem assinar a papelada. – Que cara de acabada. Tá quase terminando?

Fiz uma careta.

– Quase. Mas depois tenho uma tonelada de documentos pra terminar.

Mack também estava com uma cara de acabado. O cabelo preto estava ainda mais despenteado do que de costume, e a testa cheia de gotas de suor devido ao esforço recente de ter transferido um paciente obeso da maca para a cama. Ele anda fazendo aulas de especialização porque diz que precisa se formar em outra coisa antes de acabar com as costas. Está pensando em cursar medicina. Ele se acha velho demais, mas vivo dizendo que deveria tentar. Mack daria um ótimo médico. E ele não é *tão* velho assim... não tem nem 30 anos.

Ele baixou os olhos para o relógio que despontava da manga do uniforme azul-escuro que todos os socorristas usam.

– Tô liberado à meia-noite. Se ainda estiver por aí, quer sair pra beber alguma coisa?

Dei de ombros.

– Claro. Por que não?

É claro que, como Mack tem namorada, seríamos apenas dois amigos saindo e compartilhando histórias de guerra de um plantão exaustivo. Mas imaginei que isso fosse me ajudar a esquecer Adam ainda mais do que um banho quente. E haveria bebida... um ingrediente-chave para esquecer qualquer coisa dolorosa.

Humm. Talvez eu não devesse ter dito isso. Não bebam, crianças! A não ser em casamentos, e uma taça de champanhe no Réveillon.

Só que dessa vez consegui dar conta da papelada depressa e terminei tudo antes das onze. Àquela altura, não estava com pique para esperar mais uma hora para sair e ir beber alguma coisa com um cara que já estava comprometido. Mack iria entender.

A sala de espera continuava lotada. Uma ou duas horas antes, a visão daquele lugar teria me provocado uma baita dor de cabeça, mas naquele momento eu estava apenas aliviada por ter acabado. Amo meu trabalho, mas no fim de um plantão de doze horas não me resta mais um pingo de energia. A vantagem de trabalhar de plantão é que, quando acaba, é para valer. Eu podia ir para casa e não pensar mais no que tinha visto no dia.

Só que, quando saí, eu o vi. O pai de vocês. Sentado no banco bem em frente à porta principal.

E adivinhem só: ele estava segurando uma rosa!

– Victoria? – Ele se pôs de pé, meio sem jeito. – Oi…

– Oi – falei.

Mais tarde, ele me disse que passou quase uma hora sentado ali, desde o fim do meu plantão. Passou uma hora andando pelos arredores, tentando achar uma floricultura aberta, embora o efeito da lidocaína tivesse passado e a mão estivesse latejando.

– Não ache que eu sou maluco – disse ele. – Mas, logo que saí do pronto-socorro, não consegui parar de pensar em você. Tenho certeza que deve existir alguma regra sobre não sair com pacientes, mas eu não ia me perdoar pelo resto da vida se pelo menos não tentasse.

– Bom… – Dei um pigarro. – Não é bem uma regra, é mais uma diretriz…

– Quer dizer então… que isso significa que você aceita sair pra beber alguma coisa comigo?

Isso mesmo, Futuros Filhos: no final de um plantão exaustivo, o pai de vocês estava me esperando. E ele me deu uma rosa, e fomos tomar um drinque que se transformou num jantar já bem tarde. E depois fomos caminhar pela cidade até o sol nascer.

Ele me contou como fez um mochilão pela Europa depois da faculdade e se hospedou em albergues cheios de jovens até o dinheiro acabar, depois ficou dormindo na rua porque não queria voltar para casa. Contou que cantava no ensino médio num grupo *a cappella*, mas foi expulso por ser desafinado. Disse que seu filme preferido é *Pulp Fiction* e riu de mim quando falei que o meu é *Doce lar*, mas prometeu assistir. Contou que nunca sente frio, mas que usa casaco no inverno porque todo mundo olha torto para ele se estiver de camiseta num frio de zero grau. Falei que vivo com frio, e ele disse que me manteria aquecida e me envolveu nos braços.

Então, bem na hora em que o sol estava despontando no horizonte, chegou mais perto e me beijou pela primeira vez.

E puxa vida…

Nunca conheci ninguém igual a ele. Ele é um cara incrível. Não faz nem 24 horas que o conheci, mas já é tempo suficiente para saber que estou apaixonada. É pra valer. Pra valer *mesmo*.

Nunca acreditei em amor à primeira vista até conhecer o pai de vocês.

DEZ

É tão fofo que quase fico com ânsia de vômito.

Ela deu pontos na mão dele. Ele percorreu Manhattan inteirinha a pé para encontrar uma rosa para ela. Os dois passaram a noite em claro, conversando. Depois, trocaram o primeiro beijo. Parece uma daquelas comédias românticas cafonas das quais Victoria pelo visto gostava. Fiquei com vontade de revirar os olhos. Várias vezes.

Sei que Victoria queria que eu lesse esse diário, mas não tenho certeza do quanto mais consigo ler. É doloroso saber como ela era feliz e o que vai acontecer com ela. Vou ler, mas por hoje chega. Não consigo mais.

Meu estômago solta um ronco constrangedoramente alto. Fiquei tão concentrada no jantar de Victoria que esqueci de comer. Adam me falou para pegar o que quisesse na geladeira, mas estou cansada demais para preparar qualquer coisa de verdade. Talvez faça um sanduíche.

Quando saio do quarto, vejo Adam saindo do de Victoria. O cabelo castanho está despenteado e há leves olheiras arroxeadas debaixo dos olhos. Ele dá um bocejo, mas cobre a boca ao me ver ali.

– Desculpa. Sei que bocejar é contagioso.

– Tudo bem com a Victoria?

Ele assente.

– Estava só pondo ela na cama. A rotina dela demora um pouco, então... – Ele torna a bocejar. – Desculpa. Na verdade, estou mais com fome do que cansado.

Meu estômago vazio solta um pequeno ronco.

– Eu também. Tô faminta...

Ele abre um sorriso sonolento para mim.

– Que tal um fettucine ao molho alfredo?

Humm. Parece delicioso. Sigo Adam até a cozinha no andar de baixo, mas minha animação arrefece um pouco quando ele tira do freezer duas caixas com a foto de fettucine ao molho alfredo e põe uma delas no micro-ondas.

Ele ergue uma sobrancelha para mim.

– Você parece decepcionada.

– Pensei que você fosse cozinhar – admito.

Ele ri.

– Bom, desculpa. Eu até cozinhava um pouco antes, mas hoje em dia não muito.

Inclino a cabeça para o lado.

– É que é meio engraçado. Quer dizer, você mora nesta casa gigante e dirige um BMW, mas come comida congelada. Eu imaginaria que você fosse ter um chef particular ou algo assim.

Ele ri com mais vontade.

– Você me faz parecer tão burguês... Eu não sou assim. – Ele leva a mão a um dos armários e pega uma garrafa de vinho tinto. Apesar do protesto sobre não ser burguês, o vinho parece bem caro. – Aceita uma taça?

– Claro. – Uma bebida não cairia nada mal depois do dia que eu tive. – Sempre quis saber qual seria o gosto de uma garrafa de vinho de mil dólares.

– Garrafa de mil dólares?

– Admite, vai... foi isso que você pagou por esse vinho. *No mínimo.*

Adam levanta a garrafa e observa o desenho no rótulo.

– Na verdade, não faço ideia de quanto a gente pagou. Foi a Victoria quem comprou.

É claro que foi. Afinal, essa é a casa dela. Foi ela quem comprou o vinho e deve ter comprado também o saca-rolhas que Adam está usando para abrir a garrafa e o micro-ondas que está esquentando nossos magníficos jantares prontos. A mulher tinha um gosto muito caro.

– Tudo bem você gastar muito dinheiro. – Pego a taça generosa de vinho que ele oferece; respeito o fato de não ter enchido apenas até a metade. – Quer dizer, você é famoso, né?

Ele bufa e baixa os olhos para a própria taça. Encheu a dele até a borda também.

– Na verdade, não. Só escrevi uns livros que tiveram um pouco de sucesso.

– Mais do que um pouco.

– Tá. Muito. Mas mesmo assim. Não chego a ser o Hugh Jackman.

Na verdade ele é bem mais bonito do que Hugh Jackman. E eu era bem fã do Wolverine.

– Tô me sentindo mal por não ter lido nenhum dos seus livros. Não leio muito, pra ser sincera.

Mordo o lábio para não comentar que sempre fui uma aluna mediana, e isso num ano bom. Larguei a escola, e, embora tenha acabado concluindo o ensino médio mais tarde, jamais teria cogitado fazer faculdade, mesmo que isso tivesse sido uma alternativa em meio a todas as outras coisas que estavam acontecendo na minha vida. Adam parece um daqueles caras para quem fazer faculdade era algo certo. E Victoria tem um diploma de ensino superior.

– Que bom que você não leu – diz ele. O micro-ondas apita e ele troca uma das caixas de fettucine pela outra. – Você não vai acreditar, mas detesto quando as pessoas ficam se derramando em elogios sobre os meus livros.

– Tem razão. Eu não acredito.

Ele abre um sorriso.

– Tá bom. Às vezes, eu gosto. Mas nunca sei se elas estão falando a verdade ou se estão só puxando o meu saco.

Eu me recosto na parede da cozinha e sinto algo espetar as minhas costas. Viro e reparo num grande amassado na parede. Passo os dedos ali.

– A parede ficou marcada quando a gente estava trazendo a geladeira na mudança – comenta Adam, secando de uma golada só o que resta de vinho em sua taça. – Vivo querendo consertar, mas…

Ele não precisa terminar essa frase.

Adam pega a garrafa de vinho e se serve de outra dose generosa, depois inclina a garrafa na minha direção.

– Mais?

Baixo os olhos para a minha taça, que então percebo estar quase vazia. Caramba, como bebi depressa. Olho para a garrafa, em seguida para o meu belo patrão. Estou seriamente tentada a dizer sim. Mas algo nesse lugar me faz sentir que preciso me manter sóbria.

– Não, obrigada.

Adam assente e torna a arrolhar a garrafa.

– Essa é a minha última. – Ele olha escada acima, para a porta da esposa lá no alto. – É que tem sido... um ano difícil.

– Posso imaginar.

Seu olhar se torna enevoado e distante, do mesmo jeito que o de Victoria quando ela estava olhando pela janela. Ele passa um dedo distraído pela borda da taça.

– Ela estava grávida, sabia?

Inspiro com um arquejo.

– A Victoria?

Ele baixa os olhos.

– Estava bem no comecinho. A gente nem tinha contado pra ninguém ainda. E é claro que ela perdeu quando...

Tapo a boca com a mão. Meu Deus do céu, quando acho que a história de Adam e Victoria não tem como ficar mais triste, ele vem com mais um pequeno detalhe.

– Sinto muito, Adam. Deve ter sido muito difícil.

Ele aquiesce sem dizer nada. Não é de espantar que tenha um ar tão derrotado. Perdeu de uma vez só a esposa e o filho ainda por nascer.

A única vez que vi Freddy chorar foi quando ele estava sentado na minha cama momentos depois de os médicos dizerem que eu tinha perdido nosso bebê num aborto espontâneo. Mas pelo menos tínhamos um ao outro.

Quase conto isso a Adam, mas fico de boca fechada. Não quero que vire uma competição de tragédia. Se fosse, ele venceria de qualquer forma. A minha é ruim, bem ruim, mas a dele é pior. Ele não só perdeu o bebê, como jamais terá a chance de ter outro. Mesmo que Victoria ainda consiga engravidar biologicamente, do ponto de vista ético é uma questão delicada. Ele nunca vai ser pai, mas ainda tenho uma chance de seguir em frente. Só não com Freddy.

Adam esvazia cerca da metade da segunda taça de vinho com uma baita golada.

– Tá tudo bem. Não era pra ser, só isso.

Assinto, sem saber ao certo o que dizer.

Ele consegue abrir um sorriso diminuto.

– Que bom que você tá aqui, Sylvia. A verdade é que é coisa demais pra eu segurar. É bom ter ajuda. E... – Ele olha em volta para o amplo espaço que forma a sala e a cozinha. – Um pouco de companhia.

– Certo, bom... – Retribuo o sorriso. – Que bom que estou aqui pra ajudar.

Passamos alguns instantes apenas nos encarando. Quando o micro-ondas apita, praticamente dou um pulo. A verdade é que não tenho ideia de como Adam fazia para morar sozinho nessa casa imensa. Aqui é tão isolado... Se ele não estivesse no mesmo cômodo que eu, eu estaria apavorada. Mesmo com ele aqui, a casa me dá arrepios.

– Vamos fazer o seguinte – diz ele enquanto retira com cuidado a caixa do micro-ondas. – Vamos levar nossos deliciosos jantares lá pra sala e ver um pouco de TV enquanto comemos.

Assinto vigorosamente.

– Bom, comida congelada foi feita pra isso.

– Exatamente o que pensei.

Então comemos em frente à televisão. Acabamos só assistindo umas reprises que estão passando na TV aberta, e, embora a gente não converse, rimos nos mesmos momentos. No entanto, enquanto estamos assistindo e rindo, meu pensamento viaja.

Será que Victoria e Adam se sentavam juntos nesse mesmo sofá para assistir televisão enquanto jantavam comida congelada?

Será que Victoria tinha alguma ideia do que estava prestes a acontecer em sua vida?

E como ela se sentiria se soubesse que nesse momento tem outra mulher sentada aqui com o marido dela?

Quanto a essa última pergunta, não tenho dúvida. Já sei a resposta.

ONZE

Como Adam me disse que Victoria sempre acorda cedo, programo o despertador para as sete. Se ainda estivesse na minha quitinete no Brooklyn, alguma sirene ou explosão na rua me fariam acordar antes de qualquer despertador, mas aqui o silêncio é total. Tenho o melhor sono da minha vida no colchão ultraconfortável. Minha sensação é estar vivendo uma vida de luxo.

Tomo uma ducha rápida, então visto uma roupa simples, calça jeans e camiseta. Prendo o cabelo num rabo de cavalo e me encaminho para o quarto de Victoria. Paro ao ver Eva dentro do aposento, colocando-a em algum tipo de cadeirinha. Victoria parece tão empolgada quanto eu estaria na mesma situação.

– Você volta mais tarde – resmunga Eva para mim. – Eu tiro a Victoria da cama, aí você volta.

– Ah, tá bom. – Brinco com a minha calça, meio constrangida. – É... é pra eu dar o café da manhã dela?

Ela dá as costas para a cadeirinha e me lança um olhar.

– É pra isso que o patrão te paga, não?

Sim.

Quero perguntar que tipo de comida deveria fazer, mas não estou com vontade de ouvir outra resposta atravessada. Eva me odeia. Não entendo o motivo, porque não sou *tão* detestável assim, mas está claro que ela me odeia. Vou ter que encontrar uma estratégia para ficar longe do caminho dela. Mas, enquanto isso, vou descer e preparar um café da manhã para Victoria.

Quando chego ao térreo, Maggie está lá, com os cachos ruivos presos para trás, passando aspirador no carpete com fones enfiados nos ouvidos. Antes de me ver, eu a ouço berrar:

– *Girls just wanna have fu-un!*

Quando me vê, ela interrompe seu solo e tira os fones, embora não pareça tão constrangida quanto eu me sentiria se fosse pega numa situação parecida. Ela abre outro daqueles sorrisos contagiantes de orelha a orelha para mim.

– Sylvie! Oi!

Retribuo o sorriso, não consigo evitar.

– Fã da Cyndi Lauper?

– E quem não é? – Ela desliga o aspirador. – O que você veio fazer aqui embaixo?

– É… – Olho na direção da cozinha. – Eu ia fazer o café da manhã da Victoria, mas…

Maggie entende na hora.

– Mingau de aveia. É a melhor coisa pra ela comer no café. Vou te mostrar onde fica.

– Obrigada. – O alívio faz meus ombros relaxarem. Pelo menos uma pessoa aqui está disposta a me ajudar. – Eu ia perguntar pra Eva, mas ela é…

Maggie pisca para mim.

– Aterrorizante?

– Isso! Eu *morro* de medo dela. Qual é a dessa mulher?

– Não faço ideia. – Ela dá de ombros. – Sendo bem generosa, acho que ela está só sendo superprotetora em relação à Victoria. Mas, no pior dos casos, vai acabar assassinando todos nós com uma faca de cozinha.

Ela ri como se estivesse fazendo piada, mas parte de mim se preocupa que Eva possa de fato nos assassinar em algum momento. Ela parece aquele tipo de pessoa que tem sede de fazer justiça com as próprias mãos. E tenho quase certeza de que eu serei a primeira que ela vai matar.

Num dos armários, há caixas de mingau de aveia instantâneo de todos os sabores que se possa imaginar. Isso me leva a pensar que mingau de aveia é um café da manhã frequente para Victoria. Escolho uma caixa de sabor maçã e pego uma tigela para prepará-la no micro-ondas.

– Assim vai ser suficiente pra ela? – pergunto a Maggie.

Ela abre o armário cheio de comida de bebê e pega um pote de purê de maçã.

– Pode servir com isso aqui.

Hesito antes de pegar o pote. Não quero dar comida de bebê para Victoria. Não parece certo.

– É da consistência certa – insiste Maggie. – E o gosto não é ruim. Já provei.

– Já?

– Claro. É tipo um purê de maçã sem gosto. Quem não iria gostar?

O micro-ondas apita e retiro a tigela de mingau de aveia. Dou uma mexida e coloco lá dentro de novo por mais um minuto. O cheiro pelo menos é bom, mas a consistência está pegajosa. Não sei bem quanto ao sabor, mas Victoria não come muito mesmo. Só comeu cerca de um quarto do jantar de ontem, depois de eu preparar aquele purê de batata com tanto amor.

A porta da frente bate, e um segundo depois Adam entra na cozinha com uma corridinha, de camiseta, short e tênis de corrida. Há um V de suor impresso na camiseta, e ele tira os fones dos ouvidos ao mesmo tempo que nos cumprimenta com um aceno. A camiseta está parcialmente colada no peito musculoso... caramba, que *gato*. Com certeza entendo o que Victoria viu nele naquele dia no pronto-socorro.

– Tudo correndo bem, Sylvia? – Ele se inclina sobre a bancada, os olhos verdes concentrados no meu rosto. – Tem alguma pergunta?

– A Maggie estava aqui me ajudando. – Lanço um sorriso agradecido para ela. Seu rosto exibe uma expressão de quem acha graça. – Estou fazendo um mingau de aveia pra Victoria.

– Excelente. – Ele me faz um joinha. – Ótimo trabalho, Sylvia. Maggie. – Ele se afasta da bancada. – Vou direto pro chuveiro... estou suadíssimo. Vou estar lá no sótão trabalhando se precisarem de alguma coisa.

Esqueço o mingau de aveia por alguns segundos enquanto observo Adam subir a escada. Ele não só tem um belo peitoral, como também parece ter uma bunda bem bacana. Mas eu provavelmente deveria parar de ficar encarando antes que Maggie note.

– Esse patrão é um sonho mesmo.

Viro a cabeça depressa e olho para Maggie, que continua com uma expressão de quem está achando graça. Os braços cheios de sardas estão cruzados.

– Quê? – indago.

Ela ri.

– Ele é um gato. Eu entendo. Posso estar namorando, mas ainda não fiquei cega.

Brinco com uma mecha de cabelo.

– Ele é ok.

– Seeei...

– Tá, tudo bem. – Reviro os olhos. – Ele é um gato. É claro que é. Mas... – Meus olhos se erguem escada acima. – Não é que eu vá fazer alguma coisa em relação a isso. Ele é casado. E eu... – Estou celibatária, pelo visto. – Eu trabalho pra ele. Na verdade, trabalho pra *esposa* dele. – Evito o olhar de Maggie. – E mesmo que eu fosse tomar alguma atitude em relação a isso, ele não estaria interessado. É totalmente dedicado à esposa.

– Bom, isso é verdade. – Ela pega um saco de lixo grande na despensa e o sacode para abrir. – Mas... quer dizer, ele é um cara jovem. Deve se sentir bem sozinho. É um cara bacana e bem-intencionado, mas isso não tem como se arrastar indefinidamente. Alguma hora ele vai ter que partir pra outra.

– Bom. – Tiro o mingau de aveia do micro-ondas. Não parece nada apetitoso. – Comigo é que não vai ser.

Maggie sorri.

– Bom, que legal você também ser bem-intencionada.

Ela me dá uma piscadela, então torna a enfiar os fones nos ouvidos. Alguns instantes depois, está trocando o saco de lixo e cantando Cyndi Lauper outra vez. Pego o mingau e o pote de purê de maçã e subo para o quarto de Victoria.

Eva está saindo bem na hora em que chego. Ela fuzila com os olhos a comida que estou levando e me lança um olhar de nojo. Suponho que mingau de aveia instantâneo com um pote de purê de maçã para bebê não seja lá muito impressionante. Quem sabe eu consiga preparar alguma coisa melhor no futuro? Fico pensando se poderia cozinhar uns ovos e picar. Ou passar no processador. Meu objetivo é fazer Victoria comer uma refeição inteira, em vez das três colheradas de ontem à noite.

Mas, quando a vejo, tenho a sensação de que qualquer esforço que eu fizer vai ser uma causa perdida.

Ela parece totalmente fora de órbita. Muito mais do que no jantar de ontem à noite. A cabeça pende contra o encosto da cadeira, e há saliva escorrendo da boca. Quando digo o nome dela em voz alta, ela abre os olhos por um instante, em seguida torna a fechá-los.

– VICTORIA! – Estou quase aos gritos agora. – Sou eu. A Sylvie. SYLVIE!

Os olhos têm uma expressão vidrada que contrasta muito com o azul vívido das fotos espalhadas por toda a casa. Ela só consegue abri-los uns dois milímetros, e logo torna a fechá-los. Não há a menor chance de fazê-la segurar a colher. Que bom que não gastei muito tempo preparando um café da manhã caprichado, porque vou ter sorte se conseguir fazê-la comer uma única colherada.

Mas me esforço. Pego uma colherada de mingau de aveia e levo aos lábios dela.

– Vamos – suplico. – Só uma colherada. Uma colheradinha de nada.

Os lábios por fim se abrem cerca de um centímetro. Antes que ela consiga fechá-los de novo, enfio a colher cheia de mingau entre eles. Ela não faz qualquer esforço para mastigar nem para engolir. A maior parte da comida sai na mesma hora, e preciso limpar tudo com um guardanapo.

Mas que droga.

– De manhã é sempre difícil.

Ergo os olhos e vejo Adam em pé na soleira da porta do quarto. Ele tomou banho e vestiu uma roupa limpa, jeans e camiseta. Está muito bonito, como sempre. Se eu passar mais tempo com ele, vou ter que começar a tomar banho frio.

– Pelo visto, não estou conseguindo acordar ela o suficiente pra comer – balbucio.

Ele passa a mão pelo cabelo úmido.

– É normal. Ela sempre fica bem grogue assim que acorda. Demora pelo menos até a hora do almoço pra conseguir manter os olhos abertos. Geralmente depois do café da manhã eu deixo ela tirar um cochilo.

– Ah. – Olho para Victoria, cuja cabeça agora pende para a esquerda no encosto. – Ela parece mesmo prestes a tirar um cochilo.

Na verdade, ela parece já ter começado a cochilar.

Adam me mostra como inclinar o assento da cadeira para trás de modo a pôr Victoria numa posição reclinada. Ouço o ar assobiando por entre os lábios dela: está ferrada no sono.

– Pode ficar livre pra fazer o que precisar nas próximas horas – diz ele. – Ela deve acordar por volta da hora do almoço. – Ele meneia a cabeça para a janela. – Por que não vai dar uma corrida lá fora? O tempo está perfeito pra correr.

Não tenho tênis decentes, mas não quero admitir isso para Adam. Em vez disso, apenas sorrio.

– Quem sabe.

Não tenho interesse algum em ir dar uma corrida. Mas pelo menos agora tenho um tempo para ler mais um pouco do diário de Victoria.

DOZE

DIÁRIO DE VICTORIA

29 de setembro de 2016

Vou ser bem sincera com vocês. Antes de conhecer seu pai, tive vários outros relacionamentos. Mas quero que saibam que nenhum deles significou nada para mim. Bem, na época eu achava que sim. Todas as vezes pensava estar namorando O Cara. Mas hoje percebo que eram só um treino. Eu estava esperando o que seria para valer.

Vocês vão passar por isso um dia. Um dia, vão sentir um tipo de amor que vai fazer vocês quererem gritar aos quatro ventos. O tipo de amor em que dá vontade de usar hashtags ridículas do tipo #gratidão ou #melhornamoradodomundo. Ou quem sabe, quando vocês estiverem lendo isso, ninguém mais use hashtags. Talvez em vez de hashtags vocês usem *zebratags*. Ou sei lá o quê.

Ontem à noite, Adam me levou para ver *Hamilton*. É um espetáculo que está fazendo muito sucesso no momento, baseado na vida de Alexander Hamilton, o primeiro secretário do Tesouro dos Estados Unidos. Eu sei, é difícil acreditar que isso poderia virar um musical de sucesso da Broadway, mas é verdade. Nem consigo imaginar quanto ele pagou pelos ingressos. Tudo bem que ele é primeiro lugar da lista de mais vendidos do *The New York Times* (como vocês já sabem), mas às vezes me preocupo achando que ele gasta dinheiro demais comigo. Todos os caras com quem namorei antes tinham dívidas estudantis como eu, ou faziam algum tipo de trabalho informal, então essa é a primeira vez que namoro com um cara que me trata tão bem. E... bom, preciso ser sincera: não é algo que eu deteste.

Sério: jantar em restaurantes franceses caros? Flores toda vez que a gente se vê? Ingressos para os melhores espetáculos da Broadway? Quem não iria gostar de tudo isso???

Só que não preciso de nenhuma dessas coisas! Eu iria gostar do Adam do mesmo jeito se ele me levasse para comer toda noite no McDonald's. Contanto que ele estivesse comigo, eu ficaria feliz com um Big Mac e uma batata frita grande.

Adam sempre vem me buscar na minha casa, embora a dele fique bem mais perto da Broadway. O pai de vocês é um cavalheiro, quanto a isso não há discussão. Ele segura as portas para eu passar! Nenhum homem nunca tinha segurado as portas para eu passar. Eu imaginava que isso fosse algo que os homens faziam antigamente, quando usavam cartola e as mulheres usavam espartilho.

Quando apareceu hoje à noite, Adam trazia um buquê de rosas.

– *Pour vous.*

Mulheres amam flores, é biológico. Tem tanta coisa para amar nas flores. O cheiro é uma delícia. Elas são lindas. E as cores, ah! Eu ficaria feliz com um simples punhado de margaridas, mas Adam sempre me dá rosas. É muito gentil.

– Você não precisa me trazer flores toda vez que a gente sai.

– Mas você ama – observou ele. – E eu *posso*. Então...

– Eu sei, mas...

Foi bobagem contestar isso. Por que eu iria falar para ele não comprar flores para mim? Tenho a fantasia de que, quando vocês estiverem lendo isso, seu pai ainda vá estar me trazendo rosas... Talvez não todo dia, mas quem sabe uma vez por semana. Toda sexta-feira à noite. Pelos últimos quarenta anos.

– Além do mais, eu te trouxe outra coisa – disse ele.

Então ele levou a mão ao bolso do casaco e pegou uma caixinha retangular. Dei um arquejo ao ver um colar de ouro branco com um pingente de floco de neve cravejado de diamantes. A joia era tão linda que me deu vontade de chorar. Fiquei encarando o colar, zonza de alegria.

– Isso deve ter sido muito caro – murmurei.

– Você vale cada centavo – murmurou ele de volta.

Então o puxei para dentro, porque, sério, não conseguimos tirar as mãos um do outro. Desculpe contar a vocês uma coisa tão desconcertante em relação a seus pais, mas é verdade. Só que ontem à noite a coisa toda acabou sendo meio frustrante, porque a gente tinha os ingressos para o espetáculo, entendem?

– Eu te amo tanto, Vicky – sussurrou ele no meu ouvido.

– Eu também te amo – murmurei de volta.

E amo mesmo. Amo *demais*! Sim, eu sei que só estamos juntos há alguns meses, mas é tempo suficiente para saber que estou louca de paixão por esse cara. Eu amo esse homem! Amo tanto que tenho a sensação de precisar inventar uma palavra nova para expressar meus sentimentos. Eu *aumo* ele. *Aimo* ele. Eu *aaaaaamo* ele.

– Hamilton – consegui dizer enquanto as mãos dele subiam pelas minhas costas.

Ele beijou meu pescoço.

– Eu topo deixar pra lá se você também topar.

– Mas os ingressos não custaram uns mil dólares?

– É só dinheiro.

Esse é o pai de vocês. Ele me ama mais do que se importa com um pouco de dinheiro ou alguns ingressos de teatro.

É claro que o bom senso acabou levando a melhor, e decidimos que poderíamos muito bem fazer aquilo depois do espetáculo. Adam ficou com uma cara meio decepcionada, mas na verdade não conseguiu argumentar. E pude usar meu colar de floco de neve, que combinava perfeitamente com meu vestido.

O musical foi incrível, claro. Enfim, era *Hamilton*, né? Mas Adam passou o espetáculo inteiro com a mão no meu joelho ou em outros lugares, e houve momentos em que tive medo de sermos expulsos da sala. Mas, pensando bem, teria sido uma história e tanto para contar, não? Não que eu fosse contar para *vocês*. Tenho certeza de que existem algumas coisas sobre seus pais que vocês não precisam saber!

Terminado o espetáculo, acabamos tendo uma discussão para ver em que apartamento iríamos dormir. Bom, eu não diria exatamente *discussão*. Foi uma conversa acalorada. Adam muitas vezes reluta em dormir na minha casa. O que é compreensível, uma vez que a dele é tipo um milhão de vezes mais legal do que a minha, como seria de se esperar. Como ele tem muito dinheiro, mora num apartamento com sala e dois quartos lindíssimo, com uma vista espetacular para o horizonte de Manhattan. Ao passo que eu moro numa quitinete com uma linda vista para uma parede de tijolos a menos de dois metros de distância.

Além disso, apesar do meu uso constante de inseticida, tenho um problema com baratas. Não entendo por que não consigo me livrar dessa praga. Elas são uma prova viva da evolução.

– Amanhã eu tenho plantão – expliquei. – Se a gente for pra sua casa, não vai dar tempo de passar na minha, tomar banho e me arrumar.

– Humm. – Ele batucou um dos dedos no queixo, que já ostentava uma barba por fazer bem sexy. – Bom, quem sabe não seria bom você começar a deixar mais coisas na minha casa? Aí pode ir pro trabalho direto de lá.

– É uma ideia...

– Ou... você poderia simplesmente ir morar comigo.

Todo o ar me escapou de repente dos pulmões. Fiquei encarando os olhos verdes de Adam com o coração esmurrando o peito. Havia um esboço de sorriso em seus lábios, mas não era um sorriso de quem está fazendo graça.

– Você tá... tá falando sério? – consegui articular.

– Bom, por que não?

Ele estendeu a mão para brincar com uma mecha do meu cabelo loiro. Ele ama meu cabelo. Diz que o faz pensar em palha dourada, o que me dá a sensação de ser uma princesa num conto de fadas.

– Eu sou louco por você – prossegue ele. – Qualquer noite em que a gente não durma junto é simplesmente... frustrante.

Aceitei na hora, claro. Como vocês sabem, desde o instante em que pus os olhos nesse homem tive certeza de que iríamos ficar juntos para sempre. Sendo assim, morar na casa dele era apenas um passo para passarmos a vida um ao lado do outro. Posso ver meu futuro todo com ele. Casamento. Filhos. Casa de repouso com duas cadeiras de balanço iguaizinhas, de mãos dadas.

Não, não estou defendendo que todo mundo deva se mudar para a casa do namorado depois de apenas alguns meses. Em muitos casos, essa provavelmente não é uma ideia muito sensata. Mas, nesse caso específico, tenho certeza de que vocês vão concordar comigo que deu tudo certo no final.

Foi uma noite absolutamente mágica. *Hamilton*. A decisão de morar juntos. Uma noite da qual vou me lembrar para sempre.

Só houve um incidentezinho que meio que estragou um pouco o clima.

Quando estávamos andando na rua, com pressa para achar um táxi e poder chegar em casa (na minha nova casa!), um homem trombou comigo e esbarrou com força no meu ombro.

Faz tempo que moro em Manhattan, então estou acostumada a levar encontrões, ser empurrada, e uma vez até levei um banho de xixi (no sapato – foi um cachorro). E Adam também mora aqui há muito tempo. Então fiquei surpresa com quão furioso ele pareceu ficar diante do que obviamente fora um acidente.

– Ei! – disse Adam com rispidez para o homem de 50 e poucos anos que tinha esbarrado em mim. – Por que não olha por onde anda?

O homem fez um gesto para baixo em direção à bengala que segurava na mão esquerda.

– Ô, parceiro, você e sua namorada estavam ocupando a calçada inteira. Eu preciso de espaço.

Adam deu um passo à frente. Seus olhos exibiam uma expressão sombria desconhecida para mim... e um pouco assustadora, para ser bem sincera.

– Então você decidiu que estava a fim de dar uma apalpada nela?

Fiquei observando a situação, aturdida. Já fui apalpada por desconhecidos nesta cidade – a hora do rush no metrô é bem complicada –, mas aquele homem *não tinha* feito isso. Tinha só esbarrado em mim. Por que Adam estava tão bravo?

– Adam... – comecei a falar.

– Escuta, parceiro – disse o homem. – Eu não...

– Não o quê? – Adam deu um segundo passo à frente e enfiou o dedo na cara do sujeito. – Você sabe que não consegue uma garota bonita feito a minha, aí decidiu tirar uma casquinha, foi isso?

Toda a cor se esvaiu do rosto daquele homem. Ele olhou para mim, para Adam, então ergueu no ar a mão que não estava segurando a bengala.

– Olha aqui, eu não quero confusão. Não estava fazendo nada.

– É, sei. Talvez seja bom se desculpar.

O homem olhou para mim com uma expressão estranha no rosto.

– Desculpa – falou por fim.

Então saiu mancando pela rua, se apoiando bastante na bengala.

A cena toda me deixou um pouco trêmula. Era a primeira vez que eu vivia um confronto desses com alguém. Sabia que o homem não tinha passado a mão em mim, mas estava me sentindo estranhamente tocada pelo fato de Adam ter defendido minha honra daquele jeito. Quer dizer, isso sim é cavalheirismo. Depois disso, não tive mais dúvida nenhuma de que ele seria um bom provedor e um bom marido.

– Isso provavelmente não teria acontecido se você não estivesse usando uma saia tão curta – comentou Adam.

No começo, achei que tivesse ouvido mal. Eu não estava de saia curta. Longe disso. Minissaia não faz muito o meu estilo; a que eu estava usando batia logo acima do joelho. Uma saia dessas não é curta.

Ou é??

Fiquei olhando para ele, confusa.

– Achei que você gostasse da minha saia.

– Eu *gosto*. – Ele me deu uma piscadela. – Só estou dizendo que uma saia assim faz os caras quererem te agarrar.

Ele tinha alguma razão, suponho. Infelizmente, mesmo nos dias de hoje, uma mulher ainda não pode andar na rua usando uma saia nem que seja um pouco mais curta sem escutar um fiu-fiu ou ser agarrada! Tomara que as coisas tenham melhorado para as mulheres quando vocês estiverem lendo isso. Ainda bem que existem homens como o pai de vocês para proteger mulheres como eu.

TREZE

Passei a última hora lendo o diário de Victoria.

Ela descrevia em detalhes os primeiros encontros com Adam. O quanto ele era romântico. O quanto os dois estavam apaixonados. Quando finalmente li sobre o dia em que ele lhe deu de presente o colar de floco de neve e os dois decidiram morar juntos, tive que parar. A leitura é difícil demais quando se sabe que tudo terminou em tragédia.

Eu precisava pelo menos de uma pausa.

Felizmente, Victoria a esta altura já acordou, e parece até disposta a comer cerca de um terço do almoço que preparei. Ela tem uma dificuldade enorme para manter a comida na boca. Acabo tendo que colocar um guardanapo na gola da camisa dela, porque metade do que ponho na sua boca cai na mesma hora e suja a roupa toda.

– Tem alguma coisa que você queira fazer hoje à tarde? – pergunto enquanto limpo a comida do queixo dela.

Victoria não responde. Mas pelo menos os olhos estão abertos e ela está me encarando.

– Que tal eu pentear seu cabelo? – Visualizo a fotografia dela com os cachos dourados brilhantes. Que diferença em relação ao cabelo de agora, murcho e sem cor. – Posso escová-los pra você. E fazer... umas tranças embutidas? O que me diz?

Ela pisca para mim. É um sim.

O estoque de produtos para cabelo de Victoria fica numa das gavetas do banheiro. Estão todos cobertos por uma camada de poeira, o que explica a condição dos fios dela. Encontro um frasco de creme enriquecido com óleo de argan antioxidante e extrato de linhaça, que supostamente nutre e ajuda a fortalecer o cabelo. Parece um produto extremamente caro e tem um cheiro delicioso. Escolho também uma escova e um dos vários pentes. Meu Deus, quanta coisa para cabelo. Eu só tenho uma escova e um xampu dois em um. Não tenho dinheiro nem para comprar xampu e condicionador separados.

Quando volto para o quarto, Victoria dessa vez não está olhando para a janela. Os olhos estão pregados na porta. Estava esperando eu voltar.

Vai ver está começando a gostar de mim.

– Voltei! – Ergo o frasco de óleo. – Peguei um pouco desse creme maravilhoso pra você. Seu cabelo vai ficar lindo.

Fico observando o rosto dela na esperança de ver algum esboço de sorriso. Nada. Ai, ai. Em algum momento enquanto estiver trabalhando aqui vou conseguir arrancar um sorriso dessa mulher.

Passo a hora seguinte massageando o cabelo dela com o óleo. Suponho que alguém o esteja escovando, porque não está embaraçado, mas há alguns pequenos pontos embolados que preciso tratar com cuidado. Além do mais, a última pessoa que cortou o cabelo dela pelo visto não se importou em fazer um bom trabalho. As pontas estão todas desiguais, então preciso pegar uma tesoura no banheiro e dedicar algum tempo a tentar fazer um corte decente. Chego a fazer algumas camadas, mas não quero exagerar na dose. Não sou exatamente uma exímia cabeleireira.

– O Adam vai adorar seu cabelo assim. – Embora ela não reaja ao que estou dizendo, sinto a necessidade de seguir falando. Em algum nível, ela deve estar entendendo. – Os homens têm obsessão por cabelo. Quer dizer, eles gostam de peitos, bundas e pernas, mas a gente não pode subestimar a importância de um cabelo bonito. – Faço uma pausa para aparar um fio mais comprido na nuca. – O Freddy... ele foi meu primeiro namorado... o Freddy sempre amou meu cabelo.

Ao dar a volta para cortar a parte da frente, percebo a atenção com a qual ela está me observando. Ela gosta quando converso com ela. E, por algum motivo, isso tem um quê de terapêutico para mim também. Na realidade, nunca conversei com ninguém sobre a história toda com Freddy. Não de verdade.

– Conheci o Freddy no ensino médio. Ele estava um ano na minha frente. Era do último ano, e eu do penúltimo. Ele parecia tão... tão estiloso e sofisticado... E bonito.

Sorrio ao lembrar de ficar vendo Freddy fumar com os amigos atrás da escola. Eu deixava o cabelo cair na frente dos olhos ao passar por ele, porque tinha vergonha de ele me pegar encarando.

– Não tão bonito quanto o Adam, acho. Mas ele tinha um cabelo escuro todo bagunçado, muito fofo, e uns olhos escuros que eram duas brasas... e uma covinha no queixo. Meu Deus, que *gato* ele era. Eu ficava até tarde da noite tendo fantasias com ele. Não acreditei quando ele também gostou de mim. Pensa bem, *de mim*.

Eu não era uma garota descolada no ensino médio. Era calada, e não era especialmente boa em redação, matemática, esporte... Em nada, na verdade. Pesava a mão na hora de maquiar os olhos, pelo menos segundo minha mãe, e, pensando bem, acho que talvez ela tivesse razão em relação a isso. Já Freddy era um cara de quem todos gostavam, meio que o engraçadão da turma, e com certeza tinha estilo. Na primeira vez que ele falou comigo, eu mal consegui formar duas palavras. Nem reparei na hora que ele também estava tímido e constrangido por falar comigo.

– Então a gente começou a namorar. – Alinho uma mecha de cabelo do lado direito com um golpe da tesoura. – E olha só a parte mais doida: ele foi um namorado muito legal. Quer dizer, eu não tinha muito com que comparar. Só tinha beijado um garoto uma vez antes dele. Mas ele era... bacana. Ligava pra mim toda noite, e a gente passava horas no telefone. A gente conversava sobre *tudo*. Quando começamos a sair, minhas amigas disseram que ele só queria me levar pra cama, mas não era verdade, de jeito nenhum. A gente tinha uma *conexão*. Eu achava ele...

Eu achava que o Freddy fosse o amor da minha vida. Mas hoje me sinto boba dizendo isso. *Amor da minha vida.* O que isso quer dizer, no fim das contas?

– Eu gostava muito mesmo dele – digo, por fim.

Prendo o cabelo dela numa trança embutida atrás da cabeça. Eu me lembro de ficar treinando fazer tranças embutidas nas minhas bonecas quando era criança. E depois nas minhas amigas. Há anos não faço uma trança embutida, mas meus dedos não esqueceram o processo. Infelizmente, a trança deixa mais visível a cicatriz no couro cabeludo dela. Então desfaço meu trabalho e começo a escovar o cabelo outra vez.

– Enfim, o Freddy adorava passar a mão no meu cabelo. – Passo a minha no cabelo agora sedoso de Victoria. – A gente ficava deitado junto na cama, e ele passava horas só mexendo no meu cabelo.

Victoria ergue os olhos para mim com uma pergunta no olhar. *E o que aconteceu depois?*

O que aconteceu depois foi que Freddy me engravidou. É claro que a gente fazia um pouco mais na cama além de ficar mexendo no cabelo. Éramos dois adolescentes, afinal.

Mas não acho que deva contar essa história. Devo me ater às histórias felizes. Que pena eu não conhecer nenhuma história real assim. Só que ela não sabe disso.

– Seu cabelo tá maravilhoso! – exclamo. – Vou te mostrar. Deixa eu pegar um espelho.

Vou correndo até o banheiro e pego o espelho de mão. Levo-o para Victoria e o ergo em frente a seu rosto. Ela passa um tempão se olhando. Bom, com o olho direito. O outro continua olhando para algum lugar totalmente diferente.

– Você tá linda. O Adam vai *amar*.

Ela franze o cenho para o próprio reflexo. Então estende a mão e toca a cicatriz serrilhada na bochecha esquerda. Balança a cabeça.

– Sabe de uma coisa? Aposto que dá pra cobrir isso aí com maquiagem.

Bom, cobrir não. Não tem *como* cobrir essa cicatriz. Mas pelo menos daria para deixá-la menos visível.

Ela balança a cabeça.

– Não – diz.

Apesar de tudo, sou obrigada a sorrir.

– Essa é a primeira coisa que você me disse o dia inteiro.

Victoria olha para mim em silêncio, aturdida. Pelo visto, vai ser a última também.

Bato uma palma.

– Tive uma ótima ideia! Que tal eu fazer sua unha?

De modo nem um pouco surpreendente, Victoria não parece se empolgar com a ideia de fazer as unhas. Mas vou dar mais uma olhada no banheiro e encontro um estoque de esmaltes, além de lixa e cortador. Escolho um vermelho-vivo chamado Vermelho Big Apple.

Conto mais sobre Freddy enquanto faço suas unhas. Sobre o namoro, o casamento numa igreja linda com todos os nossos parentes e amigos e como ele terminou a faculdade e arrumou um emprego ótimo na área de vendas. Conto como queríamos ter filhos, mas que estávamos esperando o momento certo. Economizando dinheiro para podermos ter um belo pé-de-meia.

É tudo ficção, claro. Essa é a vida que eu tinha imaginado com Freddy muito tempo atrás. O final feliz que eu sempre quis ter.

As unhas de Victoria estão aparadas até o sabugo. Peguei o cortador, mas hesito em usá-lo. As unhas nunca vão ficar bonitas cortadas assim tão curtas.

Mas Adam me falou que era preciso deixá-las curtas. Ela o arranha quando ele tenta lhe dar a medicação de que precisa, e não quero que ela arranque os olhos dele. Então adeus, unhas.

Victoria fica olhando eu cortar as unhas da sua mão direita, imóvel. Quando vou cortar as da esquerda, ela tenta puxar a mão para longe de mim.

– Fica parada – peço. – Estou quase acabando. Aí suas unhas vão ficar bonitas pro Adam. Você vai ver.

Ela balança a cabeça.

– Ãma – diz.

Bom, pelo menos ela voltou a falar.

– Juro que você não vai ficar sem unha. Vou só cortar bem curtinha.

– Não. – Ela segura minha mão direita com a esquerda. – Ãma. Adam ãma.

– Você… – Analiso o rosto dela para tentar entender o que está querendo dizer. – Você quer que o Adam corte suas unhas?

– Não.

Ela torna a balançar a cabeça, os olhos tomados de frustração. Não consigo nem imaginar como deve ser não conseguir dizer as palavras necessárias para expressar o que se quer.

– Não. *Não* – repete ela. – Adam ãma. Ali no... ãma.

Ah...

– Desculpa – digo por fim. – É que... eu não estou entendendo.

É nesse instante que Adam espicha a cabeça para dentro do quarto de Victoria. Que fofo o jeito como ele vive checando como ela está. Se bem que, depois que eu pegar o jeito, ele provavelmente não vai mais achar que precisa fazer isso. Ele abre um sorriso de lado.

– Tudo bem por aqui?

Olho para Victoria, que desistiu de tentar dizer o que queria. Seu olhar agora está perdido na janela.

– Ela fica pedindo alguma coisa – digo. – Só que não sei o que é. Fica repetindo "ãma". Você tem alguma ideia do que isso quer dizer?

Ele inclina a cabeça para o lado.

– Não sei. Nunca ouvi ela dizer isso antes.

Ah, bem.

– Enfim, arrumei o cabelo e a unha dela. Ela não está ótima?

– Está linda – diz Adam, embora a voz saia com uma falta de sinceridade evidente.

Ele está dizendo a Victoria que ela está linda do mesmo jeito que se diz a uma criança pequena que seu rabisco com giz de cera está lindo.

– Você cortou o cabelo dela – comentou ele. – Ficou bom.

– É, a última pessoa que fez isso mandou muito mal. Melhor você não chamar mais a mesma pessoa.

Adam bufa.

– Acho que foi na cirurgia, logo antes de operarem a cabeça dela.

– Bom, nesse caso eles deveriam se limitar a cirurgias de emergência.

– Vou transmitir seu feedback. – Ele atravessa o quarto e se demora alguns segundos observando a esposa. Ergue a mão direita dela do braço da cadeira. – Você cortou as unhas dela?

– Cortei. Mas ela não gostou.

– Infelizmente, não é ela quem decide.

Victoria não vira a cabeça para olhar para ele. É como se tivesse se desligado por completo assim que ele entrou. Como eram casados e ele dedicou a vida a cuidar dela, é estranho ela nem reconhecer a presença dele. Estranho e triste.

– Sylvia, por que você não faz uma pausa? – sugere Adam. – Preciso ajudar a Victoria com umas coisas íntimas.

– Coisas íntimas?

Ele relanceia os olhos para baixo.

– Trocar a fralda dela.

Ai, meu Deus. Claro, faz sentido. Mas de repente fico consternada por essa mulher linda e inteligente que agora depende dos outros para as necessidades mais básicas.

Fico pensando o que poderia significar "ãma". Fico pensando o que ela estava tentando me dizer.

Só quero entendê-la melhor. E o único jeito de fazer isso a esta altura é continuar lendo o diário de Victoria. Afinal, ela quis que eu ficasse com ele. E o que não me falta é tempo por aqui.

CATORZE

DIÁRIO DE VICTORIA

10 de outubro de 2016

Sabem uma coisa que é muito chata? Quando você está feliz, mas por algum motivo seus amigos não conseguem ficar felizes por você.

Hoje eu estava quase no fim do meu plantão no pronto-socorro quando Carol sugeriu sairmos para beber alguma coisa. Carol é minha amiga mais próxima no trabalho, e, como trabalho muito, ela está virando minha melhor amiga da vida, sobretudo porque é inclinada a querer sair depois do trabalho e relaxar. Como Mack estava terminando o turno na ambulância, ele se meteu na conversa e disse que também queria ir. Carol disse que tudo bem, claro, porque todo mundo adora o Mack. Aí ele me perguntou se eu ia.

– Desculpa – falei. – Preciso empacotar as coisas da mudança.

Mack torceu o nariz. Antes de Adam aparecer na minha vida, eu achava muito fofo quando ele fazia isso.

– Mudança? Pra onde você vai?

Carol deu uma risadinha.

– Você não tá sabendo? A Vicky tá indo morar com o Sr. Perfeito.

Sim, o apelido da Carol para o Adam é Sr. Perfeito. Ele é *mesmo* bem perfeito.

Mack ficou me olhando, aturdido, e deu um passo para trás.

– Aquele escritor de sucesso? Você tá indo *morar* com ele?

Ele disse isso num tom chateado, que não entendi. Era a primeira vez que Mack parecia interessado na minha vida pessoal.

– O nome dele é Adam – falei. – E, sim, a gente tá indo morar junto.

Ainda acho difícil dizer essas palavras sem ficar sorrindo feito uma boba.

Mack franziu a testa.

– Mas e o seu aluguel, você não tem contrato?

– Bom, tenho – admiti. – Mas o Adam vai pagar a multa.

– Uau. – Carol afofou o cabelo curto. – Quisera eu ter um namorado rico.

– Ele não é rico...

A verdade é que não sei muito bem quanto dinheiro Adam tem. Ele com certeza gasta como se tivesse muito. Enfim, não que eu me importe. Gostaria dele igualzinho se ele fosse rico ou pobre.

Estranhamente, Mack acabou não saindo com Carol, mesmo tendo acabado seu turno. Ficou um tempão no posto de enfermagem lançando olhares na minha direção. Umas cinco vezes abriu a boca como se quisesse dizer alguma coisa. Por fim, não consegui mais aguentar.

– Tá tudo bem? – perguntei a ele.

Ele franziu o cenho.

– Posso falar com você um minutinho?

– Claro. O que foi?

– Aqui não.

E então, sem aviso, ele me segurou pelo braço e me puxou pelo corredor. Não entendi o que estava fazendo até ele abrir a porta da rouparia e me puxar lá para dentro. Que bom que não sou claustrofóbica, porque era um espaço minúsculo cercado por pilhas de toalhas, lençóis e mantas.

– Ahn, dá licença? Um pouco de espaço? – falei, confusa e surpresa. – Dá pra me falar o que tá acontecendo?

Mack puxou o lóbulo da própria orelha.

– Você não acha que as coisas estão indo meio depressa entre você e esse cara, Vicky?

Acho que existe um entendimento tácito entre amigos para não falar mal do parceiro ou parceira do outro. Depois que eles terminarem, você pode dizer qualquer coisa horrível que quiser, claro. Mas, durante o namoro, bico calado! A não ser que a outra pessoa esteja fazendo algo realmente horrível, tipo traindo você.

Mack estava violando a regra tácita.

– Sério, Mack. – Levantei o queixo para encará-lo nos olhos. – Não é da sua conta.

Ele baixou os olhos. Pelo menos teve o bom senso de parecer constrangido com o que tinha acabado de dizer.

– Desculpa. – Ele esfregou o cabelo preto até ele ficar todo espetado. – É que eu acho esse cara muito estranho. Tenho a sensação de que você não conhece ele o suficiente.

E essa é a minha recompensa por ter convidado Adam para tomar uns drinques com meus amigos do trabalho. Agora eles só sabem julgá-lo. Embora Carol, quando faz isso, pelo menos o chame de Sr. Perfeito. Só que agora Mack está dizendo que Adam é estranho. Como assim? Adam é um autor de sucesso, é bonito, inteligente, educado, romântico... E a lista não para por aí.

Estranho? Sério mesmo???

– Olha – falei. – O Adam é um cara incrível. Você só esteve com ele uma vez até hoje.

– E basta uma pra saber.

– Bom, a gente tá namorando faz três meses. Então, se uma noite basta, três meses também deveriam bastar, certo?

Mack respirou bem fundo ao mesmo tempo que se recostou num carrinho de toalhas meio bambo. Ele é um cara grande, e fiquei com medo de o carrinho tombar.

– Vicky, por favor. Pensa bem. Não quero que você cometa um erro.

Bufei.

– Isso é *super*inadequado, sabia? Eu nunca te disse que não gostava da Kaitlyn. Nunca falei nadinha dela.

Ele passou alguns instantes calado, apenas me encarando.

– A Kaitlyn e eu terminamos.

Como é que é?

A namorada de Mack, Kaitlyn, era uma daquelas garotas. Aquelas que são tão bonitas, tão engraçadas e tão inteligentes que dá vontade de odiá-las, só que não tem como porque na verdade elas são bem legais. Kaitlyn não tinha defeitos. Depois de conhecê-la, percebi que tinha zero chance com Mack, porque não havia hipótese de um cara terminar com uma garota como Kaitlyn.

– Eu... eu sinto muito.

Ele deu de ombros.

– O que houve?

– É uma longa história. – Ele olhou em direção à porta da rouparia. – Quem sabe outra hora...

Isso é muito coisa de homem. Ele acha que pode me dizer o que fazer no meu relacionamento, mas ao mesmo tempo não me conta por que terminou com a namorada!

– Escuta. – Ele baixou a voz. – Só... só pensa bem antes de fazer qualquer coisa. Me promete que vai pensar bem.

– Tudo bem. Prometo.

Mas não estava falando sério. Caramba, o que tem para pensar? Nesse momento, estou morando sozinha num apartamento minúsculo infestado de baratas. O homem dos meus sonhos me chamou para morar com ele. O que há para pensar? É muito fofo Mack estar preocupado, mas não há motivo algum para isso. Quem entendeu tudo certinho foi a Carol: o pai de vocês é mesmo o Sr. Perfeito.

18 de outubro de 2016

Hoje foi dia de mudança! Agora estou escrevendo... rufar de tambores, por gentileza... do meu apartamento novo! Que estou dividindo com meu maravilhoso, belo e multitalentoso namorado!

O dia começou uma loucura total. Eu já tinha encaixotado tudo, e Adam contratou uma empresa de mudança para me ajudar. Uma empresa de mudança! Me senti muito burguesa. Toda vez que precisei me mudar, tive que implorar a um bando de amigos para me ajudarem em troca de pizza e cerveja. Parecia um pouco exagerado contratar uma empresa de mudança, levando em conta que eu só tinha coisas que cabiam numa quitinete, mas Adam insistiu.

Ele gosta de me mimar. É gentil demais isso.

Cerca de uma hora antes de o pessoal da mudança chegar, eu estava arrumando minhas últimas coisas quando meu celular tocou. Olhei para a tela e vi o nome de Mack. Meus dedos ficaram pairando acima do botão verde, mas não sabia se deveria apertar.

Ainda estava chateada com o jeito como ele tinha falado comigo alguns dias antes. E não tinha ilusões de que ele houvesse mudado de ideia. Não queria outro bate-boca sobre como eu estava cometendo um erro gigantesco. Ele simplesmente não entendia.

Mas a curiosidade por fim me derrotou, e atendi a ligação.

– Oi, Vicky. – A voz dele soou desanimada do outro lado da linha. Não como a de um cara prestes a me dar outro sermão. – Soube que hoje é o dia da mudança.

Sorri.

– Quem te contou?

– A Carol.

Segurei o aparelho com força na mão direita.

– Então… esse é um último telefonema pra tentar me fazer desistir?

Ele passou alguns segundos calado.

– Não. Na verdade eu… eu queria pedir desculpa. Aquilo que eu te disse no outro dia… Eu passei dos limites.

Minhas sobrancelhas se arquearam de repente. Aprendi na vida que as pessoas não se desculpam muito. Pelo menos não tanto quanto deveriam. Mesmo quando estão muito erradas.

– Bom… é. Foi mesmo. Um pouco.

– Bom, desculpa. – Ele pigarreou. – E se você tá dizendo que o Adam é um cara legal, eu tenho certeza de que é.

– Ele é um cara legal, Mack.

– Então ótimo. Pra mim, isso basta. – Consegui ouvi-lo respirar fundo do outro lado. – E também, pra me redimir, eu queria me oferecer pra te ajudar na mudança. Sou muito bom em levantar coisas pesadas, tipo caixas. Ou, se você tiver algum paciente no seu quarto precisando ser colocado ou tirado de uma maca, eu posso fazer isso também.

Dei risada.

– Não, não preciso de ajuda. O Adam contratou uma empresa de mudança pra mim.

– Empresa de mudança? Uau. Isso é riqueza demais pra mim.

Pra mim também, foi o que eu quis dizer. Mas não podia falar aquilo, já que era meu namorado quem estava pagando.

– Enfim, só queria oferecer ajuda – disse ele. – E me desculpar, como falei. Então… boa sorte. Na mudança, digo.

– Certo. Obrigada.

Mack tornou a se calar do outro lado da linha. Tive a sensação de que ele queria dizer mais alguma coisa, mas não falou. Também senti que não queria ouvir o que quer que ele tivesse para dizer. De modo que era melhor a gente se despedir e pronto.

Os caras da mudança foram incríveis. Chegaram na minha porta e carregaram todos os meus móveis pesados como se fossem mais leves do que o ar. Minha cama não ia, uma das enfermeiras do trabalho ia ficar com ela, assim não precisaria mais dormir num futon. Eu estava abrindo mão da minha cômoda também, já que Adam disse que tinha espaço de sobra nas cômodas dele. Depois de os funcionários colocarem tudo no caminhão, peguei um táxi até o apartamento de Adam.

Chegando lá, tive que tocar a campainha, porque ele ainda não tinha conseguido fazer uma chave para mim. Ele levou um tempão para vir abrir; comecei a entrar um pouco em pânico pensando que ele pudesse não estar em casa! Não sabia o que iria fazer se os caras da mudança aparecessem lá com todos os meus pertences e eu não conseguisse nem abrir a porta do apartamento. Mas graças aos céus ele se materializou, de cueca samba-canção e regata, e me deixou entrar. Só que não estava com uma cara muito feliz, sobretudo levando em conta que o amor da vida dele (ou seja, eu) estava chegando para morar com ele.

– O que você tá fazendo aqui tão cedo? – perguntou ele para mim, ríspido.

Franzi o cenho, sem saber muito bem o que responder.

– Eu te disse que o pessoal da mudança ia chegar às nove. São dez horas agora.

Ele balançou a cabeça.

– *Não*, eu te disse pra não vir com eles antes do meio-dia. Estou tentando *escrever*, Victoria.

– Mas eu te falei que eles iam chegar às nove.

– Não. Você nunca me falou isso. – Ele passou a mão pelo cabelo castanho já bagunçado. Ainda não tinha se barbeado, e a barba de um dia cobria seu rosto. – Se *tivesse* me falado, eu teria te avisado pra não mandar eles virem tão cedo, porra.

Ao contrário de mim, Adam não se importa muito de falar palavrão. Mas, enfim, ele não tem a boca muito suja. Com certeza, a essa altura, vocês já conhecem seu pai. Tenho certeza de que ele de vez em quando deixa escapar um palavrão ou outro. Tem coisas piores na vida.

Mas essa foi a primeiríssima vez que ele disse um palavrão direcionado a *mim*. Embora, a bem da verdade, não tenha direcionado *exatamente* a mim. Estava praguejando por ser cedo demais. Mas mesmo assim me senti muito mal. Como se o fato de ser cedo fosse culpa minha.

Olhei para ele, aturdida, e dei um passo para trás.

– Adam…

Os lábios dele formaram uma linha reta.

– Victoria, eu tenho um prazo pra cumprir. Você acha que vou conseguir me concentrar com os caras da mudança pisoteando pra lá e pra cá pelo apartamento a porra da manhã inteira?

Outro palavrão.

– É… – Apertei as mãos uma na outra. – Eu falo pra eles pra não fazerem barulho.

– Vai dizer pros caras da mudança não fazerem barulho? Você deve estar de brincadeira. – Ele soltou um longo suspiro. – É muita falta de consideração. Você *sabia* que eu precisava terminar essa versão até sexta.

Não sou o tipo de pessoa que entende mal as coisas com muita frequência. Sou uma pessoa cuidadosa, responsável. E avisei a ele que o pessoal da mudança iria às nove. Tenho 110% de certeza. Aposto que, se pegasse meu celular, encontraria no mínimo uma meia dúzia de mensagens nas quais lembrava a ele que o pessoal da mudança chegaria às nove. Fiquei tentada a fazer isso só para ter o gostinho de dizer "viu?", mas deu para ver o quanto ele estava estressado. Meu trabalho também é estressante, só que de outro jeito. Nem imagino como é precisar ser criativo sob demanda.

Numa relação madura, adulta, a gente se dá conta de que a coisa mais importante nem sempre é provar que tem razão. Eu sabia que provar que ele estava errado não iria melhorar a situação, então não adiantava nada fazer isso.

– Sinto muito – falei. – A culpa é minha. Mas prometo que vai ser bem rápido. E vou tentar não te incomodar nem um pouco.

E adivinhem só? As desculpas funcionaram. Os ombros de Adam relaxaram. Ele me envolveu nos braços e me puxou para junto dele.

– Obrigado, Vicky. – Consegui sentir o calor dos braços dele à minha volta. – Desculpa ter falado atravessado com você. Estou com um prazo maluco que tá me estressando. Só preciso terminar isso, aí vou conseguir relaxar.

– Eu entendo. – Pousei a cabeça no ombro dele. – E tenho certeza de que qualquer coisa que você escrever vai ser brilhante.

– É que essa pressão toda... – Ele balançou a cabeça. – É meu terceiro livro, e as pessoas esperam muito de mim. Se não for tão bom quanto os outros dois...

– Vai ser.

– Com todo o respeito, Vicky. – Adam se afastou de mim e esfregou a própria têmpora. – Você não sabe nada sobre esse processo.

Eu já tinha admitido para Adam que na faculdade cogitara por um breve instante virar escritora. Cheguei a mandar para ele um conto de minha autoria, e ele me cobriu de elogios, embora não tivesse sugerido que eu escrevesse um livro nem nada assim. Ele não falou: "Você precisa continuar escrevendo... não pode abandonar esse talento magnífico." O que me leva a pensar que não gostou tanto do conto quanto disse.

Enfim, ele estava certo. Eu tinha um pouco de experiência com escrita, mas nenhuma com o processo de elaboração de um romance. Ainda assim, tinha certeza de que tudo que Adam escrevesse seria brilhante.

O pessoal da mudança se materializou em menos de uma hora e depositou todos os meus pertences no apartamento bem maior e incrivelmente melhor do que o meu. A maioria eram caixas contendo livros e sacos com roupas. As únicas peças de mobília que eu tinha eram uma ou duas luminárias e uma poltrona ninho que comprei assim que cheguei à cidade, anos atrás. Essa poltrona é o móvel mais confortável que já tive na vida. Tem uma taxa de sucesso de 99% para curar a insônia. Às vezes, quando estou na cama à noite, fico tendo fantasias com essa poltrona.

Quando eu morrer, vocês vão herdar essa poltrona. E vão me agradecer.

Adam me mostrou com orgulho todo o espaço que tinha separado para eu guardar minhas roupas. Tinha esvaziado três gavetas e cerca de metade do armário. Abri uma delas e alisei a madeira com a mão.

– Você nunca morou com uma mulher, né? – perguntei.

– Por que tá perguntando isso?

– Porque é óbvio que não tem ideia nenhuma de quanto espaço de gaveta a gente precisa.

Isso arrancou uma risada dele.

– Desculpa. Eu provavelmente conseguiria guardar tudo que tenho em duas gavetas dessas.

– Quem sabe eu ainda consiga recuperar minha antiga cômoda…?

Ele fez uma careta.

– Meu Deus, não. A gente compra uma nova pra você.

Não havia nada de errado com a minha antiga cômoda. Tentei dizer isso, mas ele falou alguma coisa sobre como ela não combinava com nenhum móvel dele e como tinha uma aparência vagabunda, e simplesmente desisti de argumentar. Se Adam queria desperdiçar o dinheiro dele comprando uma cômoda nova, por mim tudo bem.

Ele me levou até a cozinha. Abriu a geladeira, e vi que a prateleira de baixo tinha sido liberada.

– Essa prateleira de baixo vai ser sua, e a de cima vai ser minha. A gente pode dividir a do meio.

Encarei a prateleira vazia.

– A gente precisa mesmo ter prateleiras separadas na geladeira?

Ele deu de ombros.

– Eu acho melhor assim. Você não?

Baixei os olhos para a garrafa de Pepsi na prateleira do meio. Adam tinha escrito seu nome nela com caneta permanente.

Abri a boca para protestar, mas logo em seguida a fechei. Adam já estava todo estressado. A última coisa de que precisávamos era eu fazer uma cena por causa da geladeira. Ainda não consegui abordar esse assunto com ele, mas vamos falar sobre isso nos próximos dias.

Quando voltamos para a sala, os olhos de Adam bateram direto na minha poltrona ninho azul confortável (a herança de vocês). A boca dele se escancarou como se eu tivesse levado para a casa dele um saco de lixo cheio de ovo podre.

– Que troço é *esse*?

– É minha poltrona ninho!

– Isso... – Ele franziu a testa. – Parece que você pegou na *rua*.

– Ela é antiga – admiti. – Mas é *super*confortável. Dá uma chance pra ela. Eu prometo... você vai se apaixonar.

Ele deu um passo para trás como se eu tivesse pedido para ele rolar no esgoto.

– Deve estar infestada de baratas.

– Não está não!

Bom, não deve estar. Acho que não tenho certeza absoluta de que não tem nenhuma barata nessa poltrona.

– Não tem como a gente jogar fora? – Ele ergueu os olhos para mim, pedindo permissão. – Quer dizer, eu tenho um sofá de couro de 5 mil dólares com namoradeira. A gente precisa mesmo desse li...

Por um segundo, cogitei deixar pra lá. Já tinha me desculpado pelo pessoal da mudança ter chegado cedo demais. Não tinha dito nada sobre a divisão da geladeira. Por que brigar por causa de uma poltrona?

E se fosse *qualquer outra poltrona* eu teria deixado pra lá. Mas aquela era minha poltrona *favorita*. Minha poltrona ninho confortável, insubstituível! Eu estava abrindo mão de todas as outras coisas que possuía. Por que não podia ficar só com aquela?

– Eu quero mesmo ficar com a poltrona – falei, num tom suave, porém firme. – Ela é importante pra mim.

Adam abriu a boca como se fosse protestar, mas então sua expressão se abrandou.

– Tá bom. Se é importante pra você, a gente fica com a poltrona infestada de baratas.

E é assim que se faz. É assim que dois adultos numa relação amorosa resolvem os problemas. Eu cedi em relação a algumas coisas que não eram importantes para mim, e ele cedeu em relação a algo que *era* importante para mim. É engraçado, porque mesmo eu tendo dito a Mack que tinha certeza de estar fazendo a coisa certa ao ir morar com Adam, acho que na verdade tinha, sim, algumas dúvidas. Havia uma vozinha insistente lá no fundo me dizendo que era cedo demais e que eu deveria esperar. Fico culpada só de escrever isso aqui.

Só que na hora eu sabia que estava fazendo a coisa certa.

E sabem do que mais? Agora mesmo, Adam está escovando os dentes, e nós vamos para a cama juntos. Para a *nossa* cama.

Estou muito feliz.

#gratidão

QUINZE

Será que "ãma" poderia ser a poltrona ninho de Victoria?

Não, pouco provável. Mas, mesmo assim, ela pelo visto era muito apegada à tal poltrona. E se eu conseguisse encontrá-la lá embaixo e a trouxesse aqui para cima? Ela obviamente não conseguiria ficar sentada nela por muito tempo, sobretudo porque parece ter dificuldade para sustentar a própria cabeça, mas considerando o amor que nutria pelo móvel, talvez valha a pena tentar.

Imagino a expressão de surpresa e felicidade no rosto dela quando ela vir a antiga poltrona. Preciso fazer isso.

Mas primeiro preciso entender o que diabos é uma poltrona ninho.

Dou um Google para ver como é. Meio que parece uma tigela. Para ser bem sincera, não parece lá muito confortável, mas não vou duvidar da palavra de Victoria. Em todo caso, não me lembro de tê-la visto lá embaixo. Mas eu não estava procurando.

Desço até a sala e vejo Maggie dobrando a roupa limpa no sofá. Ela abre um sorriso radiante para mim. Vive ansiosa para tirar uma folga do serviço.

– Como vão as coisas?

Passo os olhos rapidamente pela sala de estar. Há um sofá modular imenso, uma espreguiçadeira, uma televisão gigante e várias estantes... mas nenhuma poltrona em formato de tigela.

– Você sabe onde tá a poltrona ninho da Victoria?

Maggie me olha sem entender.

– Onde tá o quê da Victoria?

– A poltrona ninho.

– O que é isso?

Fico aliviada por mais alguém não saber o que é uma poltrona ninho.

– É uma poltrona que meio que parece uma tigela. Pra sentar.

(É claro que é para sentar. É uma poltrona.)

Ela dobra uma calça cáqui casual que parece ser de Adam.

– Não vi nenhuma poltrona em formato de tigela por aqui. Sinto muito.

– Tem algum lugar onde eles guardem móveis?

Ela franze o cenho.

– No sótão, talvez? Não sei bem. Você deveria perguntar pro Adam.

A última coisa que eu quero é incomodar Adam enquanto ele está ajudando Victoria com a higiene dela. Mas agora já faz tempo suficiente que ele entrou lá, então pode ser que já tenha acabado. Vai ver está me procurando nesse exato momento. Sendo assim, subo com cuidado a escada até o quarto de Victoria, onde dito e feito: ele já tornou a sentá-la na cadeira de rodas.

Ao me ver parada no vão da porta, ele abre um sorriso largo.

– Ei. Bem na hora.

– Tenho uma pergunta pra você.

– Manda.

– Vocês têm uma poltrona ninho em casa?

– Uma *o quê*?

Estou me sentindo bem pouco otimista em relação a algum dia encontrar essa poltrona.

– É uma poltrona que meio que tem o formato de uma tigela.

Ele pisca os olhos algumas vezes, confuso.

– Você tá precisando de mais uma cadeira no seu quarto?

– Não, é que... – Não adianta. Ele não faz ideia do que estou falando. Está claro que em algum momento Victoria se livrou da cadeira. – Deixa pra lá.

Adam tira as luvas de látex que estava usando.

– Porque, se estiver precisando de algum móvel, terei prazer em arrumar pra você. É só avisar.

Esse homem é exatamente como Victoria descreveu. Que cara generoso. Qualquer coisa que ela pedisse, ele lhe daria. Em dobro. Que boa índole. Ele não merecia que uma coisa dessas lhe acontecesse. Nem ele, nem ela.

Como a vida é injusta.

DEZESSEIS

É minha segunda semana cuidando de Victoria, e sinto que estou enfim pegando o jeito. Sou eu quem prepara todas as refeições dela e, na maior parte das noites, venho conseguindo convencê-la a comer quase metade do jantar, mesmo que o café da manhã em geral acabe direto no lixo. Adam me mostrou como dar comida pela sonda, então, caso ela não coma pelo menos metade da refeição, eu lhe dou um suplemento. Como ela detesta se alimentar pela sonda, o simples fato de lhe lembrar isso costuma bastar para conseguir fazê-la comer mais uma ou duas colheradas.

Victoria e eu criamos um certo vínculo. É difícil ter certeza, porque ela não fala muito e passa um tempão apenas olhando pela janela. Ainda estou para arrancar um sorriso dela. Mas falo sem parar enquanto cuido do cabelo dela ou a ajudo com as refeições, e ela sempre parece estar escutando.

Infelizmente, Eva não se afeiçoou a mim nem um pouco. Passo por ela essa manhã na cozinha enquanto estou preparando o café da manhã de Victoria, e ela nem tenta disfarçar a antipatia no semblante. Não preciso que todos gostem de mim, mas não estou acostumada à sensação de alguém me odiando sem motivo algum.

– Ela está esperando você – diz Eva.

Forço um sorriso.

– Tô quase terminando.

Eva puxa o casaco que está vestindo.

– Você sempre deixa ela esperando. Com certeza ela já está acostumada a essa altura.

– Eu não… – começo a dizer, mas então fico pensando que não adiantaria de nada. Eva me odeia. Não sei por quê, mas não tenho certeza se consigo mudar esse fato. Em vez disso, tento outra tática. – Gostei do seu chapéu, Eva.

Ei, elogios deram certo com Victoria. Mas Eva não se rende assim tão fácil. Ela apenas me fuzila com os olhos e sai pela porta sem nem mesmo agradecer pelo elogio. Para mim, tanto faz, porque na verdade não gostei do chapéu dela.

Adam está voltando da corrida bem na hora em que ela sai, e reparo que ela tampouco lhe dirige a palavra. Está claro que não sou a única pessoa nesta casa de quem ela não gosta. Fico me perguntando por que Adam a mantém aqui se ela é tão abertamente hostil em relação a ele.

Adam está encantadoramente suado e despenteado após ter ido correr lá fora. Está tão bonito que esqueço o que estava tentando encontrar na geladeira e fico simplesmente parada feito uma besta até ele se aproximar e dizer:

– Com licença, Sylvia.

– Ah. – Dou um passo para trás. – Desculpa.

Ele coloca a mão dentro da geladeira e pega uma garrafa d'água. Toma uma golada que dura pelo menos um minuto, em seguida seca os lábios com as costas da mão. Fico pensando quanto será que ele correu. Consigo imaginá-lo correndo, os músculos se flexionando a cada passada.

Ai, preciso parar de ter fantasias com meu patrão. Essa é a quedinha mais sem esperança que já existiu.

Dou um pigarro.

– Tá bom o tempo lá fora?

Ele assente.

– Dia lindo. Vou continuar com as corridas até o chão ficar coberto de neve.

Olho para a escada. Victoria supostamente está me esperando, mas não houve um só dia em que eu tenha chegado para lhe servir o café da manhã e ela não estivesse ferrada no sono na cadeira. Não sei por que ela sempre fica tão cansada de manhã.

– Pensei que eu talvez pudesse levar a Victoria pra dar uma volta hoje – digo. – Acho que ela gostaria de sair de casa.

– Claro. – Ele toma outro gole da garrafa d'água. – Quem sabe depois do almoço eu te ajudo a descer com ela. Mas cuidado. – Ele olha pela janela que dá para o quintal da frente. – Faz algum tempo que a gente não tem jardineiro, e os caminhos estão meio tomados pelo mato.

– Pois é...

– Eu deveria ter cuidado disso. – Ele deixa a cabeça pender, encabulado. – É que a Irina, nossa antiga jardineira... ela, bom... – Ele baixa os olhos. – Enfim, é que não tive tempo de pensar nisso, com o acidente da Vicky e tendo que preparar a casa e... essa coisa toda.

– Claro. Não se preocupa. A gente vai se virar.

Combinamos de ele me ajudar a descer com Victoria por volta das duas da tarde. Subo correndo para avisá-la, torcendo para ela ficar pelo menos um pouquinho animada com o passeio. Isso se eu conseguir fazê-la despertar o suficiente para que ela entenda o que eu disser.

Só que, quando chego lá em cima, a cabeça dela está pendendo para o lado e ela está dormindo profundamente na cadeira.

Eva deve ter ligado a televisão antes de sair. Está passando um *game show*. Todo mundo na tela está comemorando. O volume deve estar no máximo, mas Victoria dorme pesado. Os lábios estão levemente entreabertos, por entre os quais ela inspira e expira, e um pouco de saliva escorre pelo lado flácido da boca.

Eu me sento ao lado dela e pouso o prato de comida na bandeja que Eva montou.

Toco o ombro de Victoria.

– Hora de acordar.

Os olhos dela se entreabrem, em seguida tornam a se fechar.

– Vamos, Victoria – suplico. – Come só um pouquinho. Aí a gente não precisa fazer a sonda.

Victoria detesta que coloquem qualquer coisa na sonda. Detesta os suplementos nutritivos que injetamos caso ela não coma o bastante nas refeições. E detesta *ainda mais* os remédios que Adam injeta toda noite. Ela luta contra ele feito uma possuída para impedi-lo de lhe dar os remédios, mas nunca funciona.

Pego uma colherada do mingau de aveia. Estendo a colher para ela, parando logo antes de encostá-la em seus lábios.

– Vamos. Uma colherada. – Vejo por um breve instante um lampejo da íris azul, mas então os olhos voltam a se fechar. – Não tá com fome?

Ela grunhe e vira a cabeça, eliminando qualquer chance de pôr comida na sua boca. Tudo bem. Semana passada, todos os dias, passei quase uma hora tentando lhe dar algo para comer no café da manhã, depois acabei tendo que alimentá-la pela sonda. Estou perdendo meu tempo.

Então vou até o banheiro, onde ficam as latas de suplemento alimentar, uma fórmula especial de nutrientes com um sabor horroroso, mas pouco importa, já que não passa pela boca dela. A cor é meio amarelada, e a visão me deixa com o estômago revirado. Pego uma seringa nova e um copo d'água para ajudar a substância a descer com facilidade pela sonda, então volto para o quarto de Victoria.

Ela torna a entreabrir os olhos quando ergo a barra da camiseta para acessar a sonda. Fica me observando por um segundo, então pousa a mão esquerda na protuberância da barriga.

– Bê – diz ela.

Ergo os olhos e vejo uma expressão triste no seu rosto. Queria saber o que acontece na cabeça dela. Não faço ideia do que está falando. É muito frustrante não conseguir compreender sua dicção. É como cuidar de um...

Ah.

– Bebê? – digo.

A barriga dela está levemente saliente, mas não como se houvesse um bebê lá dentro. É mais por causa do leve inchaço provocado pelo que seu abdômen contém. Mas ela está com a mão esquerda pousada ali e a testa franzida.

– Be-bê.

Pigarreio.

– Eu soube que você estava grávida.

Ela ergue os olhos da própria barriga, ainda com a testa franzida.

– Eu... eu engravidei uma vez.

Não sei o que me levou a dizer isso. Há muito, muito tempo, não falo sobre minha gravidez. Talvez eu tenha tocado no assunto por saber que Victoria é a única pessoa que com certeza absoluta não vai fazer um monte de perguntas constrangedoras nem tentar me reconfortar, e certamente não vai contar para mais ninguém.

– Você. – Ela aponta para minha barriga. – Bê...

– Foi um acidente – explico. Até então, só lhe contei histórias felizes sobre mim mesma, mas de repente me sinto compelida a lhe contar essa. Por mais dolorosa que seja. – Eu sei que você quis engravidar, mas... a gente não. A gente era jovem demais. Eu tinha só 17 anos, e o Freddy, 18. Ainda faltava um ano pra eu terminar a escola, mas... – Fecho os olhos com força. – A gente quis ter, sim. Não tínhamos um tostão furado, mas mesmo assim quisemos ter.

Eu esperava que Freddy fosse ficar horrorizado quando lhe contei a notícia, mas não: ele saiu dançando feito um bobo. *Eu vou ser papai*, não parava de dizer. Foi muito fofo. Enfim, ficamos apavorados, mas a animação dele me fez ficar animada também. Eu sabia que ficaríamos sem dinheiro, mas ficaríamos sem dinheiro e felizes. Juntos.

Vejo a pergunta nos olhos de Victoria.

– Como...?

– Houve um acidente, e eu perdi o bebê – respondo. – Meio parecido com o que aconteceu com você.

Só que não foi assim. Não de verdade. Porque o que aconteceu comigo não foi um acidente.

Nesse dia, Freddy me acompanhou até em casa a pé. Fomos de mãos dadas, como sempre fazíamos, meus dedos pequeninos entrelaçados nos dele, bem maiores. Ao chegarmos perto da minha casa, ele soltou minha mão e passou o braço de forma protetora em volta dos meus ombros.

– Você vai contar pros seus pais hoje à noite? – perguntou ele.

Assenti.

– Depois do jantar. Vai ser mais fácil dar a notícia pro meu pai quando ele estiver de barriga cheia.

Freddy parou de andar e se virou para mim. Havia um sulco bem fundo entre suas sobrancelhas escuras.

– Deixa eu estar junto.

– É melhor não.

– Eu deveria estar junto. Quero que ele saiba que sou um cara direito. Que vou cuidar de você.

– É uma péssima ideia.

Ele mordeu o lábio inferior.

– E se ele ficar muito bravo com você?

– Eu dou conta.

Não quis contar para ele o que estava pensando: que já *esperava* que meu pai ficasse muito bravo. Ele detestava Freddy, e vivia contando os dias que faltavam para eu ir para a faculdade e, com sorte, terminar o namoro. Só que agora nada disso iria mais acontecer, e eu estava com medo da reação dele. Meu pai era bem maior do que Freddy. Conseguia imaginá-lo muito bem espancando meu namorado.

Freddy tentou argumentar comigo, mas a decisão era minha. Então, naquela noite, depois de meu pai ter comido dois pedaços grandes da lasanha caseira da minha mãe, percebi que era agora ou nunca. Tinha que contar. Antes de a minha barriga começar a aparecer e ele entender sozinho.

Fiquei olhando meu pai limpar o molho de tomate do rosto corado com as costas da mão. Ele soltou a fivela do cinto e abriu o primeiro botão da calça. Durante toda a minha infância, meu pai esteve uns 5 quilos acima do peso, e ultimamente estava mais para 10. Mas ele estava em forma. Era um cara grande, e anos de trabalho na construção civil o tinham deixado forte.

Minha mãe também estava sentada à mesa, terminando uma taça de vinho. Era a segunda que eu a via tomar naquela noite, mas desconfiava que não fosse apenas a segunda da noite. Estava preocupada que minha mãe estivesse exagerando na bebida, mas, quando comentava a respeito disso, ela desconversava.

– Mãe, pai – falei. – Tenho uma novidade.

Os olhos azuis dele se iluminaram. Foi a última vez na vida que vi meu pai com uma cara feliz.

– Recebeu o resultado do exame do ensino médio?

– Não. – Esfreguei a palma das mãos na calça jeans. Não tinha conseguido comer mais que duas garfadas de lasanha naquela noite. Estava nervosa demais. – É outra coisa.

– Ah.

Respirei fundo.

– É sobre o Freddy.

Qualquer vestígio de sorriso desapareceu do rosto dele.

– Que foi? Tomara que me diga que vai terminar com ele.

– Dale... – disse minha mãe.

Era seu tom de alerta, mas eu nunca tinha visto minha mãe conseguir fazer meu pai se acalmar. Não sei por que ela ainda tentava.

– E aí, vai terminar com ele? – insistiu meu pai. – Finalmente vai jogar esse zé-ninguém inútil na sarjeta?

Baixei os olhos para minhas mãos pousadas no colo.

– Não é bem isso.

– Não é bem isso?

Não tive coragem de olhar para ele.

– Na verdade, a gente vai se casar.

Quase pude ouvir o vapor saindo das orelhas do meu pai. Sua voz se transformou num rugido.

– *Casar?* Ficou maluca? Você só tem 16 anos! Por que iria se casar, a não ser que...

E então ele entendeu.

Ainda consigo visualizar o jeito como meu pai se levantou da cadeira, seu rosto ficando roxo aos poucos. Minha mãe repetia o nome dele, mas de nada adiantava. Eu nunca o tinha visto tão bravo na vida. Achava que o tinha visto bravo antes, mas aquilo era algo totalmente diferente. Foi como se ele estivesse possuído.

– Sua vagabunda – sibilou ele. – Como pôde fazer uma coisa dessas? Como pôde se deixar emprenhar por aquele desgraçado?

Eu não soube o que dizer. Afinal, não tinha sido algo planejado.

– Isso não vai acontecer. – Ele socou a mesa com o punho fechado. – Você não vai se casar com ele. Não vai ter o filho dele. Não vou deixar você destruir seu futuro.

Ergui os olhos para ele. Meu coração estava aos pulos.

– Quê?

Tinha uma veia saltada na lateral da sua têmpora. A veia latejava tanto que parecia que ia estourar.

– A gente vai no médico amanhã. Vamos resolver isso.

– Não! – Foi minha vez de me levantar com um pulo. – Não quero fazer isso! Eu quero ter o bebê!

– Você não passa de uma criança burra. Não tem como saber o que quer.

– Eu tenho idade suficiente pra tomar essa decisão. – Dei um passo para trás. – Você não pode me obrigar!

Comecei a me afastar, mas, antes que conseguisse, a mão dele se fechou em volta do meu pulso. Ele nunca tinha encostado o dedo em mim, mas estava recuperando o tempo perdido. Seus olhos estavam em brasa, e eu soube que tinha cometido um erro terrível ao dizer para Freddy não me acompanhar. Freddy teria impedido aquilo de acontecer.

– Me solta! – gritei.

Havia lágrimas nos meus olhos, mas me recusei a deixá-las rolar. Não queria dar essa satisfação ao meu pai.

– Você vai fazer o que eu mandar. – Os olhos dele pareciam feitos de aço. – Eu passei a vida inteira trabalhando pra te dar uma vida boa. E é assim que você me retribui? Emprenhando de um imprestável como Freddy Ruggiero?

Tentei chutá-lo, mas de nada adiantou. Ele apertava meu pulso com tanta força que parecia que os ossos poderiam se partir. Meus dedos começaram a latejar. E então, sem aviso, ele me deu um safanão tão forte que caí por cima da cadeira e me estatelei no chão. Aterrissei com força em cima do pulso direito.

– Vê se pode! – Ao cuspir as palavras para mim, ele me chutou com força na lateral do corpo. Mais tarde, descobri que tinha quebrado uma costela. – Aqui, debaixo do meu teto, você respeita as minhas regras, sua vagabunda ingrata!

Ele tornou a me chutar, mas dei um jeito de me levantar. Meu pulso estava vermelho-escuro onde ele tinha me segurado, e o outro, em cima do qual tinha caído, doía demais. E minhas costelas doíam tanto que eu não conseguia respirar direito. No entanto, dei um jeito de sair correndo pela porta da frente, e só parei quando cheguei à casa de Freddy.

E essa foi a última vez que vi meus pais. Engraçado: nem sinto saudade deles.

Mas, de Freddy, às vezes sim.

DEZESSETE

O tempo felizmente se mantém firme, e podemos sair conforme planejado.

Descer até o térreo não é uma tarefa das mais simples. Não existe jeito fácil de fazer uma cadeira de rodas descer um lance inteiro de escada, e a única maneira de levar Victoria até lá embaixo é Adam tirá-la da cadeira e carregá-la. Como ela é muito leve, ele consegue descê-la sem formar uma gota de suor sequer. Como tem outra cadeira de rodas no térreo, não precisa descer a cadeira também.

– Estou preocupada que ela fique com frio – digo a Adam enquanto subo o zíper do casaco de capuz de Victoria.

Apesar do dia bonito, está meio friozinho. Estou com um casaco pesado, mas acho que talvez seja difícil para ela usar um desses. Um suéter mais quente provavelmente daria conta do recado.

– Vai dar uma olhada no closet do nosso quarto – diz ele. – Ela tem uma porção de roupas lá.

Não sei o que sinto em relação a entrar no quarto de Adam e revirar o closet. Ele repara na minha hesitação e me chama com um gesto.

– Vem. Eu te mostro.

O quarto de Adam, que suponho ter sido antigamente o quarto de Adam e Victoria, é bem maior do que qualquer um dos outros. Tem uma cama de casal grande cujos lençóis estão embolados, já que hoje não é dia de Maggie vir. Fico pensando se Victoria era o tipo de mulher que gostava das camas feitas todo dia de manhã; minha mãe era assim. Ela instilou tanto isso em mim que até hoje faço a cama todo dia, embora não fale com minha mãe há oito anos.

Há um closet menor no quarto que suponho ser de Adam. Ele mantém a porta desse fechada. Abre a porta maior, e não consigo reprimir um arquejo.

– A Vicky gostava de roupas. – Ele dá de ombros, sem graça. – Não sei o que tem aí dentro. Não toco em nada aqui desde...

Entro no closet imenso. Meu Deus, quanta roupa. Fileiras e mais fileiras. É praticamente uma loja de departamentos. E, ao verificar as etiquetas, percebo que nada foi barato. É tudo de marca.

Há certa ironia no fato de uma mulher com um guarda-roupa incrível desses hoje usar basicamente calças de moletom, camisetas e casacos com capuz. Victoria obviamente era alguém muito ligada em estilo. Mesmo nos registros do diário que já li, ficou claro que ela cuidava muito da própria aparência. Deve ser um martírio para ela viver de calça de moletom.

E não acredito que ela não tenha noção disso. Ela sabe.

Como se estivesse lendo meus pensamentos, Adam diz:

– Queria que ela ainda pudesse usar essas coisas. Mas ela passa o tempo todo sentada ou então na cama. Precisa usar roupas que sejam confortáveis e largas o suficiente pra não irritar a pele. – Ele passa a mão numa calça jeans skinny de grife. – O bolso de trás dessa calça causaria uma escara. E ela é tão apertada que não sei como iríamos conseguir vestir nela.

Nisso ele tem razão, mas ainda assim me sinto mal com a história toda. De modo que vasculho o closet e escolho um dos suéteres mais bonitos que consigo encontrar: um de caxemira azul da Ralph Lauren de malha trançada que parece combinar com os olhos dela.

– Quer que eu ajude a vestir isso nela? – pergunta Adam.

Faço que não com a cabeça. Meu Deus, é só um suéter.

– Acho que consigo me virar.

Quando mostro o suéter a Victoria, aguardo um lampejo de felicidade ao vê-lo. *Ah, nossa, Sylvie! Esse é meu suéter preferido!* Uma bobagem, claro. Ela não tem reação alguma. E, quando tento vestir o suéter nela... Bom, eu me arrependo amargamente de ter recusado a ajuda de Adam. *Não* é fácil vestir a peça nela. O braço direito é rígido feito uma tábua, e o esquerdo passa o tempo inteiro resistindo. Começo enfiando o braço saudável dentro da manga, já que é isso que ela está tentando fazer, mas então sinto que estou prestes a torcer o outro braço num ângulo antinatural só para conseguir vestir a roupa. Posso apenas imaginar o que Eva diria se estivesse aqui para ver minha tentativa.

Por sorte, Adam deve ter previsto o que iria acontecer, pois desce até a sala e me resgata. Retira delicadamente o suéter embolado dos braços dela, em seguida torna a vesti-lo como se houvesse passado a vida inteira fazendo isso. Primeiro, o braço direito inerte, depois o braço bom, depois a cabeça.

– Não se sinta mal – diz ele, uma vez que a roupa está no lugar. – Levei um tempo pra dominar a técnica. Você vai pegar o jeito.

Ele pousa a mão no ombro da esposa, mas ela faz o de sempre: vira a cabeça para o outro lado.

O tempo está perfeito para um passeio. Faz sol, mas sopra uma brisa agradável. Prendi o cabelo num rabo de cavalo, mas o de Victoria está solto ao redor do rosto. Do ângulo certo, ela fica muito bonita quando o vento ergue seu cabelo no ar. Esse é um daqueles momentos em que tenho um vislumbre de quão linda ela costumava ser... antes.

Um caminho calçado dá a volta na casa, mas Adam não estava exagerando ao dizer que tinha sido invadido pelo mato. Ele tomou conta de tudo, e todos os arbustos têm galhos desgovernados que se estendem por cima do caminho. Ele precisa contratar alguém para dar um jeito nesse caos. Tudo bem se eu estivesse passando sozinha, mas empurrar uma cadeira de rodas por aqui é um desafio. Como Adam algum dia levou Victoria para dar um passeio?

Depois de darmos uma volta na casa, já estou cansada. Olho para Victoria para ver como ela está, e vejo que seus olhos estão bem abertos.

– Como você tá? – pergunto. – Pronta pra voltar pra dentro, ou quer ficar mais um pouco aqui fora?

O maxilar dela está se mexendo, mas nenhum som lhe escapa dos lábios. Ela parece querer dizer alguma coisa, mas está com dificuldade.

Levo a mão com delicadeza ao seu ombro do mesmo jeito que Adam fez, mas dessa vez ela não olha para o outro lado.

– Qual é o problema, Victoria?

– É... – Ela está conseguindo proferir as palavras, mesmo que arrastadas. – No...

Balanço a cabeça.

– O quê?

– Glen cão. – As palavras saem arrastadas, mas inteligíveis. – No. Glen cão.

Como?

Lembro que quando estava examinando o mapa de Long Island havia um lugar chamado Glen Head, que faz parte da cidade de Oyster Bay, mas não fica longe daqui. Por que esse interesse por um povoado minúsculo em Oyster Bay?

– O que tem em Glen Head? – pergunto.

– Não. – Ela ergue os olhos para mim e uma gota de saliva lhe escapole da boca, mas ela mal percebe. – Não. Não... – Ela balança a cabeça. – Não.

Bom, que frustrante.

Tenho lido mais do diário de Victoria, mas devo admitir que não muito. Quer dizer, ela ama o marido... isso eu entendo. Não preciso de páginas e mais páginas sobre o quanto ele é maravilhoso, como beija bem, e blá-blá-blá. Francamente, levando em conta minha quedinha boba por ele, isso é meio decepcionante.

Mas talvez eu não devesse ter desistido tão rápido. Cada vez mais tenho a sensação de haver algo que Victoria quer me contar. E que a resposta está naquele diário.

Vou ler mais hoje à noite.

Como ela parece nervosa, dou outra volta na casa. É difícil, mas esse tempo não vai durar para sempre, então é melhor aproveitarmos. Quando janeiro chegar e ficarmos presas dentro da casa, vou ficar contente por termos saído um pouco.

– Sylvie!

Fico paralisada, surpreendida pela voz dela dizendo meu nome. Todos os dias de manhã eu chego no quarto de Victoria e digo: "Oi! É a Sylvie!" Mas nunca pensei que ela tivesse registrado meu nome. Pelo visto, sim.

– Isso mesmo! – digo, animada. Não quero supervalorizar esse fato, mas estou empolgadíssima. Ela nem diz *o próprio* nome. O único que fala é o de Adam. – É esse o meu nome. Sylvie!

– Sylvie! – repete ela.

Então percebo que está apontando com a mão esquerda trêmula.

Acompanho a direção da sua mão estendida. Ela está apontando para uma árvore a uns 6 metros de onde estamos, perto do barracão onde Adam falou que eles guardam os apetrechos de jardim. As folhas já ficaram todas vermelhas e amarelas e cobriram o telhadinho do barracão... é muito bonito.

– Pois é – digo. – Que lindo.

E juro por Deus: ela revira os olhos para mim.

– Não. – Seu tom é de pura impaciência. – Sylvie. É... ãma.

Quase fico com vontade de gritar. Victoria vive falando sobre essa desgraça de "ãma". Não tenho a menor ideia do que possa ser. Pelo menos uma vez por dia, ela diz "ãma" com esse mesmo tom de urgência. No começo, tive certeza de que tinha a ver com o modo como eu estava cortando as unhas dela. Mas agora não faço ideia. Perguntei para Adam, e ele também não sabia.

Mas reparei que ela fala nele associado a "ãma" com frequência. *Adam ãma. Adam ãma não. Ãma Adam.* Todas as combinações que se possa imaginar.

Então será que "ãma" é uma árvore? É isso que ela quer? Uma árvore?

– Ãma – repete ela com mais urgência, com a mão esquerda apontada para a árvore, tremendo bastante.

O que ela quer, pelo amor de Deus? Será que quer subir na árvore? Quer que eu suba na árvore?

– Você... – Olho de novo para a árvore. – Você quer que eu vá até ali?

Ela assente vigorosamente.

Bom, tudo bem. Abandono a cadeira no caminho e atravesso o mato alto até chegar à árvore. Ou no ãma, ou no que quer que seja. Fico imaginando se há iniciais gravadas no tronco. Vai ver é isso que Victoria quer que eu veja. Ou vai ver há uma mensagem secreta ali que vai me conduzir até um tesouro enterrado.

A árvore é... uma árvore sem nada de especial. Dou uma volta inteira nela, só para me certificar de que não há nenhuma mensagem secreta escrita; não. É uma árvore bem normal. A única coisa diferente é uma pequena área na frente onde a madeira está rachada. Estendo a mão e toco essa imperfeição.

– Ãma! – ouço Victoria gritar.

É o mais alto que já a escutei falar. Mas não faço ideia de a que está se referindo. Aquilo é só uma rachadura numa árvore.

E então eu vejo. Enterrada na árvore.

Uma bala.

– Ãma – diz ela, mais baixo dessa vez, mas sua voz é carregada pelo vento. – Adam... ãma.

Finalmente entendo o que significa ãma.

Volto para onde Victoria está sentada. Ela me acompanha cuidadosamente com o olho bom. Está observando meu rosto.

– Arma? – pergunto.

Ela assente devagar.

– Arma – repete.

DEZOITO

DIÁRIO DE VICTORIA

16 de dezembro de 2016

Comecei a escrever todas essas coisas como um jeito de mostrar a meus futuros filhos como conheci o pai deles, porque estava simplesmente muito convencida de que era para valer. Bom, hoje ficou provado que eu tinha razão.

Adam terminou uma versão do livro dele ontem. Implorei para ler, mas ele não quis deixar. Disse que valoriza demais a minha opinião e que isso o deixaria nervoso. Então mandou o livro para a editora e está esperando a opinião deles. É claro que estou absolutamente *louca* para ler, mas respeito o desejo dele. Se ele não quer que eu leia ainda, vou esperar. Ele não quer nem me contar sobre o que é, ou mesmo me dizer o título.

Enfim, para comemorar, tínhamos um plano grandioso de sair para jantar hoje depois do meu plantão. Ele me perguntou se eu conseguiria arrumar alguém para me cobrir, mas seria impossível com tão pouca antecedência. Eu só pediria ajuda assim se estivesse gravemente doente. Adam ficou reclamando, mas ele não entende. Quando se trabalha na área da saúde, não dá para faltar ao trabalho só para sair à noite com o namorado. Simplesmente *não dá*.

Sendo assim, passei a noite num pronto-socorro lotado. E mais: bem no meio do meu plantão chegaram as vítimas de um acidente de carro com traumas múltiplos. Era uma batida entre três carros, com uma pessoa morta e outra que fomos obrigados a levar direto para a cirurgia porque a pressão arterial não parava de cair e pelo visto ela estava com hemorragia no baço. E aí vieram dois pacientes seguidos com dor no peito que se qualificaram para um infarto, e tivemos que mandar direto para o cateterismo. Aí um terceiro paciente com dor no peito teve uma parada cardíaca bem na hora em que o pusemos na sala de exame.

Ele não resistiu.

Nem é preciso dizer que ficamos abalados depois desse. Quando alguém morre no pronto-socorro, um clima sombrio toma conta do lugar inteiro, e o fato de estarmos muito atrasados no atendimento não ajudou. Ninguém que não estivesse de fato morrendo seria atendido num futuro próximo. Isso significava que, quando finalmente conseguíamos atender um dos pacientes que não eram urgentes, eles não estavam nada satisfeitos.

Eu estava passando por uma das salas de exame quando um homem saiu de lá e se interpôs no meu caminho, me impedindo de passar. Não era um cara grande, mas era bem maior do que o meu 1,64 metro. E não gostei nada do jeito como ele cruzou os braços peludos e me fuzilou com o olhar.

– Minha esposa está esperando nessa sala há *seis horas* – anunciou ele. – É absolutamente inadmissível. Ela vai ser atendida em algum momento?

Quis gritar para ele que alguém tinha acabado de morrer ali menos de uma hora antes e que ele tinha sorte de sua esposa estar viva. Porque dar essa notícia era um verdadeiro horror. Mas, em vez disso, respirei fundo e dei meu melhor sorriso versão especial para pacientes.

– Infelizmente, tivemos várias questões urgentes que precisamos resolver. Mas prometo que vamos chegar na sua esposa assim que possível.

Estava rezando para o homem aceitar minhas palavras tranquilizadoras e tocar a vida. Só que isso não aconteceu.

– Porra nenhuma. A gente vai passar mais seis horas esperando aqui, é isso?

Respirei fundo outra vez.

– Aqui é um pronto-socorro – expliquei. – Precisamos atender às questões de maior urgência primeiro. – Olhei para o quarto da esposa dele e peguei o prontuário na porta. Febre havia dois dias. Temperatura máxima de 38,6 graus, mas naquele momento de 37,6. Não era nada de outro mundo. – Desculpe. Estamos fazendo o possível.

– Não. Quero que ela seja atendida agora. – O homem pôs o dedo na minha cara, a uns 15 centímetros do meu nariz. – Cansei de esperar. Minha esposa *merece* ser atendida. *Agora.*

Abri a boca para responder, mas, antes de conseguir pronunciar qualquer palavra, ouvi uma voz atrás de mim:

– Algum problema por aqui?

Virei a cabeça e soltei o ar, aliviada. Nunca tinha ficado tão feliz em ver Mack parado atrás de mim vestido com seu uniforme azul-marinho de socorrista. Sempre respeitei o fato de Mack ser um cara grandão capaz de manusear pacientes pesados ou bêbados, mas, naquele momento, valorizei o fato de ele conseguir ficar com um aspecto bastante intimidador quando queria.

Seus braços fortes estavam cruzados, e ele era bem mais alto do que o homem ao meu lado. Quando ele ergueu uma das sobrancelhas pretas, o homem se encolheu e deu um passo para trás.

– Não. Problema nenhum. – O homem baixou a cabeça. – Me desculpem.

E então voltou para o quarto da esposa sem dizer mais nada.

Não consegui evitar: soltei uma gargalhada.

– Você deixou o cara apavorado mesmo.

Mack sorriu.

– Pois é.

– Você pode ser aterrorizante. Sabia?

Ele assentiu.

– Quando eu jogava futebol americano no ensino médio o pessoal me chamava de Mack Jamanta.

– Eu acredito.

Cheguei ao final do plantão completamente exausta e sem condições de sair com Adam para uma noitada. Mandei uma mensagem para ele avisando que queria deitar assim que chegasse em casa. Estava me sentindo mal por causa disso, mas quase não conseguia manter os olhos abertos.

Não tem problema. Só chega assim que puder, escreveu ele de volta.

O apartamento de Adam ficava mais longe do hospital do que o meu antigo. Por esse motivo, ele insistia para eu voltar de Uber quando meu plantão terminava muito tarde. Eu reclamava um pouco, mas no fim das contas sabia que ele tinha razão. Enfrentar o metrô à meia-noite de uma terça-feira era simplesmente pedir para ter problemas.

Mack dizia a mesma coisa. Meses atrás, antes de eu me mudar, ele me viu indo embora certa noite já perto daquela hora e insistiu para me acompanhar até em casa. Por isso não posso ficar tão brava assim com ele por julgar tanto minha relação com Adam. Sei que ele só quer o melhor para mim.

Quando finalmente cheguei no nosso apartamento, à meia-noite e quinze, a sala estava às escuras. Supus que Adam tivesse decidido não me esperar acordado. Depois de alguns instantes, porém, percebi que estava errada. Ele estava muitíssimo acordado. E o apartamento na realidade não estava às escuras.

Estava iluminado por velas.

Futuros Filhos, quero guardar na memória cada momento dessa experiência. Quero capturar cada detalhe, porque esse é um momento que vou querer reviver pelo resto da vida. A dúzia de velas dispostas cuidadosamente pelo recinto para criar um clima. A trilha de rosas conduzindo até a sala, pelo amor de Deus. E, para completar, Adam. Com um dos joelhos apoiado no chão. Os olhos verdes fitando os meus. Seu pai estava tão bonito nessa hora... Vocês nem são capazes de imaginar.

– Victoria – disse ele.

Eu já estava aos prantos. Não sou chorona, mas não consegui me segurar por nada.

– Victoria.

Ele abriu a caixinha de veludo azul que estava segurando. E ai, nossa. Vocês não iriam acreditar no anel que estava lá dentro. Bom, vou chutar que vocês já viram esse anel, mas provavelmente o guardo dentro de um cofre ou algo assim, porque o diamante é gigantesco. Se eu usasse esse anel no metrô, quase com certeza seria assassinada, ou, no melhor dos casos, teria o dedo cortado fora.

– Eu te amo tanto, Victoria...

– Eu também te amo – sussurrei em meio às lágrimas.

– Tudo que eu quero é passar o resto da vida ao seu lado. – Ele segurou minha mão. – Casa comigo?

É claro que eu disse sim!

Então essa é a história de como fiquei noiva do homem dos meus sonhos e vivi feliz para sempre e me tornei mãe de vocês... em algum momento. Essa parte ainda não aconteceu, óbvio, mas vou continuar registrando cada detalhe das nossas vidas juntos. A menos que algo muito inesperado aconteça, acho que Adam e eu vamos ter uma vida ótima lado a lado.

– Essa aliança... – Encarei a joia, sem conseguir me acostumar com... o *tamanho* daquele anel. Sendo bem sincera, até hoje não me acostumei. – Você deve ter gastado um dinheirão.

– Bom, você vale.

Fiquei com medo de perguntar quanto aquilo tinha custado. Não queria saber se estava usando um anel que havia custado mais do que a minha faculdade. Mas digamos apenas que, se vocês algum dia tiverem problemas financeiros, é só vender minha aliança de noivado e tudo estará resolvido.

Eu estava tremendo tanto por causa da experiência toda que precisei me sentar, do contrário iria desmoronar. Adam achou isso fofo.

– Eu teria te pedido em casamento há muito tempo se soubesse que você reagiria assim – disse ele.

Eu ri. À luz das velas, tateei em busca da minha poltrona ninho no canto da sala, mas minha mão encontrou apenas ar. Pisquei os olhos para tentar me adaptar à luz mortiça das velas.

– Cadê minha poltrona? – perguntei.

Adam franziu o cenho.

– Cadê o quê?

– Minha poltrona ninho. – Uma pontada de pânico me fez descer da nuvem na qual estava flutuando. – Cadê ela?

– Você quer dizer aquele lixo de poltrona do seu apartamento antigo? – Ele balançou a cabeça. – Joguei fora. Coloquei no meio-fio hoje de manhã, e a essa altura alguém já deve ter levado.

Meu queixo caiu. Apesar do pedido de casamento incrivelmente romântico e da aliança extraordinária, de repente fiquei furiosa com ele. Aquela era a *minha* poltrona! A única coisa da minha antiga casa que ele me deixou manter, e agora tinha jogado fora... sem minha permissão? Aquela poltrona era a herança de vocês!

– Eu te disse que queria ficar com aquela poltrona – falei entre os dentes.

– Vicky, aquilo era uma porcaria. – Ele estalou os dedos. – Deixava o apartamento inteiro com cara de vagabundo. Eu ficaria envergonhado de convidar alguém com aquela poltrona aqui.

– Alguém quem? Você não tem nenhum amigo.

Foi a vez de Adam adotar uma expressão chocada. Sinceramente, eu estava chocada comigo mesma. Por que tinha dito uma coisa dessas? Não era do meu feitio ser tão cruel.

Mas é verdade. Adam não tem nenhum amigo. Tem um agente, tem um editor. Mas, tirando isso, não há mais ninguém na vida dele. Ele nem fala com os pais. Não há ninguém a não ser eu.

Só que a questão não é essa. Eu não deveria ter dito isso.

– Desculpa. – Esfreguei os olhos. – É que... é que eu tô cansada. E um cara morreu lá no pronto-socorro hoje, e...

O olhar dele era pura mágoa. Por um instante, tive medo de ele voltar atrás com o pedido. Mas ele não fez isso. Adam me tomou nos braços e me beijou.

– Não preciso de amigos. Tenho você. – Ele me apertou com mais força. – Desculpa pela poltrona. A gente arruma uma nova. Qualquer uma que você quiser.

E essa, senhoras e senhores, talvez tenha sido a coisa mais fofa que um homem já me falou. E não qualquer homem.

Meu futuro marido. O pai de vocês.

DEZENOVE

Estou deitada na cama, e meus olhos começam a se fechar bem na hora em que termino de ler o registro do diário de Victoria. Exatamente como eu desconfiava, ela recebeu o pedido de casamento mais romântico possível.

E aí Adam jogou fora a poltrona amada dela. A poltrona ninho que ela imaginara deixar para os filhos.

Que atitude mais babaca. Tenho dificuldade para justificar as razões dele para fazer uma coisa dessas com ela, sobretudo porque parece ser um cara tão legal. E ele obviamente a ama muito. Mas, pensando bem, eu não estava lá. Estou disposta a acreditar que a tal poltrona fosse extremamente nojenta. Eu me lembro de quando morava com Freddy e ele pegou uma estante no meio-fio, e mesmo que fôssemos dois miseráveis, simplesmente não consegui deixar que a estante ficasse na minha casa. A madeira estava toda rachada e com cheiro de xixi.

Vai ver a tal poltrona ninho era tão ruim quanto aquela estante.

Enfim, tirando isso, com base nas coisas que Victoria escrevia sobre ele no diário, Adam era o namorado perfeito. Sob muitos aspectos, ela tinha uma vida de princesa. Se eu não soubesse como as coisas tinham terminado para ela, provavelmente morreria de inveja da vida que ela tinha. Victoria tinha um emprego que amava, um namorado perfeito e estava prestes a se casar com sua alma gêmea.

Não consigo parar de pensar no buraco de bala na árvore.

Quando Victoria dizia "ãma", queria dizer "arma". Então será que está dizendo que Adam tem uma arma? E, nesse caso, bem... e daí? Ele disparou uma arma numa árvore no quintal de casa. Isso por acaso é crime?

Bom, pelo menos agora posso parar de procurar a tal poltrona.

VINTE

Hoje à noite vamos ter nossa primeira grande tempestade.

Até agora, tivemos sorte com o tempo, mas a previsão para a noite é de chuva intensa e ventos fortes. Rajadas de até 80 quilômetros por hora. Só que não entendo por que essa comoção toda. Quer dizer, consigo aguentar uma chuvinha. Não tem nada de mais.

– O grande problema é que pode faltar energia – explica Maggie enquanto preparo o café da manhã de Victoria.

Isso não me assusta. No meu antigo apartamento, eu ficava sem luz o tempo todo. Mas é claro que era por falta de pagamento da conta.

– Escuta – diz Maggie. – Se vier uma tempestade grande, saiba que você está convidada pra ir ficar comigo e com o Steve. Como a gente mora num condomínio, lá não costuma faltar luz. E quando neva, tiram tudo bem depressa, então você não vai ficar ilhada.

– Obrigada. – Tiro do micro-ondas a tigela de mingau de aveia. – Mas acho que vou ficar bem aqui.

Mexo a aveia. Está densa e pegajosa... como todo café da manhã delicioso deve ser. Então, não, certamente não parece apetitoso, mas, levando em conta que Victoria decerto não vai tentar comer nem uma colherada, não vou me preocupar demais com isso.

– Falando nisso, posso te perguntar uma coisa? – digo.

Maggie ajeita um fio de cabelo ruivo atrás da orelha. Não parece muito ansiosa para começar a faxina. Ela vive procurando desculpas para não trabalhar, e conversar comigo é uma das suas preferidas.

– Claro.

– Você sabe alguma coisa sobre Glen Head?

Maggie passa alguns segundos calada.

– Glen Head?

– É. Fica em Oyster Bay, certo?

O lampejo de reconhecimento nos olhos dela é inconfundível. Mas ela se mantém em silêncio. Há alguma coisa importante em relação a essa cidade. Caso contrário, por que Victoria diria o nome do lugar? É tão difícil para ela pronunciar qualquer coisa que tudo que diz tem algum significado. Como "âma".

– A cozinheira e jardineira antiga daqui, Irina, morava nessa cidade – diz Maggie por fim. – Ela se mudou mais pra perto depois que começou a trabalhar aqui. Mas era lá que ela morava antes. – Maggie hesita. – Pelo menos, eu acho.

Adam sempre fica com uma expressão estranha quando comenta sobre o péssimo estado do gramado da frente. Uma vez, ele mencionou Irina pelo nome, mas logo mudou de assunto. Por que Victoria está falando dela? E onde está Irina agora? Será que pediu demissão?

– Então eu tenho uma pergunta pra você – diz Maggie.

– Claro.

– Quem é Freddy?

Sinto um peso no coração. Estou prestes a lhe perguntar que conversa é essa quando vejo que deixei o celular em cima da bancada e ela está com os olhos pregados na tela. Droga.

Pego o aparelho bem debaixo do nariz dela. Por que Freddy não me deixa em paz, caramba? Por que não consegue tocar a vida? Eu com certeza estou tocando a minha.

Por favor, me deixa falar com você. Não consigo parar de pensar em você. É o Freddy.

– Não é ninguém – balbucio.

Maggie ergue as sobrancelhas.

– Ninguém que não consegue parar de pensar em você?

– Não é o que você tá achando.

Eu cometi um erro terrível. Por favor, me perdoa.

Digito na tela as palavras "por favor, me deixa em paz", em seguida bloqueio o número. É claro que bloquear Freddy nunca ajuda. Ele sempre troca de número. Eu tinha torcido para o fato de mudar de cidade ser um empecilho, mas ele claramente está decidido a fazer parte da minha vida.

– E o que eu estou achando? – Maggie parece intrigada.

A última coisa que eu queria era despertar o interesse de alguém. Estava torcendo para conseguir passar por essa experiência toda sem ninguém me fazer qualquer pergunta sobre minha vida pessoal. Não quero falar sobre o meu passado. É doloroso, só isso.

Mas então ergo os olhos para o rosto sardento e cheio de curiosidade de Maggie. É muito difícil conviver com essa mulher sem querer lhe fazer confidências. E venho morrendo de vontade de contar essa história para alguém. Assim como Adam, não tenho muitos amigos.

– Ele foi um namorado que eu tive – digo. – Muito tempo atrás.

– Ele é bonito?

Não consigo deixar de sorrir.

– É. Muito. O problema não era esse.

– O que aconteceu, então?

– Eu engravidei. – Ainda dói dizer essas palavras. Fico pensando se algum dia vai parar de doer. – Mas aí tive um acidente. Perdi o bebê e tive outros ferimentos. E, ao mesmo tempo, perdi meu plano de saúde.

Ainda fico abalada ao me lembrar de como descobri que meu pai tinha me tirado do plano de saúde dele. No pior momento possível. Afinal, eu precisava de um plano para pagar pelas coisas que ele fez comigo. O pulso quebrado. A hemorragia por causa do aborto espontâneo, que durou meses e exigiu uma ida ao pronto-socorro, uma transfusão e um procedimento para fazer o sangramento estancar.

– O Freddy e eu não conseguíamos pagar as contas de hospital, nem nosso aluguel, e só a duras penas a gente dava um jeito de se virar. – A lembrança me arranca uma careta. – Eu quis declarar falência ou pedir ajuda pros pais dele, mas ele não deixou. Chegou uma hora em que a gente só brigava. Nós dois estávamos infelizes de verdade. Então finalmente falei pra ele ir embora e... ele foi. Não precisei nem falar duas vezes.

– E agora ele quer voltar – diz Maggie.

Assinto.

– Fica dizendo que cometeu um erro terrível e que nunca deveria ter ido embora. Só que ele foi. E agora ele já era pra mim. Só quero seguir em frente e deixar o passado pra trás.

Passei o último ano tentando reconstruir minha vida. E agora Freddy quer voltar comigo? Sem chance.

– Uau. – Maggie dá um suspiro. – Não te julgo por não voltar com ele. Acho que eu também teria dificuldade pra superar uma coisa dessas. Às vezes, o melhor é recomeçar do zero.

– Pois é – balbucio.

Maggie bate com o dedo no queixo.

– Vou ter que perguntar pro Steve se ele conhece algum cara com quem você possa sair.

– Não precisa. Não estou a fim de começar nenhum relacionamento agora.

Ela estala a língua.

– Tá, mas em algum momento vai ter que voltar à ativa. Certo?

Fecho os olhos por um instante ao recordar aquela noite horrorosa. Freddy só chegou em casa às duas da manhã. Não foi culpa dele: estava trabalhando como zelador num grande edifício comercial em Manhattan, e o serviço era no turno da noite. Seu último emprego como segurança era melhor, mas sumiram umas coisas na empresa e ele foi demitido, mesmo tendo jurado de pés juntos que jamais teria roubado nada. Eu disse com todas as letras que acreditava nele, mas não tinha total certeza. Levando em conta nossa situação financeira, não o teria julgado por desrespeitar a lei. Não posso afirmar que nunca me senti tentada a fazer isso.

De modo que ele não estava na rua com os amigos, bebendo num bar. Estava no trabalho. Mas, enfim, eu estava tentando dormir e tinha que acordar às seis da manhã para deixar duas crianças na escola em troca de um salário mínimo. E não gostei do barulho que ele estava fazendo ao tirar a camisa, a calça, e em seguida ao se virar umas cinco vezes no nosso colchão, que rangia muito, até ficar confortável. A gota d'água foi quando ele passou o braço em volta do meu corpo.

Eu me virei na cama e o fuzilei com os olhos no escuro do quarto.

– É sério? Tá tentando tornar *impossível* eu dormir?

Apesar de o quarto estar escuro, meus olhos tinham tido tempo para se adaptar, então consegui ver a surpresa no rosto dele.

– Não. Eu só queria te abraçar.

– Bom, você não tá me deixando dormir. Preciso acordar cedo de manhã, sabia?

– Foi mal. Acabei de chegar em casa.

– Sério, eu tô *exausta*. Preciso de uma boa noite de sono. Por que é tão difícil pra você entender isso?

Ele se apoiou nos cotovelos.

– Você acha que eu não tô cansado, Sylvia? Porra, eu passei as últimas oito horas limpando lixo. Enquanto tudo que você precisa fazer é caminhar com duas crianças até a escola.

– Então arruma um emprego melhor.

– Claro. Até parece que é fácil. – Ele tornou a se largar no travesseiro. – É claro que esse é meu emprego *dos sonhos*. Passar esfregão em pisos e carregar lixo... que fantástico. Eu nunca iria querer arrumar mais nada.

– Deixa de ser babaca.

Ele socou a cama com o punho fechado.

– Não sei o que você quer de mim. Isso é o melhor que eu consigo fazer no momento.

Eu me dei conta de que ele tinha razão. Aquilo era *mesmo* o melhor que ele podia fazer. Eu tinha me apaixonado por Freddy no ensino médio, e na época tudo em relação a ele parecia puro glamour. Não havia nada de glamouroso na nossa vida de agora. Estávamos enfiados num buraco do qual nunca iríamos sair. Continuávamos tentando pagar minhas contas de hospital. Freddy não parecia conseguir arrumar um emprego decente, e eu tampouco.

Eu não estava feliz. Nem eu, nem ele. E pior: estávamos afundando um ao outro.

– Seria melhor se você fosse embora – falei para ele.

Ele grunhiu.

– Olha, me desculpa. A gente conversa sobre isso de manhã.

– Não tem nada o que conversar. Acabou.

– *Como é que é?* – Ele tentou estender a mão para mim, mas me afastei. – Sylvie... por favor... você sabe que eu te amo.

– O único motivo pelo qual você ainda tá comigo é porque se sente responsável por eu ter sido expulsa de casa pelos meus pais e ter perdido nosso bebê. – Engoli um bolo na garganta. – Bom, você não é responsável. Nenhuma dessas coisas foi culpa sua. Então pode ir embora... sem culpa.

– Sylvie...

– Eu falei pra você *ir embora*.

Fiquei encarando-o no quarto escuro. Queria que ele discordasse de mim. Que me dissesse que me amava demais e que não havia hipótese alguma de ir embora. Mas, em vez disso, o que ele fez foi se levantar da cama às duas da madrugada e começar a se vestir. Enfiou alguns pertences numa mala e saiu porta afora sem se despedir. Deu para ouvir a porta da frente bater quando ele saiu.

Fui até a janela e vi o Fiesta dele estacionado na rua. Ele havia comprado o carro de segunda mão poucos meses antes, depois de ser assaltado e levar uma surra no metrô de um bando de marginais ao voltar para casa do trabalho à uma da manhã. Conseguira pagar barato, mas o carro já tinha nos custado mais de mil dólares em consertos. E lá íamos nós nos afundando ainda mais naquele buraco.

Eu o vi jogar sua bolsa de lona dentro do carro, se sentar no banco do motorista e sair a toda.

Pensava que fosse me sentir aliviada quando ele fosse embora, mas não. Fiquei triste com o fato de o único homem que já amei ter partido. E com raiva por ter sido tão fácil ele ir. Estava só esperando minha permissão. Pensei que talvez fosse voltar no dia seguinte, após ter tido a chance de se acalmar. Mas ele não voltou.

Não consigo desapegar da minha raiva: ele me abandonou no mesmo segundo em que lhe dei autorização para fazer isso. Mesmo assim, tenho a sensação insistente de que estava certa ao lhe dizer para ir embora. Freddy e eu costumávamos formar uma boa dupla, mas não na idade adulta. Ficávamos melhor cada um por si.

Então, depois de passado um ano, ele voltou. Falou que ainda me amava e queria tentar outra vez. Só que, àquela altura, já era tarde. Eu tinha decidido que minha vida estava melhor sem Freddy Ruggiero.

VINTE E UM

Quando chega a hora de dar o jantar a Victoria, já está chovendo forte. As árvores do lado de fora balançam, e os galhos chicoteiam de um lado para o outro. Maggie foi para casa umas duas horas atrás, depois de renovar seu convite para eu ir ficar com ela e Steve, que recusei. Não queria deixar Victoria, especialmente se a energia caísse. Afinal, esse é meu trabalho.

Enquanto a ajudo a guiar uma colher trêmula de batata-doce até a boca, ela fica com um olho pregado na comida enquanto o outro está apontado na direção da janela, onde gotas de chuva batem na vidraça com violência. Consigo ouvir um galho se arrastar na lateral da casa ao ser sacudido pelo vento. É difícil saber até que ponto ela compreende a situação. Expliquei sobre a chuva, e ela só ficou me encarando, como muitas vezes faz quando lhe digo alguma coisa. Não teve reação, o que não é nada fora do normal; ainda não a vi dar nem um sorriso.

Mas ela sabe meu nome. Isso ela entendeu. E se lembra de quando alguém atirou em uma árvore na lateral de casa.

Adam chega ao quarto trazendo a seringa cheia com a medicação dela. Victoria se retesa ao vê-lo, e sei que a oportunidade de fazê-la comer já era.

– Quero colocá-la na cama cedo hoje – diz ele. – Caso falte luz.

Fico de lado para ele conseguir acessar a sonda de Victoria. Como cortei as unhas dela até o sabugo, quando ela tenta arranhar a mão dele, não consegue romper a pele. Quando vê que isso não funciona, ela tenta segurar o pulso dele, mas está fraca demais. É fácil para ele subjugá-la e injetar os remédios.

– Ela detesta quando você faz isso – observo.

– Ela não gosta que ponha nada na sonda. Deve ser desconfortável.

– É, mas... – Baixo um pouco a voz, como se fosse fazer diferença: Victoria consegue ouvir cada palavra. – Ela detesta a medicação. Mais do que se alimentar pela sonda. – Mordo o lábio. – Ela precisa mesmo desses remédios? Pelo visto, eles a deixam muito cansada.

Ultimamente, venho me perguntando se o motivo pelo qual Victoria fica tão letárgica de manhã se deve a quaisquer que sejam os remédios que está recebendo à noite. Ela mal parece conseguir manter os olhos abertos menos de uma hora após tomar a medicação.

Ele aperta o osso do nariz.

– *Sim*, ela precisa. Os remédios a impedem de ter convulsões.

– Certo. Desculpa. Não foi minha intenção te questionar.

Os ombros dele desabam.

– Não, tudo bem. São remédios fortes, e não quero que ela apague. Mas ela teve umas convulsões no hospital, e foi assustador de verdade. Então não há nada que eu possa fazer.

Embora ela tenha acabado de receber a medicação e não tenha como já ter chegado à corrente sanguínea, Victoria parece ter perdido todas as forças. Os ombros desabam e a cabeça pende para o lado. Não há mais a menor chance de fazê-la comer.

– Por que não termina com ela e vai lá me chamar? – Adam olha para o relógio de pulso. – Eu ponho ela na cama e aí a gente pode jantar.

– Ótima ideia.

Adam e eu temos jantado juntos algumas noites por semana. Um de nós dois prepara algo simples e comemos em frente à televisão. É agradável ter a companhia dele. E a última coisa que quero é ficar sozinha nessa casa imensa se a energia cair. Imagino que ele sinta o mesmo.

Mas fico culpada por isso. Tenho certeza de que Victoria não iria querer outra mulher jantando com o marido dela toda noite. Certa vez, sugeri a Adam que ele a levasse até lá embaixo para comer conosco, mas ele comentou que daria um trabalhão descer a escada com ela. Não quis forçar demais a barra, mas depois me senti culpada. Não parece justo com Victoria ela ter que fazer todas as refeições isolada em seu quarto no andar de cima.

Quando Adam se retira, pego mais um pouco de batata-doce com a colher e levo até os lábios de Victoria. As pálpebras dela pendem, e ela mal parece consciente da minha presença.

– Sinto muito, Victoria – digo.

Ela pisca algumas vezes e fica com os olhos marejados.

– Sylvie – diz, com a voz arrastada.

Há uma caixa de lenços de papel ao lado da cama. Pego um deles e lhe estendo, mas ela não pega.

– Qual é o problema, Victoria?

– Glen cão – murmura ela. – Em... Glen cão.

Franzo a testa para ela. Depois de ela me falar sobre Glen Head da primeira vez, pesquisei a cidade. Não chega a ser nem uma cidade, mas sim algo que as pessoas chamam de "vila", que é como um pequeno vilarejo dentro da cidade de Oyster Bay. Curiosidade: Oyster Bay é o local de nascimento do ex-presidente Theodore Roosevelt, bem como do talvez mais famoso Billy Joel. Fica a umas boas duas horas de carro daqui, de modo que não tem como eu dar um pulinho até lá pra conferir só por curiosidade.

– Mmmmm – faz ela ao mesmo tempo que a cabeça começa a pender para o lado.

– O que tem em Glen Head? – insisto.

Ela balança a cabeça.

– Não. Ele é...

Ela diz mais alguma coisa tão arrastada que não consigo entender. E seus olhos então se fecham.

VINTE E DOIS

Quando termino de alimentar Victoria e desço, Adam está preparando um espaguete na cozinha e falando no celular. Está fazendo a massa girar dentro de uma panela de água fervente enquanto ri de algo que a pessoa do outro lado da ligação diz.

– Não se preocupa – afirma ele. – A gente vai ficar bem. – Faz uma pausa e escuta. – É, é só ficar longe das tomadas. Se a energia cair, provavelmente volta de manhã.

Depois de mais algumas frases, ele desliga e me dá um sorriso de quem se desculpa.

– Era minha mãe. Ela também mora na ilha e está surtando com a tempestade. Eu sempre ligo pra ver como ela está antes de uma dessas grandes.

– Que fofo.

Ele sorri.

– Bom, eu sou um cara fofo.

Não tenho como discordar. Considerando o quanto Adam é atencioso com a esposa, que não pode mais lhe dar nada em troca, imagino que deva ser igualmente atencioso com os pais idosos. Mas me preocupa o fato de ele gastar tanto tempo e energia cuidando dos outros. Ele parece estar em rota acelerada em direção ao burnout.

Fico cuidando do espaguete enquanto Adam sobe para pôr Victoria na cama. Quando ele torna a descer a escada, já servi sobre a bancada dois generosos pratos de espaguete com molho de tomate e dois copos d'água. Bem na hora em que ele estende a mão para um dos pratos, as luzes do teto piscam.

E no momento seguinte se apagam de vez.

– Opa – digo. A luz de um relâmpago clareia a sala por um instante, e um segundo depois uma trovoada ecoa. Com as luzes apagadas, mal consigo ver o prato de comida. – Que escuridão.

– Espalhei velas pela sala inteira. Só preciso encontrar um isqueiro. – Adam vai até a bancada da cozinha e remexe dentro de uma gaveta. Um segundo depois, vejo o clarão de uma chama. – Vou lá acender.

Ele acende as velas uma a uma até a sala ficar clara o suficiente para eu pelo menos conseguir ver meu macarrão e distinguir as curvas do belo rosto de Adam. Levamos nossa comida para o sofá, como sempre fazemos, mas dessa vez não vamos conseguir ver televisão como de costume. Não vamos ter outra escolha senão... conversar.

– Vinho? – pergunta ele para mim enquanto se encaminha novamente para a cozinha.

Uma vozinha lá no fundo me diz que não é uma ideia brilhante tomar uma taça de vinho com meu patrão incrivelmente sexy enquanto estamos os dois presos dentro da casa dele sem luz. Mas não bebo nada alcoólico desde minha primeira noite aqui, e a tempestade está me deixando nervosa.

– Claro – respondo.

Ele volta com duas taças de vinho branco. Pousa ambas na mesa de centro com nossa comida, então pega o prato.

– Ainda bem que eu saí pra correr hoje de manhã. O chão vai ficar horrível amanhã.

– É, deve ficar todo coberto com uma maçaroca de folhas – comento.

– Maçaroca de folhas?

– Aquela mistura de folhas sujas com água que fica parecendo tipo uma massa, sabe?

Ele ri.

– Ah, sim. Isso mesmo.

Tomo um gole do vinho branco. Tenho certeza de que é mais caro do que o vinho que geralmente compro por 10 dólares a garrafa, mas o gosto para mim é igual.

– Mas admiro sua disciplina. Há quanto tempo você corre?

– Na real? Só desde que a Victoria voltou pra casa.

– Sério? – A maioria dos homens não consideraria o fato de a esposa se acidentar uma motivação para ficar mais em forma. – Por quê?

– Bom… – Ele passa a ponta dos dedos pela borda da taça. – É que ultimamente tenho andado com muita… energia represada… se é que você me entende…

Respiro fundo. Adam baixou os olhos, e tenho a sensação de que, se a luz estivesse acesa, daria para ver seu rosto corado.

– Ah…

– Pegou mal falar isso. – Ele olha de relance para a escada. – Não foi o que eu quis dizer. O que aconteceu com a Victoria foi um horror, e quero passar o resto da vida da minha esposa cuidando dela. Jurei fazer isso e vou cumprir. Mas é que… às vezes é…

– Não, eu entendo.

Ele deixa a cabeça pender para trás no encosto do sofá.

– Quero ir até o fim. Pela Victoria. Mas… isso vai exigir uma porção de corridas bem longas e banhos frios. – Ele respira fundo. – E vai saber? Pode ser que ela melhore…

Só que ele me contou no meu primeiro dia nessa casa que todos os médicos afirmaram que isso não iria acontecer. Victoria não vai melhorar nunca. Ela vai passar o resto da vida assim.

Torna a trovejar, e estremeço. Adam franze o cenho para mim.

– Tá com frio, Sylvia?

– Eu… um pouco. – Não tinha percebido antes, mas de repente sinto que a sala está um gelo. – A calefação tá ligada?

Ele faz que não com a cabeça.

– Acho que desligou. Escuta, vou acender a lareira, mas talvez você queira pegar outro suéter.

Dou um puxão no moletom de capuz que estou usando.

– Não sei se tenho alguma coisa… quente o suficiente…

Ele hesita.

– Por que não dá uma olhada no closet da Victoria? Seria até bom. Tem muita roupa lá, e não deveria ir tudo pro lixo. Acho que você é mais ou menos do tamanho dela.

Algo no fato de vasculhar o closet de Victoria em busca de uma roupa para vestir enquanto fico de bobeira com o marido dela me parece errado.

– Não precisa.

– Tem certeza? Vai ficar bem frio aqui daqui a pouco, mesmo com a lareira acesa.

Estremeço de novo. Já está um frio desconfortável agora. Tenho certeza de que a lareira vai ajudar, mas nem consigo me concentrar em comer a comida. Talvez devesse deixar de frescura e ir pegar logo um suéter de Victoria emprestado. Afinal, ela nem vai ficar sabendo.

Por fim, decido fazer isso e pronto. Enquanto Adam mexe na lareira, pego uma lanterna na cozinha e subo a escada. No escuro, os degraus parecem ainda mais íngremes e assustadores. Eu me agarro ao corrimão e subo devagar. Não quero cair como Victoria.

O closet gigante de Victoria parece mais gigantesco ainda à luz da lanterna. Como uma mulher só pode ter tanta roupa? Que sorte ela tem. Ou tinha, pelo menos.

Vou passando por suéteres de caxemira caros, mas descarto todos. Finalmente, acabo escolhendo um de lã cinza meio feio, mas com cara de ser quentinho. Parece uma roupa que ela tem há muito tempo, antes de ter um marido rico para bancar seu guarda-roupa. Não estou tentando sensualizar hoje; o suéter é perfeito.

Quando torno a descer, pequenas chamas alaranjadas estão saindo da lareira, mas a sala está igualmente fria. Além de acender o fogo, Adam levou para o sofá duas mantas, então não perco tempo e me enrolo logo em uma. Ele dá um sorrisinho ao me ver me cobrindo.

– Melhor? – pergunta.

Ele se senta ao meu lado e cobre as pernas com a outra manta.

– Um pouco. – Tomo outro gole do vinho. Talvez o álcool me esquente. – Mas continua bem frio.

– Quer outro cobertor?

Ele tira o que está usando para cobrir as pernas e me estende. O gesto me lembra o jeito dele de me oferecer o cachecol naquele primeiro dia na estação de trem.

Balanço a cabeça.

– Não. Meu corpo tá bem aquecido, mas meu rosto tá frio.

– Seu *rosto* tá frio?

– É. Tipo o nariz e as bochechas. E os globos oculares.

Ele ri.

– Os *globos oculares*?

– Para de rir. Meus globos oculares estão superfrios.

– É que... não sei muito bem como te ajudar com isso.

Solto uma expiração. Se não estivesse tão escuro na sala, desconfio que fosse conseguir ver a condensação do ar.

– Não precisa me ajudar. Você nem sempre precisa bancar o herói, sabia?

– Herói?

– Bom... – Cutuco um fio solto da manta. – É que... você faz muita coisa. Pela Victoria. Pelos seus pais. É muito gentil da sua parte, mas... é que parece muito pra uma pessoa só.

– É... – Os traços de Adam tremeluzem à luz fraca da sala. – Não vou mentir. Tem sido... difícil.

Sem ter a total intenção de fazer isso, estendo a mão e toco o braço dele.

– Eu sei que tem.

– Eu só queria...

Volta a trovejar, e me enrolo mais ainda nos cobertores. Nossa comida está totalmente esquecida em cima da mesa de centro. A essa altura, já deve estar gelada, mesmo. Não consigo deixar de reparar que Adam e eu estamos sentados bem perto um do outro no sofá. Sei que deveria mudar de lugar, mas não quero me afastar do calor do corpo dele. Não é isso que se deve fazer quando está frio do lado de fora? Ficar juntinho para aproveitar o calor dos corpos?

Só que talvez estejamos um pouco juntos demais.

– Sylvia – murmura ele.

Fecho os olhos. Se não puder ver o quanto ele é atraente, a tentação não vai ser tão grande. Mas é uma situação impossível: somando a luz difusa, os relâmpagos e trovoadas, e a atração do calor do corpo dele, é como se alguém tivesse armado isso para garantir que fôssemos fazer algo que não devemos. Sei que todos esses meses de solidão estão pesando para ele.

Eu deveria me afastar. Sei que deveria. Só que não beijo um cara desde Freddy. E isso já faz um tempão. Nós dois estamos sozinhos há muito tempo.

Se afasta, Sylvie!

Nenhum de nós dois está falando nada. Estamos apenas sentados no sofá nos olhando, encolhidos debaixo do cobertor para nos aquecer. Meu coração não para de bater forte no peito. Meus lábios estão a menos de meio metro dos dele. Seria tão fácil...

Catapum!

Minha cabeça e a dele se viram ao mesmo tempo na direção da escada. O barulho veio lá de cima. Da direção do quarto de Victoria. Só que ela não pode estar fazendo barulho. Está na cama, dormindo profundamente. E ela é a única outra pessoa em casa.

Adam se levanta com um pulo, como se o sofá estivesse pegando fogo.

– Vou ver o que foi isso.

Eu me levanto com um pulo também, deixando os cobertores caírem de cima do meu corpo.

– Pode terminar de comer. Eu vou.

– Tudo bem. Não ligo.

– Eu também não. – Quando ele faz uma cara de dúvida, arremato: – É meu trabalho, certo?

Ele coça a barba por fazer.

– Tá. Grita se precisar de alguma ajuda.

Assim que começo a subir outra vez a escada cheia de rangidos em direção ao andar de cima, me arrependo da minha oferta generosa. Principalmente ao me dar conta, já no alto da escada, de que esqueci a lanterna lá embaixo. O térreo estava bem iluminado com todas as velas e a lareira, mas aqui em cima está um breu. Pisco algumas vezes para tentar ajustar a visão, mas o efeito é mínimo.

Cogito ir lá embaixo para pegar a lanterna, mas fico com medo de descer a escada sem uma fonte de luz. Sei que tem uma lanterna na gaveta de cima da cômoda do quarto de Victoria. Então, se conseguir encontrar o quarto, posso usá-la. Mas achar o quarto é um desafio e tanto. Mantenho a mão na parede e vou sentindo os calombos e rachaduras no gesso. O quarto de Victoria é o último à direita. Tateio a primeira porta, a segunda e então a terceira: o quarto dela. Meus dedos buscam a maçaneta e abro a porta.

Dentro do quarto de Victoria está um breu. O único barulho é o da chuva batendo na janela.

– Victoria? – sussurro.

Não há resposta. Ela deve estar dormindo.

Mas então o que foi aquele barulho?

Sigo tateando até encontrar a cômoda. Abro a primeira gaveta e remexo papéis e objetos impossíveis de identificar. Sinto enfim uma onda de alívio quando meus dedos se fecham em volta de um objeto cilíndrico. Localizo o botão com o polegar e o aciono.

O quarto é preenchido pelo facho de luz da lanterna. Preciso piscar outra vez para ajustar os olhos à luz. Viro o facho até o outro lado do quarto e o aponto na direção da cama de Victoria, para me certificar de que ela está bem e dormindo profundamente.

Só que quando miro a luz em Victoria, percebo que ela está longe de estar dormindo. Os olhos estão abertos, e ela está me encarando com o único olho bom.

É a última coisa que eu esperava ver. Sinto o coração vir até a boca. Até uma ou duas horas atrás, ela estava apagada. Agora está totalmente desperta.

– Victoria… Você… que susto você me deu. Achei que estivesse dormindo.

Ela só pisca.

– Tá tudo bem? – pergunto. – Ouvi um barulho de alguma coisa caindo.

Baixo os olhos para o chão, tentando achar o que poderia ter feito o barulho. Vejo então que o copo d'água que estava sobre a mesa de cabeceira de Victoria quando desci está agora no chão. A água se derramou por todo o piso junto à cama. Está claro que foi isso que produziu o barulho. E deve ter interrompido o sono de Victoria.

Mas a questão é: se Victoria estava dormindo quando o copo caiu, o que será que o fez cair? Copos não rolam de uma hora para outra de cima da mesa. Será que ela acordou e tentou pegá-lo? Nunca a vi fazer nada do tipo.

– Preciso enxugar isso – digo para ela.

Com minha lanterna, vou até o banheiro pegar alguns lenços de papel para secar o chão. Não é muita água, e não vai levar muito tempo. Quando volto, Victoria continua com os olhos abertos e está me observando. Sinto seus olhos nas minhas costas enquanto enxugo o chão. Felizmente, o copo não quebrou.

– Mmmmm – diz Victoria.

Ergo os olhos do chão, onde estou terminando de enxugar a água.

– O quê?

Os lábios de Victoria se mexem como se ela estivesse tentando dizer alguma coisa. Acho que palavras com m são mais difíceis para ela. Concentrando todo o seu esforço, ela tenta de novo:

– Mmmmmeu.

Meu?

Baixo os olhos para a direção que o olhar dela indica. Meu suéter. Ou eu deveria dizer o suéter *dela*. Estou usando o suéter dela. E Victoria reparou.

– Me desculpa – digo depressa. – Eu deveria ter perguntado, mas o Adam falou que tudo bem. A calefação desligou, e eu estava com muito frio. – Tiro o suéter, embora sem ele o frio seja quase insuportável. – Não vou usar mais. Desculpa.

A expressão de Victoria não muda.

– Meu – repete ela.

Dessa vez, a palavra é bem mais clara.

Enfio o suéter na gaveta dela. De agora em diante, nem por um milhão de dólares eu usaria essa roupa. Vou me enrolar em cobertores e pronto, vai bastar. Olho de novo para Victoria, torcendo para aquela expressão estranha e intensa ter sumido do rosto dela. Não sumiu.

– Meu – diz ela.

Meu coração está batendo forte. Ela está fixada nisso. Mas o que posso fazer? Já devolvi a porcaria do suéter. O que mais ela quer de mim?

– Se estiver tudo bem com você, vou indo então. – Recuo em direção à porta do quarto. – De manhã eu volto pra ver como você tá.

Só quando já saí do quarto é que me dou conta de que a coisa que Victoria estava me dizendo ser dela podia não ser o suéter. Sendo assim, em vez de ir até o térreo e abusar da sorte com Adam, vou para o meu quarto e fico lendo à luz da lanterna até dormir.

VINTE E TRÊS

DIÁRIO DE VICTORIA

5 de janeiro de 2017

Nem sei por onde começar a escrever sobre a noite louca que tive hoje.

A noite começou perfeita. A gente estava jantando e conversando sobre que tipo de casamento queria fazer. Planejar um casamento é tão divertido! Eu me sinto muito romântica dizendo uma coisa dessas, mas é verdade! Adam quer se casar o quanto antes. Está superanimado com tudo, uma graça. Carol vive falando sobre como o namorado dela, Jeff, tem pânico de compromisso, mas Adam está apostando todas as fichas em nós.

A gente combinou que ia querer uma coisa pequena. Fiquei nervosa achando que ele fosse querer um casamento imenso e extravagante, levando em conta como gosta de gastar dinheiro, mas ele concorda comigo que é melhor manter tudo pequeno e simples.

À luz de velas, ele estendeu a mão por cima da mesa para segurar a minha.

– Por mim, tudo bem sermos só nós dois. Num cartório, quem sabe. Ou em Las Vegas, se você preferir.

– Não tem nenhum parente que você queira convidar?

Adam fez uma careta e soltou minha mão. No nosso terceiro encontro, ele admitiu que não falava com os pais. Isso de fato me pareceu um pouco estranho. Minha mãe morreu de câncer quando eu estava no ensino fundamental II, e meu pai de infarto quando eu estava na faculdade. Como era filha única e nenhum dos dois tinha irmãos, fiquei sem grande coisa em matéria de família.

Sei que parece bobagem, mas sempre imaginei me casar com um homem que tivesse uma família imensa, para finalmente poder viver essa experiência familiar. Uma sogra e um sogro para substituir a mãe e o pai que perdi. Um cunhado ou cunhada para compensar os irmãos que nunca tive. Mas Adam não tem como me proporcionar isso. Ele me contou que não fala com os pais há quase dez anos. E tem também um irmão que detesta.

– Sei que você tá com raiva deles – falei. – Mas já faz um tempão. Você não acha que... agora que a gente vai começar uma vida nova, não seria legal fazer as pazes?

Adam pegou sua taça de vinho e agitou o líquido vermelho-escuro lá dentro.

– Não. Não acho.

– Ué, por quê?

– Você não entende.

– Quem sabe você possa me explicar.

E aí eu poderia explicar a *ele* por que ele estava sendo teimoso.

Adam não tirou os olhos da taça de vinho.

– Eles nunca me deram força quando falei que queria virar escritor. Me disseram que era uma perda de tempo. Que eu estava jogando a vida fora.

Isso eu sou capaz de entender. Decidir se tornar escritor é uma escolha ousada, e fazer isso sem o apoio da família é ainda mais difícil.

– Mas agora eles devem estar vendo o quanto estavam enganados!

Ele ergueu a taça e a levou aos lábios. Virou-a até esvaziar tudo.

– Seria de se esperar. Mas não. Além do mais, eles não gostaram do meu primeiro livro.

– *Tudo em família?*

Eu tinha lido o primeiro romance dele anos atrás, bem antes de ele fazer parte da minha vida. Tentei me lembrar da trama. Tudo que conseguia recordar era que tinha amado o livro; era um thriller impossível de largar. Eu me lembro de pensar que era cruel de um jeito delicioso. Mas estava com dificuldade para me lembrar exatamente do que acontecia.

– Do que eles não gostaram?

– Eles acharam que alguns personagens tinham sido baseados neles. – Ele deu de ombros. – Ficaram com a sensação de que eu tinha pintado um retrato injusto deles.

– E os personagens foram mesmo baseados neles?

Ele tornou a dar de ombros.

– Quando se é escritor, é difícil não apelar para as próprias experiências. Então... acho que fiz isso, sim. Em certa medida.

Fiz uma anotação mental para conseguir um exemplar de *Tudo em família* e reler o livro. Adam tinha uma prateleira inteira de exemplares na estante da sala. Eu poderia pegar emprestado e pronto. Com certeza, a releitura não seria difícil. Como vocês sabem, seu pai é um escritor brilhante.

– Olha, Vicky, eu sei que você tem essa noção romântica de família grande, mas meus pais são pessoas horríveis. – Ele se recostou na cadeira. – Eu preferiria simplesmente esquecer que eles existem. Enfim, a gente pode formar nossa própria família, né?

Senti o coração pular dentro do peito. Isso era algo que eu nunca o havia escutado dizer.

– Como assim? – perguntei, com cautela.

– Quer dizer... – Ele sorriu para mim. – Andei pensando que a gente deveria começar a ter filhos o quanto antes. O que você acha?

Não consegui parar de sorrir feito uma boba. Antes de conhecer Adam, nunca tinha pensado em ter filhos. Isso parecia simplesmente muito longe de acontecer. Mas, no segundo em que o conheci, a primeira coisa que pensei foi que eu queria que aquele homem fosse o pai dos meus filhos. Afinal, é por isso que estou escrevendo este diário.

– Acho que poderia me deixar convencer – falei, fingindo timidez.

Ele com certeza tinha conseguido me fazer esquecer tudo em relação aos pais dele.

Adam deu uma piscadela para mim enquanto enchia sua taça com mais vinho.

– Quantos filhos você quer ter?

Tive uma sensação de quentura e formigamento na barriga. De uma hora para a outra, mal podia esperar para engravidar.

– Três?

Os olhos dele se iluminaram.

– Você leu minha mente. Dois meninos e uma menina.

Eu ri.

– Não sei se a gente vai ter muito controle em relação a essa parte, né?

– Tudo bem. Não vou ficar chateado se a gente tiver três meninos.

E a gente passou o resto do jantar imaginando nossos futuros filhos. Foi bem bobo, mas, mesmo assim, bem divertido. Não fomos muito longe no planejamento do casamento, mas não há pressão nenhuma em relação a isso. Ainda vamos demorar um pouco para nos casar. E vai ser um casamento pequeno, então dá para planejar rapidinho.

Estava tudo ótimo até a gente chegar em casa.

Não conseguimos parar de nos agarrar no elevador. Tive certeza de que iríamos direto para o quarto para, é, ir para a cama… dormir. Mas Adam fez uma parada rápida no banheiro, e foi nessa hora que tudo desandou.

Ele saiu do banheiro com um tubo de pasta de dente na mão. Correção: o tubo de pasta de dente *dele*. Embora eu já esteja morando com ele há vários meses, Adam não abandonou sua determinação de que nossos pertences precisam ser mantidos separados. As coisas na prateleira de baixo da geladeira continuam sendo minhas e as da prateleira de cima, dele, e tudo na prateleira do meio precisa ser etiquetado. Semana passada, ele ficou uma fera comigo quando usei um pouco do leite dele para pôr no meu cereal. Mas, sério, por que é que a gente precisa de *leites separados*?

E, sim, também temos pastas de dente separadas. Não sei por que não podemos dividir a mesma porcaria de tubo de pasta de dente, mas ele fez questão, e parece uma bobagem brigar por causa de algo tão trivial. Adam tem um certo TOC; é algo com que preciso me acostumar, só isso. É quase enternecedor.

Mas naquele momento ele estava segurando com força o tubo de pasta, identificado com aquele marcador preto que passei a odiar. Seu rosto estava muito vermelho.

– Você usou minha pasta? – perguntou ele.

– Ah…

Tá. Havia uma chance de eu talvez ter usado a pasta dele de manhã. Estava me sentindo grogue e simplesmente peguei o primeiro tubo que vi. Não achei que fosse ter essa importância toda.

– Acho que não…

– Então quem foi? – Ele chegou mais perto de mim e sacudiu a pasta de dente na minha cara. – Por acaso, um ladrão entrou aqui e usou a pasta? Porque *alguém* apertou esse tubo bem no meio.

Certo. É esse o motivo pelo qual não posso usar a pasta dele. Porque aperto o tubo no meio em vez de no final. O que é moralmente errado.

Quando tomei o leite dele, pedi desculpas na hora. Mas aquilo estava ficando ridículo. Afinal, nós íamos ter filhos juntos. E crianças às vezes apertam o tubo de pasta de dente no meio. Adam precisa aprender a ser menos rígido. Só um pouquinho.

– Acho uma bobagem a gente não poder dividir um tubo de pasta de dente – falei. – É só uma pasta de dente, Adam.

Os olhos dele ficaram sombrios.

– Então, resumindo, você é incapaz de respeitar as minhas coisas. Apesar de eu estar te deixando morar no *meu* apartamento sem pagar nada.

– Sem pagar nada? A gente tá *noivo*.

– Bom, você não está pagando aluguel. Então eu diria que está morando aqui sem pagar nada, sim. – A pasta de dente tremeu na mão dele. – Você não teria como bancar um apartamento desse sozinha.

Senti as bochechas arderem, porque ele tinha razão.

– Tudo bem. Eu não teria como bancar um lugar como esse. Mas isso não significa que a gente não possa dividir a pasta de dente.

Adam baixou os olhos para o tubo de pasta. Jogou-o na lata de lixo com tanta força que o barulho me sobressaltou.

– Vou comprar uma pasta nova – falou.

E então pegou o casaco e saiu batendo pé. Fechou a porta com tanta força ao sair que o apartamento inteiro tremeu.

Isso faz duas horas. Já liguei para ele várias vezes, e ele não está atendendo. Não sei que diabos está acontecendo. Ele está bravo de verdade comigo. Por causa de uma pasta de dente. A gente acabou de ter uma briga homérica por causa de *pasta de dente*.

Mas dizem que nos relacionamentos duradouros é assim. As pessoas brigam por bobagens. Como trocar o rolo de papel higiênico. Ou deixar o assento da privada levantado. É claro que desentendimentos relacionados ao banheiro são comuns.

Sou louca pelo Adam. E, sim, ele tem lá suas excentricidades. Se quiser me casar com ele, vou ter que aceitar. Queria não ter dito nada. Deveria ter pedido desculpa e pronto.

Afinal, ninguém é perfeito. Nem mesmo o Sr. Perfeito.

VINTE E QUATRO

Durmo até tarde no dia seguinte. A energia voltou em algum momento da madrugada, e a luz piscando no meu despertador informa que são três da manhã, mas a luz do sol entrando pela janela informa outra coisa. Além do mais, meu despertador não chegou a tocar.

Como meu relógio de pulso revela que já passa das oito, saio da cama aos tropeços em direção ao quarto de Victoria. Dou uma espiada nela e a vejo fora da cama, o que significa que Adam deve ter vindo acordá-la. Apesar de a televisão estar ligada, ela está de olhos fechados e a cabeça pende para o lado no encosto da cadeira. Está ferrada no sono.

Desço para preparar o café da manhã, mesmo sabendo que ela não vai comer, mas encontro Adam já lá embaixo, lavando louça. Ele sorri alegremente para mim, sem qualquer alusão ao fato de algo totalmente inapropriado quase ter acontecido entre nós dois ontem.

Ler o registro do diário de Victoria ontem à noite sobre como ele deu um chilique por causa da pasta de dente revelou um outro lado de Adam que eu nunca tinha visto antes. Ele não parece o tipo de pessoa que faria uma coisa dessas. Mas, de certa forma, isso me faz gostar mais dele. Como costumava dizer Carol, a amiga de Victoria, ele parece o Sr. Perfeito. É bom saber que tem falhas igual a todo mundo. Ninguém gosta de uma pessoa perfeita demais.

É bom também ver que ele fez as pazes com os pais. Qualquer animosidade que tivesse em relação a eles parece ter sumido há muito tempo. Talvez o acidente de Victoria tenha tido algo a ver com isso.

– A Eva não conseguiu vir hoje de manhã, então eu cuidei da Victoria – diz ele, colocando um prato no escorredor. – Já está tudo providenciado.

Vou até o armário onde fica a aveia e estendo a mão para pegar a caixa.

– Vou preparar o café dela.

– Não precisa. Eu disse que já cuidei de tudo.

Paro antes de abrir um pacote de aveia.

– Você deu comida pra ela?

Ele dá de ombros.

– Dei suplemento pela sonda. Além do mais, ela estava sonolenta demais pra comer. Ela nunca come de manhã, come?

Sinto uma leve culpa em relação a isso. Eu sempre pelo menos *tento* dar uma chance a ela, mas ele está certo ao dizer que ela raramente come de manhã. Em geral, tenho sorte se ela engolir uma colherada.

– Se você não estiver precisando de mais nada, vou subir e escrever um pouco – diz Adam. – Preciso trabalhar um pouco hoje.

– Está trabalhando num livro novo?

Um sorriso se esboça nos lábios dele.

– Estou. Mas estou no estágio em que sinto que tudo que estou escrevendo é uma porcaria. Ontem rasguei cinco páginas e joguei no lixo.

Reviro os olhos.

– Tenho certeza que não tá uma porcaria. Um monte de críticas na internet dizem que você é um autor incrivelmente brilhante. E você é um campeão de vendas.

Ele agita a mão no ar.

– Que nada. Tenho sorte, só isso.

– Até parece.

– É verdade. – Ele dá de ombros. – Tem um monte de escritores talentosos por aí. Eu tive a sorte de conseguir um bom agente que me arranjou um bom contrato de edição, e isso me abriu muitas portas. Mas poderia ter sido tudo diferente.

Eu me apoio na bancada da cozinha.

– Você sempre soube que queria ser escritor?

– Basicamente. – O olhar dele fica distante. – Na vida, as coisas nunca acontecem igualzinho a como a gente quer que aconteçam. Mas, quando se cria o próprio mundo na ficção, a gente pode fazer tudo acontecer exatamente como quer. É isso que eu amo na escrita.

– Entendo o que você quer dizer. Eu certamente gostaria de reescrever partes da minha história de vida.

– Mas e você? – Ele ergue as sobrancelhas. – Quais são suas aspirações de carreira?

Sempre me faziam essa pergunta na escola. *O que você quer ser quando crescer, Sylvia?* Nunca tinha uma boa resposta. Meus pais eram pessoas sensatas, de classe média, que achavam que eu deveria virar professora. Afinal, eu era péssima na escola... e não dizem que aqueles que não sabem ensinam? Mas nunca tive paixão por lecionar. Tinha a sensação de estar apenas vagando na vida sem rumo até conhecer Freddy. Achei que ele fosse o meu bote salva-vidas até ele me abandonar como se eu não fosse nada.

– Não sei. – Baixo os olhos. – Resposta patética, né? Quer dizer, já tenho idade suficiente pra saber o que quero ser quando for adulta. Já que, você sabe, eu *sou* adulta.

Adam ri.

– Não faz mal. Você tem muito tempo pra decidir. E, enquanto isso, a gente quer ter você por aqui enquanto quiser ficar. É bom ter você aqui.

Aperto os punhos cerrados um no outro. Ele parece não estar querendo falar do elefante na sala. Será que não entende o quão perto chegamos de nos beijar ontem à noite? Mas talvez ele esteja fazendo o certo. Talvez o melhor seja simplesmente fingir que nunca aconteceu.

Afinal, aquilo nunca mais vai se repetir.

VINTE E CINCO

Victoria está especialmente letárgica hoje. Não consegui lhe dar nada para comer no almoço, e o jantar também está indo mal. Ela parece inquieta quando lhe ofereço colheradas de purê de cenoura. Pelo lado positivo, não me lançou nenhum olhar atravessado por causa do que aconteceu ontem à noite.

Ainda não consigo entender muito bem como aquele copo d'água virou. Talvez eu não queira saber.

Estou tentando alimentá-la sem sucesso há quase uma hora quando Adam espicha a cabeça para dentro do quarto.

– É uma hora boa pra dar a medicação dela?

A frase faz os olhos de Victoria se arregalarem. É o mais desperta que ela pareceu o dia inteiro.

– Me dá mais vinte minutos – respondo.

Ele assente.

– Tá. Volto daqui a pouco.

Victoria estava com uma colherada de cenoura na boca, e parte escorre pelo canto direito dos lábios. Tento limpar com um guardanapo, mas ela me empurra para longe.

– Sylvie – diz.

Reparei que, toda vez que ela diz meu nome, quer me falar alguma coisa importante.

– Oi.

– Amã. – Os olhos azuis dela parecem dois pires de tão arregalados. – Adam amã.

Sei que ela está falando de uma arma. Mas não entendo o que está querendo dizer com isso. Não vi arma nenhuma nesta casa. Eu acharia que ela está inventando se não tivesse visto aquele buraco de bala.

– Você... – Ela aponta para a parede. – Amã. No...

Fico olhando para o rosto dela. Victoria está se esforçando para pronunciar uma palavra. Parece muito frustrante. Sabe exatamente o que quer dizer, mas não consegue. Quase vejo as engrenagens girando no cérebro dela, mas Victoria não está chegando a lugar nenhum.

– Cote – diz por fim, num tom triunfante.

Bom, que ótimo. Ainda não faço ideia do que ela quer dizer.

– A colcha?

– Não. *Não*. – Ela fecha os olhos com força por alguns segundos, então torna a abri-los. – Cote. Cote. No... cote.

Mesmo ela repetindo várias vezes, continua sendo uma palavra sem sentido. Mas então olho para onde ela está apontando. Não é para a parede. Ela está apontando para o closet.

– Closet? – pergunto.

Ela assente vigorosamente.

– É. Cote Adam.

Será que ela está tentando me dizer que tem uma arma no closet do marido?

Bom, pode ser que tenha mesmo. E, nesse caso, qual o problema? Sou capaz de imaginar por que alguém iria querer ter uma arma aqui para se proteger. Se ele guarda uma arma no closet, isso é assunto dele. Afinal, não anda com ela num coldre apontando-a por aí.

Mas os olhos de Victoria exibem uma expressão de súplica. Ela quer que eu vá pegar a arma. Só que não posso fazer isso. Ele me mandaria embora.

Além do mais, confio no discernimento de Adam para ter uma arma. Não é grande coisa.

– Tá tudo bem – digo para ela. – Vou cuidar disso.

Mas já sei que não vou fazer nada.

VINTE E SEIS

Adam prepara o jantar congelado para comermos nessa noite.

Ele faz almôndegas, um dos meus pratos preferidos. Tenho certeza de que ele acha esses jantares uma comida simples, mas para mim são quase um luxo. Quando eu estava com dificuldade para pagar o aluguel, não tinha como dar 5 dólares numa embalagem plástica com almôndegas, macarrão e molho. Meu orçamento semanal para alimentação era de uns 10 dólares. Eu comia muito macarrão instantâneo.

Estou simplesmente feliz por ter parado de chover. O tempo hoje foi em grande parte de céu aberto, embora tenha esfriado muito de repente. Tenho a sensação de que não vai ser possível continuar levando Victoria para passear por muito mais tempo. Queria levá-la hoje, mas fiquei com medo de o chão estar escorregadio demais por causa das folhas e da água do temporal de ontem à noite.

– Acho que vou levar meu jantar lá pra cima e comer no quarto – digo quando o micro-ondas apita avisando que a comida está pronta.

Adam franze o cenho.

– Ah. Tudo bem.

Embora não pareça feliz com esse fato, não reclama. Ele entende.

Pego a comida e estou prestes a me encaminhar lá para cima quando a campainha toca. Olho para Adam, que parece tão surpreso quanto eu.

– Tá esperando visita? – pergunto.

Ele faz que não com a cabeça.

– Não tem muita gente vendendo de porta em porta por aqui.

Ele abandona o micro-ondas e vai até a porta para atender. Enquanto está olhando pelo olho mágico, espio lá fora pela janela. Vejo um carro parado em frente à casa que parece dolorosamente familiar. Um Fiesta verde com a pintura toda riscada. Tapo a boca com a mão.

– Adam! – exclamo. – Não...

Mas já é tarde. Ele já abriu a porta, e agora Freddy está parado do outro lado. Segurando um buquê de flores. Não rosas, como Adam costumava comprar para Victoria, mas cravos. Uma flor barata. Não que eu devesse me espantar.

– Sylvie! – Freddy passa por Adam e adentra o hall. E, simples assim, está dentro da casa. – Sylvie, preciso falar com você.

Dou um passo para trás. Minha boca se abre para formar palavras, mas nada sai. Finalmente entendo como Victoria se sente.

– Posso ajudar? – pergunta Adam.

– Pode. – Freddy olha rapidamente para ele, em seguida torna a olhar para mim. – A Sylvie e eu... a gente...

Ele está com dificuldade para explicar nossa relação. Não dá para explicar. Nunca chegamos a nos casar. Desde que ele foi embora, eu diria que não somos nada um para o outro.

Freddy passa por Adam para vir falar comigo. Não posso deixar de reparar que, apesar de tudo, ele está com uma boa aparência. Sempre manteve o cabelo escuro meio bagunçado, mas agora exibe um corte curto e feito por um profissional. Está usando camisa social branca e uma calça legal. Parece um funcionário de escritório. Pelo visto, ele tomou jeito. Fico pensando se voltou a estudar, como sempre falei que ele deveria fazer.

– Sylvie, a gente pode conversar, por favor?

– Como você me achou aqui? – indago.

– O proprietário do seu antigo apartamento me contou.

– Ele te contou? – pergunto, fechando o punho com força.

– Dei vintão pra ele. – Freddy sorri, como se estivesse orgulhoso de si mesmo por ter subornado o proprietário. – Enfim, não que fosse um grande segredo. Você poderia ter me contado pra onde estava indo.

– Talvez você devesse ter entendido a indireta de que eu não queria que você soubesse. – Dou mais um passo para trás e esbarro na bancada da cozinha. – Acabou, Freddy. Esse capítulo da nossa vida está encerrado.

– Eu nunca deveria ter ido embora quando você me falou pra ir. – Ele franze a testa. – Mas você não entende... Eu também estava sofrendo. Estava tudo tão... frustrante. A gente só brigava. Mas isso não queria dizer que eu não te amasse. Eu te amo, *sim*. Mas é que eu ficava me recriminando porque a situação toda tinha sido culpa minha...

Essa era a pior parte. Freddy não parava de se culpar. Se ao menos ele tivesse insistido para entrar comigo quando falei com meu pai... Nossa vida inteira poderia ter sido diferente. Ele poderia ter me protegido.

Só que não protegeu.

– Sinto muito. – Minha voz falha. – Não quero mais te ver, só isso.

– Sylvie, por favor...

Ele dá outro passo na minha direção. Tento recuar, mas não tenho para onde ir. Bato na bancada atrás de mim. Tinha quase me esquecido de que Adam estava presente quando ele pigarreia e leva a mão com firmeza ao ombro de Freddy.

– Ei. Vou ter que te pedir pra ir embora.

– Foi mal, parceiro. – Freddy mal olha para trás. – Isso não é da sua conta.

– Se está acontecendo dentro da minha casa, é, sim. – A voz de Adam é fria e um pouco assustadora, para ser sincera. – Quero você fora daqui. *Agora.*

Freddy para de avançar. Ele se vira para olhar para Adam e avaliá-lo, decerto tentando decidir se consegue enfrentá-lo. Freddy costumava ser muito bom de briga. De vez em quando se metia numa confusão, e sempre se virava. Não tenho certeza de quem sairia ganhando numa briga entre Adam e Freddy.

Isso me faz pensar na tal arma. A que Victoria diz estar no closet de Adam.

Mas a situação não chega a esse ponto. Adam pega o celular.

– Vou ligar pra polícia. Eles conseguem chegar aqui em dois minutos.

Vejo Freddy hesitar. Ele parece ter conseguido recolocar a vida nos trilhos, e tenho certeza de que a última coisa que quer é ser jogado na prisão.

– Sylvie – diz ele baixinho. – Vamos lá fora comigo conversar?

Antes de eu conseguir responder, Adam se manifesta:

– Ela falou que quer que você vá embora. Vai embora. Agora.

Os ombros de Freddy desabam. Parte de mim fica pensando se ele vai se arriscar e ficar. Afinal, antes eu amava esse homem. Achei que fôssemos formar uma família juntos. Mas então ele se encaminha para a porta, arrastando os pés. Finalmente relaxo ao vê-lo entrar outra vez no carro e ir embora.

Nem consigo olhar Adam nos olhos.

– Desculpa por isso.

– Não se preocupa. É pra isso que eu tô aqui.

Ergo os olhos para Adam. Ele passou pela mesma coisa que eu passei. A perda de um filho antes de nascer. Ver a pessoa que ele achava ser o amor da sua vida lhe ser arrancada. Ele entende. Sabe pelo que passei, porque ele mesmo passou por isso.

E então me descontrolo totalmente. Começo a chorar feito um bebê, e Adam me abraça e me segura com força. Não sou abraçada assim faz tempo. É gostoso. Ele fica afagando meu cabelo enquanto apoio a cabeça no ombro dele. E, quando ergo o rosto, ele me beija na boca com tanta delicadeza que não consigo deixar de retribuir.

O que acontece em seguida é muito, muito errado. Mas não estou mais nem aí.

VINTE E SETE

Acordo na manhã seguinte na cama de Adam.

Consigo ouvi-lo debaixo do chuveiro no banheiro da suíte master. Ele está cantando. Tento identificar a música. Acho que é alguma do Bruno Mars. Ele parece muito feliz. Pelo menos, nunca o ouvi cantar antes, então imagino que isso signifique que esteja feliz.

Ele sai do banheiro com uma toalha enrolada na cintura e um sorriso largo no rosto. É, com certeza está feliz. Acho que deve fazer um tempão que não transa com ninguém. Talvez estivesse começando a pensar que isso nunca mais fosse acontecer.

– Oi – diz ele.

Adam se inclina por cima da cama e me beija com delicadeza na boca, despertando lembranças muito boas da noite passada. Deixo que ele continue por alguns instantes, então me afasto.

– Até que enfim você acordou. Como você dorme bem, Sylvia.

Olho para o outro lado quando ele deixa a toalha cair e só torno a erguer os olhos depois de ele vestir uma roupa. Eu não deveria ter feito o que fiz ontem à noite. Deveria tê-lo afastado. Mas, depois do jeito como ele interveio quando Freddy apareceu, eu não estava pensando direito.

– Adam – murmuro. – Escuta...

A camiseta dele está levemente grudada no peito úmido.

– Ai. Merda.

– Que foi?

O sorriso desaparece do seu rosto.

– Você está prestes a me dizer que ontem à noite foi um erro terrível e que a gente nunca mais vai poder fazer o que fez.

– Bom... – É exatamente isso. – É só que... a Victoria...

Ele se senta na beirada da cama ao meu lado.

– Sylvia, eu amo a Victoria. Você sabe disso. Vou amar pra sempre. Mas...

– Mas?

Ele passa a mão pelo cabelo úmido.

– É sério que você vai me obrigar a completar essa frase? A Victoria teve uma lesão cerebral grave. A gente não tem mais um casamento. Estou te contando alguma coisa que você não saiba?

Baixo os olhos.

– Não... mas ela continua lá dentro. Pelo menos, parte dela.

Ele balança a cabeça.

– Uma parte pequena, talvez. Não sei. Mas, Sylvia, eu tenho 35 anos. Eu quero e vou cuidar da Victoria, mas não tem como ser só isso pra mim. Não *tem como*. Quer dizer, se fosse só isso pelo resto da minha vida, eu... – Ele respira fundo. – Eu estouraria os meus miolos.

Embora o que ele esteja dizendo seja horrível, não posso pôr a culpa toda nele. Até esse ponto, ele tem sido um marido incrível para Victoria. Ficou ao lado dela quando muitos poderiam não ter ficado, especialmente alguém tão jovem e bonito quanto ele.

Mas a parte que realmente me incomoda é eu achar que ainda resta uma parte maior de Victoria dentro dela do que ele está disposto a reconhecer. Seria diferente se ela estivesse em estado vegetativo e nunca abrisse os olhos, mas não. Ela fala, ainda que raramente. Sabe o que está acontecendo. Lembrava-se de que uma bala tinha acertado a árvore no quintal da casa. Sabia quando eu estava usando o suéter dela. Alega haver uma arma escondida no closet de Adam. E, por algum motivo, isso a deixa assustada.

Mas entendo que ele se sinta sozinho. Afinal, Victoria não é mais capaz sequer de uma simples conversa. E é claro que ter relações com ela seria errado do ponto de vista ético. Ele admitiu que, desde que ela voltou para casa, passou a só tomar banho frio.

Mas hoje de manhã tomou um banho de chuveiro quente bem gostoso.

Adam se inclina e me beija de novo. E, que Deus me ajude, eu deixo.

VINTE E OITO

Faz duas semanas que Adam e eu estamos ficando.

Toda noite, depois que ele põe Victoria na cama, jantamos juntos e em seguida vamos para o quarto dele. E então passamos horas fazendo amor. Fui muito apaixonada por Freddy quando era mais nova, mas isso é algo totalmente diferente. A verdade é que penso no Adam o tempo todo. Ele é meu último pensamento ao ir para a cama à noite e meu primeiro ao acordar de manhã. Eu sonho com ele.

Mas não passei mais nenhuma noite inteira na cama dele. Em primeiro lugar, ainda penso nela como a cama de Adam e Victoria. Ela não me pertence para eu dormir nela. E, em segundo lugar, não quero que Eva ou Maggie me flagrem saindo de lá de manhã. Maggie só riria e mexeria comigo, mas tenho medo do que Eva faria. Na melhor das hipóteses, ela me lançaria o olhar mais feio de todos os tempos.

Fico culpada por causa de Victoria, também. Ela não sabe o que está acontecendo entre mim e Adam, mas deve desconfiar. E, embora tenha uma lesão cerebral grave, raciocina o suficiente para entender que estou dormindo com o marido dela. Ainda me lembro do jeito como ela me olhou naquela noite no quarto dela quando faltou luz.

Meu.

A verdade é que continuo lendo o diário de Victoria, só que por outro motivo. Ela está escrevendo sobre o noivado com Adam. Ele é muito gentil e romântico com ela, de formas que não pode ser comigo, levando em conta a nossa situação. E às vezes leio os registros dela e simplesmente os saboreio, imaginando que sou eu quem está passeando de charrete pelo Central Park, ou que somos nós dois que estamos indo ver um espetáculo da Broadway com assentos na plateia.

O que não quer dizer que não haja romance. Hoje de manhã, quando abri a porta do meu quarto, havia uma dúzia de rosas pousadas no chão. Ninguém nunca me deu rosas. Freddy nunca teve dinheiro para comprá-las. Quase desato a chorar. Sinto uma onda de felicidade até erguer os olhos e dar com Eva me fuzilando com o olhar.

– Oi, Eva – consigo dizer.

Ela estreita os olhos para mim.

– Eu sei o que você está fazendo.

Pego as rosas do chão com um movimento brusco.

– Eu... eu não sei do que você está falando.

Ela bufa.

– Não minta. Assim que te vi, eu soube que isso iria acontecer. Sempre acontece assim. Você acha que é a primeira? Não é, não.

Sinto o suor brotar na nuca.

– Sinto muito...

– Não – diz Eva. – Quem vai sentir muito é *você*. Você vai ser punida por essa coisa asquerosa que está fazendo. Eu te juro que vai.

E, com essas palavras, ela passa por mim e desce a escada batendo os pés. Ouço a porta da casa se fechar depois que ela sai e dou um suspiro.

A casa está inteiramente silenciosa agora. Suponho que Victoria ainda esteja no quarto. Ponho as rosas em cima da cômoda e sigo o corredor de fininho até o quarto dela. Quando abro a porta, ela está no mesmo lugar de sempre. Sentada junto à janela, de olhos fechados.

Normalmente eu desceria para preparar o café da manhã, mas estou tão abalada pelo confronto com Eva que me sinto no dever de dizer alguma coisa a Victoria. Então vou até ela e estampo um sorriso gigante no rosto.

– Oi, Victoria! – digo, com uma voz que torço para ser alta o suficiente para fazê-la despertar.

Dá certo. Ela abre apenas uma frestinha dos olhos azuis.

– Que tal tomar café?

Minha voz parece estranhamente mais animada a meus próprios ouvidos. É isso que duas semanas de sexo bom fazem com a pessoa.

Os olhos de Victoria se abrem mais um pouquinho, mas ela não diz nada.

Ouço uma batida na porta do quarto, desnecessária, levando em conta que a porta já está aberta. Adam está no vão da porta, de short de corrida e camiseta molhada.

– Oi, Sylvia. – Ele pisca para mim. – Vou fazer uns ovos pro café. Quer que ponha um ou dois pra você?

Olho para Victoria, cujos olhos agora estão totalmente abertos. Uma sensação de peso toma conta do meu peito. Ela sabe. Sabe o que está acontecendo entre nós dois. Está estampado na cara dela.

– Não, obrigada – balbucio.

– Tem certeza?

Ele agita as sobrancelhas para mim. Ai, meu Deus, será que ele teria como deixar mais óbvio que estamos dormindo juntos?

– Não custa nada – insiste ele.

– Não. – Meu sorriso está começando a deixar minhas bochechas doloridas. – Valeu.

Adam se afasta, mas Victoria continua me encarando. Se eu tinha alguma dúvida em relação a ela saber o que está acontecendo, não tenho mais. No pouco que Victoria consegue entender, ela sabe que estou dormindo com o marido dela.

– Me desculpa, mesmo – murmuro. – É que...

Não sei como completar essa frase.

Victoria parece estar refletindo sobre suas próximas palavras. Parece ter algo a dizer. E aposto que não vão ser palavras gentis. Pela primeira vez, fico grata por ela não conseguir falar.

– Sylvie – diz ela por fim.

– Oi.

Meu coração está aos pulos dentro do peito. Estou me preparando para qualquer que seja a coisa horrível que ela vá me dizer e que eu terei sem dúvida merecido.

– Você...

Mordo o lábio.

- Eu sei. Me desculpa, mesmo, Victoria.

- Ele vai te matar.

Nunca a vi nem ouvi dizer tantas palavras ao mesmo tempo. E a fala arrastada que lhe é característica quase desapareceu. Meu queixo cai.

- Como assim? Que papo é esse?

- Arma. - O olho bom de Victoria se crava em mim enquanto o outro olha pela janela. Dessa vez, ela conseguiu pronunciar a palavra certinho. - Pega... arma.

E essas são as últimas palavras que ela me diz pelo resto do dia.

VINTE E NOVE

DIÁRIO DE VICTORIA

22 de março de 2017

Que noite. Não sei nem o que dizer.

Faz uma hora que estou chorando sem parar.

Hoje a Carol deu uma festa de noivado para mim e Adam. Bom, não foi nem tanto uma festa, mais um bando de gente reunida no bar e churrascaria a poucos quarteirões do hospital, ocupando cinco mesas para jantar e exagerando bem na bebida.

Como muitos dos convidados eram do hospital, vários ali estavam de pijama cirúrgico. Já eu estava usando minha saia azul com uma blusa branca e escarpins pretos. Foi a segunda roupa que vesti. Originalmente, saí do quarto usando meu vestidinho preto novo, mas, pela expressão no rosto de Adam, deu para ver na hora que precisava mudar de roupa.

Adam tem suas qualidades e seus defeitos. Carol ainda o chama de Sr. Perfeito de brincadeira, mas, como eu já disse, perfeito ninguém é. Ele é extremamente meticuloso em relação a como quer que esteja a casa e também em relação a como quer… bom, que *eu* esteja. Quando saímos para comer fora, sempre insiste em aprovar meu figurino. É importante para ele. E, se não gostar do que estou usando, preciso voltar para o quarto e vestir outra coisa.

Escrevendo assim, fica parecendo… estranho. Eu sei. Todo mundo tem manias. Afinal, também não sou perfeita. Por exemplo, como Adam gosta de observar, sou meio largada. Meio, não: totalmente. E é claro que ele tem um monte de pontos positivos: é gentil, afetuoso, generoso, além de um escritor brilhante. O editor dele adorou o novo manuscrito e disse que vai ser o maior sucesso de Adam.

E agora provavelmente nunca vou ler esse livro. Porque nossa história acabou.

Adam e eu estávamos sentados no meio do mesão lotado, e Carol e o namorado dela estavam na nossa frente. E, ao lado de Carol, estava Mack, que foi sozinho. Eu nunca tinha pensado em Mack como um cara particularmente calado – estou acostumada com o som da sua gargalhada –, mas ele mal pronunciou duas palavras durante toda a noite. Ficou só mexendo no guardanapo e lançando olhares na minha direção.

Estávamos com uma montanha de comida na nossa frente. E do tipo que Adam e eu *nunca* comemos quando saímos juntos: batatas fritas, frango frito, anéis de cebola, hamburguinhos. Tudo em cima da mesa era empanado ou coberto por uma camada de gordura, ou os dois ao mesmo tempo. E, em vez de vinho, eu estava tomando uma Corona. Minha barriga estava cheia de fritura e bebida barata. Mas estava me sentindo ótima!

– Mas e aí, quando vai ser o casório? – perguntou Carol.

Quando ela se inclinou para a frente, consegui sentir seu bafo de cerveja. Adam estendeu a mão para segurar a minha debaixo da mesa.

– Estamos com a passagem comprada pra Las Vegas daqui a três semanas.

– Vão ser só vocês dois? – quis saber Mack.

Joguei um anel de cebola na boca.

– Só nós dois.

Adam apertou minha mão.

– Ninguém mais importa.

– Que coisa mais linda! – exclamou Carol, então deu um tabefe no braço do namorado. – Por que você não me diz essas coisas lindas?

O namorado de Carol, Jeff, é um cara legal, claro. Eu o conheço há mais tempo do que Adam, e ele é muito de boa e pode ser romântico quando a ocasião pede. E tenho certeza de que não obriga Carol a usar uma pasta de dente separada. Nem surta quando ela usa a dele sem querer.

Enfiei mais algumas batatas fritas na boca. Por algum motivo, tinha esquecido o quanto gostava de batata frita. Adam curte um monte de comidas refinadas, mas não foi assim que fui criada. Talvez eu seja uma garota pouco sofisticada.

– Maneira aí, Vicky – disse Adam. – Se comer tanta batata assim, você não vai nem caber no assento do avião.

Carol, que já tinha exagerado um pouco na cerveja, riu da piada de Adam. Ri também, mas senti o rosto esquentar. Nem consegui olhar para Mack. Só podia imaginar a expressão no rosto dele.

Nossa garçonete veio à mesa nos oferecer mais uma rodada de bebidas. Mesmo sabendo que não deveria, peguei outra cerveja. Carol também pegou mais uma, mas Mack fez que não com a cabeça.

A garçonete pôs a mão no ombro de Adam.

– E você, meu bem?

A garçonete estava dando em cima de Adam desde que ele tinha chegado. Não é de todo fora do comum. Adam é um homem muito bonito, e as mulheres dão em cima dele. Bastante. Até na minha frente às vezes, o que realmente não entendo. Será que acham que sou *irmã* dele? Será que *querem* o tipo de cara que largaria a mulher com quem está jantando em troca de uma opção mais atraente? Mesmo assim, acontece. E é irritante.

Ele sorriu para ela.

– Não consigo me decidir.

– Bom – disse ela. – É o que eu sempre digo: se não consegue decidir, deveria tomar mais uma!

Ela riu da própria piada. Não pude deixar de notar que a garçonete tinha um par de peitos espetaculares imprensados numa camisa branca justa. Adam também parecia estar reparando.

– Você recomendaria alguma cerveja? – perguntou ele.

Ela levou o dedo ao queixo.

– Bom, acho que você iria gostar da nossa Switchback Ale. É bem encorpada e aveludada.

O sorriso dele se alargou.

– Igual a mim.

Ela chegou um pouco mais perto dele.

– Exatamente o que eu estava pensando.

Não consegui acreditar naquilo. Sim, Adam às vezes correspondia quando as garçonetes davam em cima dele, mas o fato de estar paquerando tão descaradamente na frente de todos os meus amigos foi um verdadeiro tapa na cara.

E o tapa na cara foi mais forte ainda quando ela voltou com a cerveja dele acompanhada por um guardanapo de papel com o telefone dela anotado no verso, que pousou na frente de Adam ao mesmo tempo que lhe dava uma piscadela sugestiva.

– Ai, meu Deus! – exclamou Carol, com a voz aguda. – Adam, a garçonete acabou de te dar o telefone dela!

– Uau – fez Mack.

– Não é tão surpreendente assim – disse Carol. – O Adam é supergato.

Ela deu uma risadinha e trombou de leve em Jeff, que revirou os olhos. Adam deu risada.

– Acho que ela não percebeu que já estou comprometido.

E a pior parte foi essa: ele não rasgou nem amassou o guardanapo. Dobrou-o ao meio e guardou no bolso.

Aquela cerveja toda estava se agitando desconfortavelmente dentro da minha barriga. Empurrei a cadeira para trás tão depressa que ela quase caiu. Fiquei de pé sem muita firmeza.

– Com licença – consegui dizer.

Fui cambaleando na direção do banheiro feminino. Não precisava exatamente fazer xixi, mas tinha bebido o suficiente para *meio* que precisar fazer xixi. O que eu mais queria era sair daquela mesa. Meu noivo estava cantando outra mulher na nossa festa de noivado. Eu não podia passar nem mais um minuto sentada ali.

Antes de conseguir puxar a porta do banheiro feminino para abri-la, senti a mão de alguém no meu ombro. Eu me virei e dei de cara com Mack atrás de mim. Havia um vinco profundo entre suas sobrancelhas.

– Vicky – disse ele.

– Preciso ir ao banheiro – balbuciei.

– E eu preciso falar com você.

Desviei os olhos.

– Agora não.

– Agora *sim*. – Ele balançou a cabeça. – Sei que prometi que ia ficar de boca fechada em relação ao Adam, mas foi mal. Não tá dando.

– Mack...

– Ele tá sendo um babaca com você. – Ele cerrou a mão direita. – Passou a noite inteira te pondo pra baixo e fazendo piada às suas custas. Depois deu em cima daquela garçonete bem na sua cara… sério, meu Deus do céu…

– Foi só uma paquerinha inofensiva…

– Não foi uma paquerinha inofensiva! – A voz dele ficou bem mais alta. – Ele não estava te respeitando. Sei que isso não é da minha conta, mas…

– Certo. – Engoli a ânsia de vômito. – Isso não é da sua conta. Você nem quis me contar por que terminou com a Kaitlyn, então não vem agir como se a gente tivesse esse tipo de intimidade.

Ele respirou fundo.

– Vicky…

– Nem vem dizer que não é verdade. – Bufei. – Quando a questão é a *sua* vida pessoal, é tudo um grande segredo. Mas, quando se trata da *minha* vida pessoal, você pode opinar o quanto quiser. Por que não me conta por que *você* terminou com a Kaitlyn? Me diz que coisa ofensiva foi essa que a maravilhosa Kaitlyn fez que foi *tão* inaceitável assim!

Os ombros de Mack desabaram.

– Quer mesmo saber?

Eu estava falando sério quando disse aquilo, realmente queria saber. Mas, depois do jeito como ele falou, não tive mais tanta certeza.

– Terminei com a Kaitlyn porque… – Ele inspirou fundo. – Porque eu estava apaixonado por você.

Como é que é?

Senti a cabeça rodar. Até hoje não tenho certeza se escutei direito. Mack era *apaixonado* por mim? De que porcaria ele estava falando? Como era possível uma coisa dessas? Eu estava noiva de outro homem. E a Kaitlyn era… Bom, ela era *linda*. E por que ele estava me contando aquilo naquele momento, quando eu estava a três semanas de me casar com Adam?

Ele passou a mão pelo cabelo preto.

– Sei que o timing é o pior possível. Eu não ia falar nada. Mas… não posso ficar parado e te deixar cometer um erro tão grande assim. Principalmente quando…

Balancei a cabeça.

– Mack…

– Olha. – Ele franziu o nariz daquele jeito que eu costumava achar tão fofo. Talvez ainda ache. – Não espero que você corresponda ao meu amor. Eu entendo. Perdi minha chance. Mas… mas isso não tem a ver comigo. Tem a ver com você, Vicky. Por favor, não se casa com esse cara. Por favor.

– Eu…

Ergui os olhos para o rosto de Mack. Para os olhos castanhos suaves e o cabelo preto bagunçado. Por que ele não podia ter me falado tudo aquilo na véspera de Adam entrar no pronto-socorro? Não naquela hora, quando já era tarde demais.

– Eu… acho que vou passar mal.

E então corri para dentro do banheiro e vomitei de modo bem impressionante na privada. Mack foi inteligente o suficiente para não ir atrás de mim até o banheiro feminino, o que teria sido humilhante. Mas pude ouvir a porta se entreabrir e a voz dele entrar no recinto:

– Vicky? Tudo bem aí?

– Chama a Carol, por favor – resmunguei.

A voz seguinte que escutei dentro do banheiro feminino foi a de Carol, graças aos céus. Ela entrou no cubículo junto comigo e ficou afagando minhas costas, segurando meu cabelo para não deixar que encostasse na privada. Eu estava de cabelo solto, do jeito que Adam gostava. Eu nem estava tão bêbada assim. Acho que foi aquela fritura toda. E possivelmente um pouquinho o fato de Mack ter me contado que era apaixonado por mim.

Quando finalmente consegui voltar para a mesa, Adam se levantou em um pulo e foi chamar um Uber para voltarmos para casa. Aquela bobeira toda da garçonete parecia esquecida. Fiquei aliviada. Na hora eu tinha ficado muito brava, mas naquele momento queria simplesmente esquecer a história toda.

Minha cabeça latejou durante todo o trajeto até em casa. Adam me ajudou a sair do carro, e subi até nosso apartamento andando feito uma velhinha. Tudo que eu queria era passar uma semana dormindo. Por sorte, Carol tinha organizado a festa de modo que eu não tivesse plantão no dia seguinte. Meu plano era passar o dia todo dormindo, quem sabe a semana toda.

Só que, no mesmo segundo em que entramos no apartamento, Adam bateu a porta. O barulho foi alto o suficiente para fazer minha cabeça latejar. Por um instante, torci para ter sido um acidente e não mais um acesso de raiva. Mas então vi a expressão no rosto dele e entendi que não teria como fugir.

– Victoria, você é inacreditável – disse ele.

Esfreguei as têmporas. Sentia os olhos injetados. Teria dado 100 dólares para encerrar aquela conversa ali mesmo.

– O quê? Do que você tá falando?

Os lábios dele se curvaram num sorriso zombeteiro.

– Acha que não te vi saindo de fininho com aquele socorrista grande e gordo?

Senti um peso na barriga ao me dar conta da realidade. Adam estava uma fera. Não havia chance alguma de eu ir para a cama, nem agora nem no futuro próximo.

– Eu não saí de fininho com o Mack. Passei dois minutos falando com ele no caminho até o banheiro.

– Espera que eu acredite nisso?

Senti os joelhos tremerem.

– Adam, não foi nada. Nada aconteceu.

– Você acha que eu não vejo o jeito como ele te olha? E você passou a noite inteira paquerando ele…

– Paquerando, eu? – Apesar do latejar nas têmporas, senti uma centelha de fúria. – Foi *você* quem pegou o telefone da garçonete! Não acha que isso foi inadequado?

– Foi ela quem me deu! Não fui eu que pedi.

– Você poderia ter devolvido. Ou rasgado.

Ele ficou me encarando, e seus olhos verdes escureceram.

– Sabe do que mais? Que bom que não fiz isso. Quem sabe dou uma ligada pra ela?

Fiquei encarando Adam. Já sabia que ele tinha alguns problemas com ciúme. Isso não era uma grande surpresa. Mas nunca tínhamos brigado tão feio assim por causa disso.

– Está claro que não posso confiar em você – disse ele. – Toda vez que dou as costas, você está dando em cima de outro homem. – Ele estreitou os olhos. – Tá dando pra ele, Victoria?

– Não!

– Não acredito em você.

Ele olhou na direção da mesa da cozinha, onde eu tinha deixado minha bolsa. Antes de me dar conta do que estava acontecendo, traçou uma reta até ela e tirou meu celular lá de dentro.

– Aposto que se eu olhasse isso aqui ia encontrar um milhão de mensagens daquele cara.

Bom, haveria *algumas*. Mas não um milhão. Tipo umas duzentas... no máximo. E todas muito inocentes.

– Isso não é verdade.

Ele cutucou a tela do meu celular com o dedo.

– Qual é a sua senha, Victoria?

O latejar nas minhas têmporas se intensificou.

– Eu não vou te dar.

– Por quê? Porque tem alguma coisa a esconder?

Eu poderia ter dado a senha para ele. Poderia ter aberto minhas mensagens de texto com Mack para lhe mostrar o quanto eram inocentes. Mas por algum motivo não achei que isso iria bastar. Ele teria lido cada conversa e imaginado coisas que não existiam. E, mesmo que não fizesse isso, eu não achava que devesse lhe dar minha senha. Por que deveria?

– Não – falei, firme. – Porque o celular é *meu*. Você não me daria a senha do seu celular.

– Porque *eu* não estou te traindo com outra mulher.

Nem consegui acreditar no que estava escutando. Será que ele achava mesmo que eu o estava traindo?

– Adam, eu não estou te traindo.

– Mentira. – Ele balançou o celular para mim. – Qual é a sua senha, Victoria?

– Adam...

– Me fala a porcaria da senha!

Adam estava com uma expressão que eu nunca tinha visto. Ela me fez dar um passo para trás. Minha cabeça continuava latejando, mas nem estava mais pensando nisso. Por um instante, tive certeza de que ele iria estender o braço e me esganar com as próprias mãos. Mas, em vez disso, ele ergueu meu celular no ar e o arremessou no meu rosto.

Enfim, pelo menos achei que ele tivesse arremessado no meu rosto. Não sei se foi mira ruim ou outra coisa, mas o celular passou voando ao lado da minha cabeça e bateu na parede atrás de mim com força suficiente para deixar uma minúscula depressão. Ouvi um barulho de vidro se estilhaçando quando o aparelho caiu no chão. Adam me lançou um último olhar, então se virou e saiu porta afora, batendo-a com força.

E essa foi a noite da minha festa de noivado.

No momento, meu celular está destruído. A tela está tão estilhaçada que não consigo ver nada. Mas o que está mais destruído ainda é meu noivado. Não posso me casar com Adam. Não depois do que ele fez hoje. No fim das contas, Mack tinha razão desde o início.

Já passei o trinco na porta. De manhã, vou empacotar todas as minhas coisas e arrumar um lugar para ficar. Quem sabe a Carol não me deixa dormir na casa dela? Tudo que sei é que o Adam pra mim já era.

Comecei este diário para que meus filhos pudessem ler sobre como conheci o pai deles. Mas, pelo visto, o pai de vocês não vai ser Adam Barnett.

Eu me sinto uma burra.

23 de março de 2017

Fico um pouco constrangida por estar escrevendo isso.

Aceitei ele de volta.

Eu sei. Ontem à noite foi horrível. Reli por alto o que escrevi depois da nossa briga e me lembro da raiva que senti. Não havia nenhuma chance de eu algum dia aceitar Adam de volta. Nem em um milhão de anos.

Passei a noite inteira me revirando na cama. Ficava imaginando a conversa que teria com ele quando devolvesse o anel caríssimo. Só que, quando pensava nessa conversa, eu não me sentia bem, nem aliviada. Ficava *péssima* com a ideia de perdê-lo. Isso fazia meu peito doer.

Enfim, esse era o cara com quem eu planejava me casar. Eu tinha planos de formar uma família com ele. Como tudo podia ter acabado?

Adam apareceu na porta do apartamento às dez da manhã, com uma cara tão horrível quanto eu estava me sentindo. Cabelo desgrenhado, rosto coberto pela barba de um dia inteiro, olhos injetados. Ele me contou que tinha dormido num banco de parque, o que fez com que eu me sentisse muito mal. Ele parecia prestes a cair no choro.

Eu ainda não estava pronta para aceitá-lo de volta. Mas deixei Adam entrar.

– Me desculpa *de verdade* por ontem à noite – disse ele. – Eu bebi demais e só... – Ele esfregou os olhos. – Não consigo acreditar nas coisas que eu te disse. Aquele não sou eu. Você sabe disso, Vicky.

Eu sabia, sim. Adam tinha o pavio um pouco curto e ficava bravo por coisas bobas como pasta de dente, mas ter arremessado meu celular não era do seu feitio.

– Eu nunca mais vou beber cerveja – grunhiu ele.

– Não dá pra pôr a culpa do que aconteceu na cerveja.

– Eu sei. – Ele fez uma careta. – Não estou pondo. Me desculpa. Não sei o que deu em mim. Eu sei que você nunca iria me trair. E eu nunca iria te trair. Nunca.

É em momentos como esse que eu queria mais do que em qualquer outro que minha mãe ainda estivesse viva. A Carol às vezes me dá conselhos, mas não é a mesma coisa; ela acha que Adam é o Sr. Perfeito. E Mack tem segundas intenções, de modo que não posso confiar no que ele tem a dizer. Fiquei sem saber o que fazer.

Mas não conseguia imaginar meu futuro sem Adam.

– Eu te amo tanto, Vicky. – Ele estendeu a mão para segurar a minha, e eu deixei. – Você é a melhor coisa que já me aconteceu na vida, caramba. Melhor do que entrar na lista de mais vendidos do *The New York Times*. Você é a minha vida todinha. – Ele piscou os olhos injetados. – Por favor... deixa eu me redimir do que fiz. *Por favor.*

Por fim, disse a ele que ia pensar no assunto. Ele foi tomar uma chuveirada, e depois, mesmo ainda aparentemente mal, me levou para almoçar fora. Em seguida, fomos tomar um gelato. E ele me comprou flores. E passou o dia inteirinho me dizendo o quanto me amava e como eu era a mulher mais incrível que ele já tinha conhecido.

Não sou de pedra.

Adam é um cara legal. Sei disso. O que ele fez ontem à noite foi totalmente alheio ao seu temperamento, e preciso acreditar que deve ter sido pelo quanto bebeu. Vou lhe dar mais uma chance, mas acreditem: vou fazer com que ele se esforce por isso. Não vou aguentar mais nenhuma palhaçada. Não vou ser o saco de pancadas dele. Não vou.

Comecei a escrever isto para meus futuros filhos, para lhes contar a história de como conheci o pai deles. Mas, se isso acabar não acontecendo com Adam, pelo menos vai me servir como lembrete de que até mesmo o melhor dos relacionamentos pode azedar.

TRINTA

A história de Victoria sobre a festa de noivado deve ser exagero.

Não consigo imaginar uma coisa dessas. Enquanto Adam abre as embalagens do banquete de comida chinesa que acabou de chegar poucos minutos atrás, tento visualizá-lo atirando um celular do outro lado da sala. Não consigo. Ele não é assim. Tem sido totalmente gentil e delicado comigo.

– Você tá bem calada hoje – comenta ele, espiando dentro da embalagem de frango xadrez. – Ei, a gente pediu dois desses pratos de frango ou um só?

– Quem é Mack? – acabo perguntando.

Adam ergue os olhos da embalagem de frango.

– Mack?

Não posso lhe contar sobre o diário que andei lendo. Se fizesse isso, ele pensaria que estou violando a privacidade de Victoria. Não iria acreditar que foi ela quem me deu o diário para ler, porque acha que nada acontece dentro da cabeça dela. Ele não vê o que eu vejo.

– A Victoria disse esse nome.

– Ah. – Ele torna a espiar dentro da sacola de papel pardo de comida e pega hashis. – Não me parece conhecido.

– Ela trabalhava com ele… acho que ele era socorrista.

Ele dá de ombros.

– Sei lá. A Victoria tinha muitos colegas no hospital. Lá é bem movimentado.

– Então esse nome não soa familiar?

– Na verdade, não.

O rosto dele está totalmente desprovido de expressão. Se está mentindo, mente muito bem.

– Por que a pergunta?

– É que pensei... – Aperto as mãos uma contra a outra. – Eu me sinto mal por ela nunca receber visitas. Ela mencionou o nome dele, e achei que talvez...

Adam se afasta da sacola de comida chinesa. Franze o cenho para mim.

– Assim que ela voltou pra casa, recebemos algumas visitas, mas ela não gostou. Então... eu parei de convidar as pessoas.

– Ah...

– É compreensível. – Ele morde o lábio. – Tenho certeza que ela não quer que as pessoas que conhecia vejam seu estado. Ela era uma mulher inteligente, charmosa, linda, e agora... Enfim, deve ser complicado.

– Verdade...

É fato o que ele está dizendo. Se Victoria sentia alguma coisa por aquele cara, ou ele por ela, tenho certeza de que não iria querer que ele a visse como está agora. Mas que bobagem. Ela vive muito sozinha. Provavelmente ficaria mais feliz se pudesse se reconectar com alguns de seus antigos amigos.

Ou vai ver eu só quero fazer uma gentileza por estar sentindo uma culpa desgraçada em relação a Adam.

Ele voltou a desembalar a comida da sacola. Pedimos coisa demais: tem comida suficiente para no mínimo quatro pessoas, mas tudo bem. Vamos ter sobras para amanhã à noite.

– Ei – diz ele. – Andei pensando no dia de Ação de Graças semana que vem. Você precisa de uns dias pra ir ver sua família?

Minha família. Esse é um assunto sobre o qual nunca lhe falei muito, e ele teve a sensibilidade de não perguntar. Como ele próprio teve algum tipo de desavença com os pais, talvez pudesse entender. Nunca fui próxima do meu pai. Sempre achei que o estivesse decepcionando, de uma forma ou de outra. Minhas notas nunca foram como ele queria que fossem. Ele sempre agiu como se esperasse mais de mim do que eu pensava ser capaz de lhe dar. Tinha me proporcionado um teto, comida e uma boa educação; e eu, o que tinha lhe dado em troca? E minha mãe simplesmente sempre havia reproduzido o exemplo dele.

Na média, de novo? Isso é mesmo o melhor que você consegue fazer, Sylvia?

Mas, pensando bem, não consigo me forçar a contar para Adam que da última vez que vi meu pai, ele me deu um chute nas costelas com força suficiente para quebrá-las. Não é uma história que eu queira contar a quem quer que seja.

– Não sou próxima da minha família. – É tudo o que digo.

– Bom, nesse caso, então... – diz Adam. – Andei pensando que a gente poderia fazer um pequeno banquete. Aqui mesmo.

Sinto um sorriso surgir nos lábios. Há anos não tenho um jantar de Ação de Graças de verdade.

– Tá. O que você pensou em fazer?

– Bom... – Ele me puxa para mais perto de si pela base das costas. Adoro o cheiro da loção pós-barba dele; isso sempre me pega de jeito. – Só pensei que poderia assar um peru, e você poderia ajudar com alguns dos acompanhamentos. Nada muito exagerado.

– Vai convidar seus pais?

Ele faz que não com a cabeça.

– Eles passam na casa do irmão do meu pai.

Não consigo esconder meu alívio. A última coisa que eu quero é ter que explicar essa situação constrangedora para os pais de Adam. Eles com certeza vão notar que tem algo rolando entre mim e ele.

– Achei que a gente pudesse fazer algo pequeno e pronto – diz ele.

Assinto vigorosamente.

– Parece ótimo.

Ele se inclina para me beijar.

– Então vamos ser só você, eu e a Victoria.

Peraí... como é?

Talvez tenha sido um egoísmo da minha parte, mas pensei que fôssemos ser só ele e eu no jantar. Ou ele e eu, mais Maggie e o namorado. Não consigo nem imaginar o constrangimento que vai ser nós três em volta da mesa. Antes, eu costumava querer trazer Victoria para fazer as refeições no térreo, mas agora vejo que seria um erro.

– Ah… – Eu me desvencilho do abraço dele. – Você quer que a Victoria jante com a gente?

– Você não? – Ele ergue as sobrancelhas. – Sylvia, é dia de Ação de Graças. A Victoria é minha esposa.

– Mas… – Será que ele não entende como seria constrangedor? – Sei que você quer ser legal, mas acho que ela não vai gostar. Acho que ela sacou que… você sabe, que *a gente…*

Ele bufa.

– Ela não sabe de nada.

– Sabe, sim, Adam.

– Você tá imaginando coisas. – Ele balança a cabeça. – Sylvia, a Victoria tem uma lesão grave no cérebro. O médico disse que ela é igual a uma criança de 2 anos. Ela não sabe o que está acontecendo. Nem consegue se lembrar das coisas de um dia para o outro. Ela mal sabe quem você é.

– Ela lembra o meu nome.

– Lembra mesmo? Então por que é que toda vez que entra no quarto você diz "É a Sylvie"?

Ele tem razão. Eu falo mesmo isso toda vez que entro no quarto.

– A gente precisa incluir a Victoria – diz Adam com firmeza. – Ela vai gostar. Você pode pôr nela uma das roupas bonitas que tem no closet e fazer um penteado nela. E aí, depois do jantar, a gente leva ela de volta lá pra cima e… podemos ficar só nós dois.

Não acho que Victoria vá gostar desse jantar, mas, por outro lado, é só uma noite. E Adam pelo visto faz muita questão. Acho que não vai ser o fim do mundo.

TRINTA E UM

DIÁRIO DE VICTORIA

19 de abril de 2017

Hoje eu me casei.

Estou casada!!!!!!!!!!!!!!!!!!!!!!!!!!!!!

Não consigo nem acreditar. E, para ser bem sincera, a viagem até agora tem sido mágica. Parece um conto de fadas. Bom, um conto de fadas que se passa em Las Vegas. Mas eu adoro Las Vegas. Quero me mudar para cá. O hotel em que estamos hospedados parece saído de um livro. O térreo inteiro é feito de canais, e hoje de manhã Adam e eu fomos andar de gôndola. Andar de gôndola! Fala sério!

Nas últimas três semanas, Adam tem sido o cara mais romântico e carinhoso do mundo. Se o resultado for esse, a gente deveria brigar com mais frequência. Ele me trouxe flores toda noite, e vive me dizendo o quanto me ama e como é o cara mais sortudo do mundo por estar comigo. Chegou até a comprar uma pasta de dente nova e a dizer que era para nós dois. Finalmente estamos dividindo a mesma pasta! É como se o medo de me perder o tivesse transformado em outra pessoa. Que bom que não cometi nenhuma loucura e não o larguei naquela noite.

A capela onde nos casamos era de muito bom gosto. Fiquei com medo de que fosse ser cafona à beça, porque sabe como são as coisas em Las Vegas. Mas era uma capelinha branca toda fofa, com acabamento roxo, e o interior tinha vários bancos, igual a uma igreja de verdade. E a pessoa que casou a gente foi um homem de terno, não um cara vestido de Elvis Presley nem nada desse tipo. Sim, o Elvis era uma das opções, mas a gente achou melhor não (embora eu tenha ficado um pouco tentada).

Enquanto o juiz de paz lia em voz alta nossos votos matrimoniais, não conseguimos parar de sorrir um para o outro. Foi absolutamente surreal. Um ano atrás, eu nem estava namorando. Agora estava jurando amor eterno àquele homem. E me sentindo muito bem com isso! Tomei a decisão certa.

Depois voltamos para o nosso hotel, e Adam entrou pela porta comigo no colo. Foi romântico demais! E depois passamos as duas horas seguintes na cama.

Na cama com meu marido.

Meu marido! Marido, marido, marido… não consigo parar de dizer essa palavra! Nunca vou me cansar de dizê-la.

Eu sabia. Desde o primeiro segundo em que pus os olhos nele, sabia que isso ia acontecer. Foi o destino. Era o destino de Adam cortar a mão e ir parar no pronto-socorro, para assim podermos nos conhecer.

Depois de ficarmos exauridos, dividimos uma garrafinha de Bailey's do frigobar, e pedimos o jantar no serviço de quarto. Adam então falou que queria ir jogar um pouco de vinte e um no cassino lá embaixo. Queria que eu fosse com ele, dizendo que eu seria seu amuleto da sorte. Fiquei tentada, mas já estava absolutamente exausta do dia inteiro.

Então, resumindo, caso vocês não tenham prestado atenção, agora eu sou casada. (Uhuuu!) E estou deitada na nossa cama king size relendo o primeiro romance de Adam, *Tudo em família*. Vim lendo ontem no voo até aqui, e estou quase acabando. É tão incrível quanto eu me lembrava. Não é de espantar que tenha feito tanto sucesso.

Não me surpreende o livro ter incomodado a família de Adam. A trama gira em torno de um cara de 20 e poucos anos com uma família extremamente tóxica. Se o livro for baseado na realidade, não culpo Adam por não querer ter relação nenhuma com os pais. Pelo visto, eles eram pessoas infelizes, que torceram para ele fracassar durante cada passo do caminho.

No romance, os pais finalmente ameaçam tirar o protagonista do testamento em prol do irmão mais velho, um puxa-saco. O herói então planeja a morte dos pais e do irmão, o que acaba acontecendo. E ele consegue sair impune.

Portanto, para resumir, entendo por que os pais dele não eram fãs do livro.

Mesmo assim, não desisti da ideia de uma reconciliação entre Adam e meus novos sogros. Algum dia, ele e eu vamos ter filhos, e eu adoraria que esses filhos conhecessem os avós. Mas não vou estragar nossa lua de mel trazendo esse assunto à tona agora. A gente conversa sobre isso quando chegar o momento certo.

Enquanto isso, vou continuar lendo e esperar meu marido voltar para nosso quarto de hotel.

Meu marido.

Não consigo acreditar que estou casada!

20 de abril de 2017 (muito cedo)

Não estou acreditando.

São quatro horas da manhã e Adam simplesmente ainda não voltou para o nosso quarto de hotel. No começo, fiquei esperando acordada para ser romântica, mas, por volta das duas da manhã, o romantismo acabou. Liguei para ele, e ele não atendeu. Liguei *várias vezes*.

Às três, desci até o térreo. Percorri o cassino feito uma doida atrás do meu marido. Devo ter parecido mesmo uma otária.

– Ele tem mais ou menos 1,80 metro, cabelo castanho, 30 e poucos anos – falei para uma das garçonetes que carregava uma bandeja cheia de drinques. – Ele é bem... hum, bem bonito.

Ela me encarou com uma expressão de empatia.

– Sinto muito, meu bem. Tomara que você encontre ele.

Não encontrei, claro. Liguei mais umas vinte vezes e fui deixando recados cada vez mais enfurecidos. Ainda não tive resposta.

Pensei em ligar para a polícia. Ainda estou cogitando isso. Quer dizer, alguma coisa muito ruim deve ter acontecido com ele. E se ele tiver sido assaltado e estiver caído na rua desacordado? Mas posso imaginar como seria se eu ligasse para a polícia e explicasse que meu marido saiu algumas horas atrás para ir ao cassino e que agora não estou conseguindo encontrá-lo. Eles iriam rir da minha cara.

Espero mesmo que esteja tudo bem com ele.

E, se estiver, vou esganar esse homem.

20 de abril de 2017

Bom, eu jamais teria imaginado que minha lua de mel fosse acabar assim.

Adam só voltou de manhã. O sol já tinha nascido quando ele apareceu no quarto. Eu estava engolida pela nossa cama king size gigantesca, e passei a maior parte da noite me revirando. Devo ter dormido no total uma hora, em intervalos esparsos de dez minutos. Então, quando ele entrou pela porta usando as mesmas roupas da noite anterior, sem parecer ter levado uma surra e assobiando uma melodia, eu não soube muito bem se queria lhe dar um abraço ou jogar alguma coisa nele.

– Onde você se meteu a noite inteira? – gritei para ele.

Não vou nem fingir que não gritei. Com certeza, gritei. A briga que íamos ter seria uma briga de gritaria.

– No cassino – respondeu ele.

Eu sabia que era mentira, claro. Tinha ido ao cassino procurar por ele. Se ele estivesse lá, eu o teria encontrado.

A história então passou a ser que ele foi a *outro* cassino perto dali, porque tinha ouvido falar que era melhor. Perguntei onde ele tinha ouvido isso, e ele resmungou alguma coisa sobre uma garçonete ter comentado. E foi então que chegamos ao âmago da questão.

– Você foi pro outro cassino com essa tal garçonete? – perguntei.

Ele só deu de ombros e olhou para o outro lado.

– Que diferença faz?

Certo. Por que eu deveria me importar se meu marido saísse com outra mulher na *nossa noite de núpcias*? Por que isso deveria me incomodar?

A verdade é que estou começando a perceber que as coisas que me atraíram inicialmente em Adam são as mesmas que odeio nele agora. Quer dizer, fico feliz por meu marido ser bonito, mas por que ele precisa ser *tão* inacreditavelmente bonito? Por que precisa ter tanto dinheiro para esbanjar? Por que precisa deixar todas as mulheres de pernas bambas ao sorrir? Por que todas as mulheres que o conhecem precisam se apaixonar?

E por que ele precisa corresponder quando elas dão em cima dele?

É essa última parte que me incomoda, claro. Se ele não correspondesse, isso poderia ser motivo de piada entre nós. *Ha, ha, aquela garçonete tolinha acha que tem alguma chance comigo.*

– Deixa de ser tão ciumenta, Victoria – disse ele. – É isso que você quer? Ser uma esposa ciumenta e insuportável?

– Não, eu quero ser uma esposa que não é abandonada pelo marido na noite de núpcias!

Dali para a frente, a coisa só piorou. Não vou reproduzir tudo aqui. Mas acreditem: foi brutal. Se quiserem imaginar a pior conversa que vocês poderiam ter com o homem com quem se casaram na véspera, foi essa a nossa briga.

Mas, mesmo assim, achei que fôssemos dar um jeito. Enfim, tínhamos acabado de nos casar! Mas quando a briga passou de uma hora de duração, pude ver a cor vermelha das bochechas de Adam e entendi que ele nunca iria admitir que tinha agido errado. Porque ele não *achava* que fosse errado. O único jeito de aquela briga terminar seria se eu pedisse desculpas por ter gritado com ele e reconhecesse que era uma esposa ciumenta e insuportável. E, caramba, isso eu não ia fazer.

Mesmo assim, fiquei surpresa quando ele começou a juntar as coisas dele.

– O que você tá fazendo? – indaguei ao vê-lo jogar as calças jeans e as camisas dentro da nossa grande mala marrom.

– O que você acha? – Ele se demorou alguns segundos dobrando uma das camisas. – Não vou dividir um quarto com alguém que acha que sou infiel. Vou embora.

– Você vai pegar outro quarto?

– Não, vou voltar pra Nova York.

Abri a boca para perguntar se ele estava falando sério, mas nem precisei. Pude ver nos olhos dele que era isso mesmo.

Então foi isso. Meu marido juntou as coisas dele e me abandonou no primeiro dia da nossa lua de mel. Não tenho nem mala para pôr as minhas roupas, porque ele levou a nossa. E ainda falta uma semana para o voo de volta, e a passagem está com ele, ou seja: se eu quiser voltar para casa, vou ter que comprar eu mesma outra passagem.

Como foi que a minha vida virou isso?

24 de abril de 2017

Chega uma hora em que você percebe ter duas escolhas:

1. Reconhecer que seu casamento de dois dias foi um baita erro. E quando voltar ao trabalho depois da lua de mel e todo mundo perguntar como foi, contar que pediu o divórcio durante a lua de mel mesmo. Fazendo dela a pior lua de mel que já existiu em toda a história da humanidade.

2. Respirar fundo e tentar fazer dar certo.

Se eu tivesse contado à Victoria de um ano atrás o que Adam fez comigo e que o aceitei de volta, ela teria rido. Teria insistido que meu orgulho era maior do que isso. Mas, quando cheguei em casa e Adam na mesma hora me tomou nos braços, minha determinação fraquejou.

Esse homem é meu marido agora. Eu me comprometi com ele. *Não quero* pedir o divórcio alguns dias depois do casamento. Não quero jogar tudo fora por causa de uma briga feia. Quer dizer, todo casamento tem suas dificuldades.

Não é???

TRINTA E DOIS

Que tipo de homem trai a mulher na noite de núpcias?

Fico refletindo sobre essa pergunta enquanto observo Adam dormir ao meu lado. Por mais bonito que ele seja, é mais atraente ainda quando está dormindo. O queixo está coberto por uma barba por fazer supersexy, e os lábios soltam e puxam o ar suavemente. Depois de ler a história de Victoria sobre o que aconteceu na noite de núpcias, eu não quis ir para o quarto dele. Mas Adam foi tão gentil e encantador que ficou difícil dizer não. Disse todas as coisas certas, assim como disse a Victoria todas as coisas certas para que ela o perdoasse. E aqui estou.

Preciso parar com isso. Preciso dizer a ele que não consigo mais fazer isso. Não consigo fazer isso com Victoria. Não importa o que ele fale, eu sei que ela sabe.

Mas é mais difícil do que eu pensava. Afinal, olha só tudo que ele fez com ela, e mesmo assim ela ficou. A minha situação é bem pior. Ela pelo menos tinha um emprego. Eu, se fosse embora, ficaria sem nada. Não tenho nem onde morar. É claro que Freddy me deixaria ficar com ele, mas não, eu não consigo.

Não sei o que fazer.

Enquanto Adam ainda está dormindo, saio da cama de mansinho e deixo o quarto sem fazer barulho. Tinha esperança de voltar para o meu sem ninguém notar, mas quase trombo com Maggie, ocupada aspirando o corredor. Quando me vê saindo do quarto de Adam, ela arregala os olhos.

– Ah! – exclama ela, com um suspiro.

– Maggie. – Sinto as bochechas arderem. Não queria esbarrar com ela, mas é melhor do que esbarrar com Eva. – Não é o que parece...

Ela inclina a cabeça para o lado.

– Sério?

Deixo escapar um suspiro. Não vou ficar aqui na caradura tratando Maggie como se ela fosse burra.

– Tá. É o que parece, sim. – Relanceio os olhos para a porta fechada do quarto de Adam. – Mas não tive a intenção de que isso acontecesse. É só que... enfim, eu tô morando aqui e... a casa é tão vazia... e fria...

De repente, fico à beira das lágrimas.

– Não tem problema nenhum – diz Maggie depressa. – Quer dizer, *eu* com certeza não ligo. Já meio que desconfiava, pra te falar a verdade. Mas não quis falar nada. – Ela abre um sorriso maroto. – E não posso te culpar, né? Ele é *mesmo* um gato.

– Por favor, não conta pra Eva.

Ela joga a cabeça para trás e ri.

– Tá, como se eu falasse com a Eva. Não tem a menor chance. Não se preocupa, Sylvie. Seu segredo está seguro comigo. Juro. – Ela hesita, então olha para o quarto de Victoria mais adiante no corredor. – Só faz de tudo pra Victoria não descobrir.

Franzo a testa.

– Como assim?

Maggie baixa um pouquinho a voz.

– O Adam acha que a Victoria não tem a menor ideia do que está acontecendo, mas ele está errado. A fala dela ficou prejudicada, mas ela sabe exatamente o que acontece em volta. – Ela estreita os olhos para mim. – Você também sabe disso, né?

Aquiesço devagar.

– Eu trabalho aqui desde que a Victoria e o Adam se mudaram pra cá – diz Maggie. – E uma coisa eu te digo: ela é uma mulher muito ciumenta.

Tenho uma sensação nauseante na boca do estômago.

– É?

– É, sim, *muito*. – Maggie hesita. – Isso fica só entre a gente, certo?

– Claro.

Ela se inclina bem para perto de mim, de modo a falar quase no meu ouvido.

– Então, tinha uma mulher que fazia jardinagem e cozinhava aqui. A Irina. Só que a Victoria morria de ciúmes dela. Era quase uma obsessão. Ela achava que a Irina e o Adam estavam transando.

Irina. A mesma que morava em Glen Head. O lugar que Victoria menciona a cada poucos dias, com uma urgência que só parece aumentar. Não tem como ser coincidência, ou tem?

– E eles estavam? – pergunto, com uma voz que mal passa de um sussurro.

Maggie não responde na hora. Olha para o corredor em volta.

– Não tenho certeza, mas acho que não. Mas, por outro lado, isso não teria me deixado surpresa. O Adam e a Victoria… eles não tinham um bom casamento.

A julgar pelo que tenho lido no diário de Victoria, isso não chega a ser nenhuma revelação. Mas ouvir da boca de alguém de fora só confirma o que eu desconfiava ser verdade.

– Enfim. – Maggie endireita as costas e esfrega as mãos na calça jeans. – Eu não deveria estar fazendo fofoca. Todo casamento tem seus problemas, certo?

Certo. Não que eu possa falar muito. A coisa mais próxima que já tive de um marido foi Freddy, e foi uma catástrofe.

– Obrigada por me contar – digo.

Maggie me dá uma piscadela e torna a ligar o aspirador.

– Sem problemas. Mas só… você sabe, toma cuidado.

Eu me sentiria bem melhor se as pessoas parassem de me alertar para tomar cuidado.

TRINTA E TRÊS

DIÁRIO DE VICTORIA

28 de agosto de 2017

Hoje voltei do trabalho sentindo que mal conseguia me manter em pé. Tive um plantão exaustivo no pronto-socorro. O último paciente que atendi foi um homem cuja família o levou lá preocupada que ele estivesse tendo um AVC, mas o homem ficava insistindo que não estava falando arrastado.

– É que eu sou do sul, só isso... é assim que a gente fala – ficava repetindo ele.

Acabou que era mesmo um AVC.

Minha cabeça latejava quando finalmente adentrei cambaleando o nosso apartamento. Adam estava assistindo televisão no sofá e, ao me ver, deu alguns tapinhas no assento a seu lado. Essa é a melhor parte de ser casada: quando você chega em casa de um longo plantão, e tem alguém ao lado de quem se aconchegar no sofá e ficar vendo TV.

Mas, antes de eu ir me sentar ao lado dele, fui tirar o pijama cirúrgico. Antes, eu costumava sempre passar o resto da noite de pijama cirúrgico depois de um plantão, mas Adam não suporta que eu use isso dentro de casa, mesmo se estiver limpo. A lógica dele é que o pijama cirúrgico está coberto de quaisquer germes ou fluidos corporais aos quais eu tiver sido exposta durante o tempo que passei no hospital, o que é um argumento justo. Então me demorei um minuto vasculhando minhas gavetas para tentar encontrar algo que conseguisse o equilíbrio perfeito entre ser confortável e ser aprovado por ele. Porque eu não iria trocar de roupa outra vez.

Acabei escolhendo uma regata curtinha e uma calça de moletom brilhosa. Em geral, Adam não gosta que eu use moletom, mas ele abre uma exceção se a calça for "sexy".

Quando voltei para a sala, vi na mesma hora a aprovação na expressão dele e suspirei aliviada.

Imaginava que fosse me sentar ao lado dele no sofá para ficar vendo *This Is Us*, mas em vez disso ele estendeu a mão, pegou o controle e desligou a televisão. Senti na mesma hora um mal-estar na boca do estômago. Eu devia ter feito alguma coisa errada.

Revirei meu cérebro cansado para tentar entender o que tinha feito para deixá-lo chateado. Será que tinha chegado mais tarde do que de costume do trabalho? Será que ele tinha me flagrado dando em cima de outro cara? Não tenho certeza se algum dia vou entender sem ele me falar. Semana passada, brigamos por duas horas porque peguei emprestado um pouco de leite da prateleira dele na geladeira. Não sei como ele percebeu. Em geral, eu não teria feito isso, mas estava louca para comer sucrilhos e meu leite tinha acabado. Tomei o maior cuidado: coloquei o leite de volta no mesmo lugar que ele sempre deixava, inclusive virado no mesmo ângulo.

Só que eu não tinha voltado a fazer isso. Tinha certeza. Eu só pego as coisas dele emprestadas em caso de desespero.

– Então, eu tenho uma novidade bem legal – disse ele.

Estava sorrindo. Eu não tinha feito nada de errado.

Permiti que meus ombros relaxassem.

– Ah...?

Imaginei que ele fosse me contar alguma coisa sobre o livro dele, então fiquei surpresa quando ele falou:

– Comprei uma casa pra gente.

Como é que é?

Era a última coisa que eu esperava que ele dissesse. Nos últimos tempos, ele vinha reclamando da obra em frente ao nosso prédio, dizendo que ela atrapalhava sua concentração para revisar o romance. Mas imaginei que ele fosse dizer que queria começar a olhar umas casas, talvez. Não que já tinha comprado uma. Quer dizer... como assim?

– Você comprou uma casa? – consegui dizer.

Ele assentiu.

– E vendi este apartamento.

Como é?

Senti todo o ar me faltar. O apartamento em que eu estava morando agora pertencia a outra pessoa? Como era possível uma coisa dessas? Olhei para o recinto em volta com uma sensação crescente de pânico me apertando o peito. Como ele podia fazer uma coisa dessas sem me contar?

– Adam – falei, com a maior calma de que fui capaz. – Por que você não me disse que ia vender o apartamento?

– Eu quis que fosse surpresa. – Ele falou sem emoção nenhuma, como se vender o apartamento sem contar nada para a esposa fosse a coisa mais normal do mundo. – Achei que você fosse ficar satisfeita. Agora a gente tem uma casa, e você nem teve que lidar com a aporrinhação de vender a antiga e comprar uma nova. Foi bem estressante.

– Mas eu não posso opinar sobre onde a gente vai morar?

– Eu comprei com o *meu* dinheiro – disse ele, dando de ombros. – E este apartamento é meu. Então, na verdade, a decisão é minha, né?

Respirei fundo para tentar me acalmar, mas minha cabeça zumbia. Tudo que eu conseguia pensar era que, se ele me respeitasse um tiquinho que fosse, jamais teria feito uma coisa dessas.

Mas, pensando bem, eu podia gritar e espernear o quanto quisesse, nada iria mudar. Ele vendeu nossa casa. E comprou uma nova. O que eu podia fazer àquela altura a não ser começar uma briga horrível?

– Onde fica a casa nova? – perguntei por fim.

– Em Montauk. Long Island.

Na hora em que ele me disse isso, eu não tinha a menor noção de onde ficava Montauk. Se tivesse, teria ficado bem mais chateada. Assim que pesquisei a cidade num mapa mais tarde, quase desmaiei. Vocês têm ideia de onde fica Montauk? Fica praticamente no meio do Atlântico. No que me diz respeito, a gente poderia muito bem estar indo morar na Sibéria.

– Vicky, você vai amar. – A voz de Adam se abrandou, e ele pôs a mão no meu joelho. – É uma casa imensa, com vários quartos, um sótão reformado pra eu trabalhar, um jardim gigante… e um quintal onde… você sabe, onde as crianças vão poder brincar.

Ele sabe como acionar meus gatilhos, isso eu preciso reconhecer. Sabe como tenho andado animada com a perspectiva de tentar ter um filho. E combinamos que não queremos criar uma penca de crianças num apartamento minúsculo em Manhattan. Se quisermos ter três, quem sabe até quatro, custaria um dinheirão morar num lugar onde todos nós não fôssemos ser obrigados a dormir em beliches.

Um quintal. Um jardim. Vários quartos.

Quando ele apresentou a questão sob esse ângulo, não pareceu tão ruim.

Adam percebeu que estava me ganhando.

– Vem ver a casa comigo – disse ele. – Se você odiar, aí... eu desisto da compra. Mas vamos só ver a casa, por favor.

Então amanhã nós vamos pegar o carro e ir ver a casa nova. Ele jurou de pés juntos que, se eu odiar, não precisamos ir morar lá. É claro que não podemos ficar onde estamos, porque ele já vendeu nosso apartamento.

Ainda não consigo acreditar que ele fez isso. Mas esse é simplesmente o tipo de homem que Adam é. Ele toma uma decisão e aí pronto... vai e faz. Queria que ele não agisse assim, mas quem sabe quando ele se acostumar com a vida de casado vai passar a me consultar sobre as coisas?

Enquanto isso, estou na verdade bem animada para ver a casa nova. Não moro numa casa desde criança. Adam não para de repetir como vai ser incrível e como eu com certeza vou me apaixonar pelo lugar. Mal posso esperar!

2 de setembro de 2017

Hoje me ocorreu que não tomei muitas grandes decisões na vida.

A maioria das coisas foram óbvias. Estudar. Meu diploma de enfermagem foi uma escolha natural, porque quero ser enfermeira desde a batalha da minha mãe contra o câncer: quando ficou internada, ela teve uma enfermeira fantástica, e fiquei inspirada a ser esse tipo de profissional maravilhosa. Então, quando uma amiga sugeriu a escola de enfermagem, por algum motivo eu simplesmente soube que essa era a decisão certa; nem precisei pensar no assunto. Como sempre quis morar em Manhattan, quando consegui o emprego no pronto-socorro, aceitar não foi uma decisão difícil. E, mesmo tendo tido alguns momentos de dúvida em relação a me casar, essa decisão também pareceu óbvia no fim.

E novamente outra grande decisão na minha vida parece estar sendo tomada por outra pessoa.

Adam hoje alugou um carro e nos levou até a casa em Montauk. Já comentei como Montauk fica longe de Manhattan? Como eu já disse, aquilo lá é a Sibéria. No trajeto, me ocorreu o que isso queria dizer. Se decidíssemos ficar com a casa, eu não poderia seguir trabalhando no hospital. Ir e voltar do trabalho ficaria impraticável. Eu teria que procurar outro emprego mais perto de casa... e sabe-se lá o que estaria disponível na região.

Comentei isso com Adam durante o trajeto, e ele assentiu.

– E seria o fim do mundo?

Era um argumento válido. Eu tinha aceitado esse emprego só um ano depois de me formar, e jamais pensara que fosse ser meu único emprego pelo resto da vida. Mas agora que estou lá há mais de três anos, não me importaria se fosse. Eu gosto daquele pronto-socorro. Gosto dos pacientes que aparecem. Gosto das pessoas com quem trabalho. Não quero sair.

Mas, pensando bem, trabalhar em lugares novos expõe a gente a experiências novas. Enfim, é isso que as pessoas dizem. Que Adam diz, pelo menos.

– Eu teria que dar uma olhada pra ver quais empregos estão disponíveis perto de Montauk – falei.

– Ou... – disse ele. – Você poderia simplesmente... ficar em casa.

Respirei fundo.

– Como é que é?

– É tão ruim assim? – Ele tirou os olhos da estrada para me encarar rapidamente. – A casa é enorme, e o simples fato de cuidar dela vai ser um emprego em tempo integral. E a gente em breve vai ter uma casa cheia de crianças pra cuidar, certo?

Ah, sim, e tem mais uma coisa... eu parei de tomar pílula. Minha menstruação voltou de imediato. Tenho um ciclo de 25 dias que parece um reloginho, e nós transamos bastante esse mês. Por mais louco que possa parecer, eu poderia estar grávida neste exato instante. Toda vez que penso nisso, uma sensação de empolgação toma conta da minha barriga. Ter decidido engravidar é mais uma coisa sobre a qual não tenho a menor dúvida.

Por mais que eu ame a minha carreira, sempre sonhei em ficar em casa com meus filhos. Levando em conta o quanto era jovem quando perdi minha mãe, não quero desperdiçar sequer um nanossegundo da vida dos meus filhos, porque, sério: você nunca sabe quanto tempo vai ter.

– Eu quero te bancar – disse ele. – Ganho mais do que o suficiente pra sustentar nossa família. Por favor... deixa eu fazer isso.

– Vou pensar no assunto – prometi.

Depois de umas cem horas no carro, finalmente chegamos à casa. Dei um arquejo ao ver que o terreno era limitado por uma cerca; eu nunca morei numa casa cercada. Nunca me considerei o tipo de pessoa que iria morar numa propriedade cercada. O jardim era imenso, embora estivesse em muito mau estado, e no final do terreno havia um pequeno barracão. (Será que aquilo poderia virar um lugar só meu? Ouvi dizer que ter um cantinho só seu em casa é a última moda para uma mulher!)

Nós com certeza estávamos no meio do nada. Nunca morei num lugar tão longe de... bem, de tudo. Nosso vizinho mais próximo devia estar a mais de um quilômetro e meio de distância. Quando tirei o celular do bolso, a tela avisou que eu estava sem sinal.

Ao adentrar o hall de nossa futura casa em potencial, a primeira coisa que pensei foi que, se eu gritasse, ninguém conseguiria me escutar.

– O que você acha? – perguntou Adam.

– É... – Hesitei, e pela primeira vez olhei em volta. – É linda.

Eu estava dizendo a verdade. A casa era linda... e imensa! A área de estar era clara e arejada, e uma escada branca subia em espiral até o andar superior. Ao erguer os olhos, vi um candelabro pendurado acima da minha cabeça... um *candelabro* de verdade! Jamais imaginara morar numa casa que tivesse um candelabro. Depois de anos vivendo em apartamentos minúsculos em Manhattan, minha vontade foi abrir os braços e girar, curtindo o fato de que não iria esbarrar em nada. Então, antes de conseguir me segurar, foi exatamente isso que fiz. Comecei a girar. Girar!

Não queria ter gostado tanto da casa quanto gostei.

Adam sorriu para mim quando finalmente parei de girar porque estava ficando enjoada.

– Você amou – disse ele.

– Amei, mas... – Torci as mãos. – O meu emprego...

– É só um emprego, Victoria. Não dá pra arrumar outro?

– Mas...

– Ou tem algum outro motivo pelo qual você quer ficar lá que não está me contando? – Ele estreitou os olhos. – Como por exemplo o Mack?

Ai, não. Adam tem um ciúme irracional de Mack, que dá um jeito de mencionar em qualquer oportunidade. Bom, acho que *de todo* irracional não é, visto que Mack era apaixonado por mim. Só que desde que voltei de Las Vegas, Mack e eu temos fingido que aquela conversa nunca aconteceu. Mas, mesmo assim, está meio estranho... outro ponto a favor de ir embora.

– É isso? – insistiu ele. – Você não quer ficar longe do seu *namorado*?

Pude ouvir o leve tom de amargura tomar conta da voz dele, e soube que estávamos prestes a ter uma briga bem feia. Entendi também que Adam com certeza iria sair esbravejando e me deixar ali naquela casa. No meio do nada, sem sinal de celular.

– Não tem nada a ver com o Mack – falei depressa. – Eu só... preciso pensar um pouco. Não posso ter uma chance de pensar um pouco?

Ele estreitou os olhos para mim.

– O que tem pra pensar?

E foi isso.

Então, pelo visto, vamos nos mudar. Vou abrir mão da minha vida em Manhattan em troca de algo totalmente novo e diferente em Long Island. Gostaria de dizer que é só por um tempo, mas, depois que tivermos alguns filhos, não existe a menor hipótese de algum dia nos mudarmos de volta.

Isso vai ser para sempre.

10 de setembro de 2017

Hoje foi meu último plantão no pronto-socorro.

A gente se muda amanhã. Adam contratou outra empresa de mudança, e o pessoal vai vir amanhã de manhã levar todas as nossas coisas lá para Montauk. E vamos partir zunindo na frente no BMW novo que Adam comprou semana passada. É o modelo X35i, que supostamente se vira muito bem na neve; vamos precisar disso quando o inverno chegar e ficarmos presos debaixo de meio metro de gelo. Como ainda é início de setembro, o inverno parece muito distante, mas sei que está quase ali na esquina.

Estou tentando não ficar triste com o fato de estar indo embora para sempre, e é pouco provável termos tempo para fazer o trajeto de três horas até a cidade com muita frequência. Carol organizou uma festinha para mim no posto de enfermagem, que conseguimos aproveitar por cerca de cinco minutos antes de o pronto-socorro ficar lotado de novo.

Hoje estou saboreando cada interação com os pacientes. Mesmo aquelas com as pessoas que vêm atrás de drogas alegando ter deixado cair seus comprimidos de hidromorfona na privada, e será que eu não posso lhes dar alguns até a próxima receita deles? (Por que as pessoas pelo visto só deixam cair os narcóticos na privada? Como é que os remédios para pressão alta nunca acabam caindo lá dentro?) Minha última paciente da noite foi uma senhorinha que tropeçou numa bolota de carvalho e talvez tenha quebrado o pulso. Foi preciso todo o meu autocontrole para não lhe dar um abraço.

– E quando eu estava caída no chão, o esquilo passou correndo bem do lado da minha cabeça, e juro por Deus, Srta. Victoria, ele estava rindo de mim! – contou ela.

Acabou que tinha sido uma fratura distal do rádio, e eu encaminhei a paciente para a cirurgia ortopédica e em seguida comecei a trabalhar na minha última papelada. Não tive pressa para fazer isso, interrompida a cada poucos minutos por alguém querendo me dar um último abraço ou dizer o quanto tinha gostado de trabalhar comigo. Engraçado... só percebemos o quanto as pessoas gostam da gente quando estamos indo embora.

Mack não veio trabalhar hoje. Verifiquei ao chegar para ver se alguém sabia se ele estava de plantão, e me disseram que não. Então pensei que fosse isso; eu nunca mais iria vê-lo. E era melhor assim. Afinal de contas, eu estava casada, e ele havia deixado bem claro o que sentia por mim. Era mais fácil não ter uma despedida constrangedora.

– Eu vou lá te visitar – prometeu Carol ao me dar um último abraço.

Estávamos ficando as duas com os olhos marejados; vou sentir tanta falta dela!

– E você vai vir aqui com o bebê, não vai? – perguntou ela.

Eu ri.

– Ainda não tô grávida.

– Tudo bem, esse mês, não. Mas aposto que o Adam vai te embuchar antes do inverno.

Por fim, vesti meu moletom de capuz por cima da blusa do pijama cirúrgico e saí do pronto-socorro pela última vez. Senti uma pontada de tristeza ao passar pelo carrinho de cachorro-quente que duas vezes me deixou com intoxicação alimentar. (Eu vacilei; achei que a primeira vez tivesse sido falta de sorte.) Era o fim de uma era. O fim da minha vida de solteira na cidade grande, e o início da minha vida de dona de casa no subúrbio. Bom, pelo menos por enquanto. Ainda tenho planos de dar uma olhada no mercado de trabalho de lá.

– Vicky! Ei, Vicky, espera!

Fiquei paralisada, e uma bolha de felicidade brotou no meu peito. Eu me virei, mas já sabia quem estava me chamando.

– Mack!

Ele vinha correndo pela calçada, com o cabelo preto ainda mais despenteado do que de costume. Estava sorrindo, mas havia um quê de tristeza nele. A aparência do rosto era um reflexo de como eu estava me sentindo naquele momento. Sorridente, mas prestes a cair no choro a qualquer momento.

– Que bom que consegui te encontrar. – Ele demorou um tempo para recuperar o fôlego. – A Carol só me mandou mensagem uma hora atrás avisando que era seu último plantão e que você vai se mudar amanhã.

– Pois é…

Ficamos apenas nos encarando. Estava um clima meio estranho entre nós desde que Mack tinha confessado o que sentia por mim, logo antes do casamento, mas de repente todo esse constrangimento se dissipou. Ele passou a mão pelo cabelo.

– Vou ficar com saudade de você, Vicky, de verdade.

– E eu de você também – falei, e estava sendo sincera com cada partícula do meu ser.

Ele parecia querer dizer mais alguma coisa, mas em vez disso se inclinou para a frente e me abraçou. Foi um abraço de urso; não era o primeiro que eu recebia, mas foi o melhor, e provavelmente também o último. Ele era muito alto e quentinho, e estava com cheiro de sabonete e de ar puro. Percebi que estava pendurada nele, e simplesmente ficamos abraçados assim por... bom, por um tempo.

Não há nada de errado com isso. Quer dizer, eu e a Carol também nos abraçamos bastante hoje.

Quando finalmente nos separamos, Mack estava com os olhos um pouco úmidos.

– Se precisar de alguma coisa, é só me ligar. Tá bom?

– É... você sabe que fica a três horas daqui, né? E nem carro você tem.

– Não tô nem aí.

E ao encarar seus olhos castanhos, senti um mal-estar no peito. Como se tivesse cometido um erro terrível.

Sabem aquela noite no bar, quando Mack confessou o que sentia por mim? Eu deveria ter terminado com Adam. Nunca deveria ter me casado com ele. Deveria estar com Mack. Tinha tomado a decisão errada.

Mas o sentimento passou. Sim, eu escolhi Adam, não Mack. Não há nada que eu possa fazer para mudar isso agora. Quer dizer, não vou largar meu marido.

Então disse adeus a Mack, e foi isso.

TRINTA E QUATRO

Faz quase dois meses que estou trabalhando aqui e, em todo esse tempo, não vi Victoria sorrir uma vez sequer.

Eu me esforcei. Faço piadas quando estou com ela. Tento sorrir o máximo possível para dar um bom exemplo. Mas, pelo visto, nunca vai acontecer. Especialmente hoje. Enquanto a ajudo a almoçar, ela parece mais perto das lágrimas do que de um sorriso ao abrir obedientemente a boca para uma colherada de purê de carne.

– Quinta que vem é dia de Ação de Graças – digo, animada. – A gente vai colocar uma roupa bem bonita em você e jantar todos juntos. Você, eu e o Adam. Vai ser uma delícia.

Não imagino que purê de peru vá ser tão delicioso assim, mas não vou comentar isso.

Victoria ergue seu olho bom para me encarar. Parece muito triste. Eu costumava achar que ela levava uma vida dos sonhos antes do acidente, mas não penso mais assim. Se as coisas que ela escreveu no diário forem verdade, ela não parece ter sido nada feliz com Adam. Ele era horrível com ela.

Mas comigo ele não é. É difícil imaginar que esses dois homens sejam o mesmo. É como se o Adam que ela descreve fosse um homem totalmente diferente, que por acaso tem o mesmo nome do homem com quem tenho dividido a cama.

Não sei o que pensar.

– Escuta – digo a Victoria, então pouso a colher no prato dela. – Andei pensando… Quem sabe eu poderia encontrar o Mack pra você?

Ela pisca os olhos para mim.

– Você gostaria, Victoria?

Ela não me responde. Eu estava torcendo por alguma reação, talvez não exatamente um sorriso, mas pelo menos que parte da tristeza sumisse. Vai ver ela não acha que eu vá conseguir encontrá-lo. E a verdade é que eu mesma não estou tão confiante assim.

– Qual é o sobrenome dele? – indago.

A boca dela se abre como se estivesse prestes a falar. Chego mais perto, torcendo para conseguir captar qualquer informação que possa me ajudar a encontrar o cara.

– Mmmmmmmm.

Entendo agora o que ela está tentando fazer. Está tentando pronunciar o nome dele, só que não consegue. Ela tem muita dificuldade com palavras com m, então acho que eu não deveria ficar surpresa. Mas, se for assim, duvido que vá conseguir arrancar dela um sobrenome. Bem, valeu a pena tentar.

– Eu vou encontrar ele – prometo para ela.

É o mínimo que posso fazer.

TRINTA E CINCO

O Google não ajuda. É claro que tudo de que disponho para pesquisar é o fato de ele ser um socorrista chamado Mack que trabalhou em Manhattan. O Google me retorna principalmente uma porção de links de cursos de atendimento pré-hospitalar e um punhado de outros links sobre caminhões da marca Mack. A internet não vai me dar o que eu preciso saber.

De modo que decido ligar para o Hospital Mercy, onde Victoria trabalhava. Lá com certeza vão saber quem ele é.

Quando estou digitando o número, penso qual exatamente será meu objetivo. Se eu de fato encontrar Mack, e aí? Ele obviamente a amava muito... mas já faz bastante tempo desde que ele confessou seus sentimentos. Pode ser que a essa altura já esteja namorando outra. Provavelmente não pensa mais em Victoria. E, mesmo que pense, será que ainda a amaria do jeito que ela está agora?

Mas tenho a sensação de que o homem que Victoria descreveu em seu diário ainda a amaria, mesmo com tudo que aconteceu. Pelo menos, é o que acredito.

Quando consigo falar com o pronto-socorro, sou atendida por uma mulher com uma voz impaciente. Já posso ver que não vai ser fácil.

– Alô? Serviço de emergência do Hospital Mercy.

– Oi. – Aperto o aparelho com força na mão direita. – Eu... eu estava pensando se vocês poderiam me ajudar... estou tentando encontrar um socorrista...

– De qual empresa?

– Eu... eu não tenho certeza – gaguejo. – Mas o nome dele é Mack.

– Sobrenome?

– Eu... não sei direito.

– A senhora tem alguma queixa desse socorrista?

– Não, não – respondo depressa. Não quero criar problemas para o pobre homem. – Mas é muito importante encontrá-lo. É que... bom, é uma emergência. Sei que ele sempre leva pacientes para o pronto-socorro daí, então pensei que talvez vocês pudessem me ajudar a entrar em contato com ele...

Prendo a respiração e me preparo para a mulher desligar na minha cara.

– E como a senhora disse mesmo que ele se chamava?

Ai, meu Deus, ela vai me ajudar. É um milagre de Ação de Graças.

– Mack.

Tenho exatos dois segundos para comemorar antes de a mulher dizer:

– Não tem nenhum socorrista com esse nome que atenda aqui.

– Tem... tem certeza?

– Absoluta. Eu trabalho aqui há um ano, e sou eu que assino quando chegam pacientes de ambulância.

Quero lhe perguntar outra vez se ela tem certeza, mas está óbvio que sim. Ninguém chamado Mack trabalha lá, pelo menos não trabalhou no último ano. Talvez ele agora esteja trabalhando em outro lugar. Talvez, depois de Victoria sair, tenha decidido ir embora também.

Não sei ao certo o que mais fazer. Imagino que pudesse começar a ligar para todas as empresas de ambulância para tentar localizá-lo, mas, como não sei sequer o sobrenome dele, me parece que isso vai ser difícil. Não vou conseguir encontrar Mack para Victoria.

TRINTA E SEIS

DIÁRIO DE VICTORIA

28 de setembro de 2017

Que dia estranho.

Tem duas semanas que nos mudamos para a casa nova. Ainda não parece ser a minha casa; é como se eu fosse uma convidada aqui. Não tive chance ainda de procurar trabalho porque desempacotar tudo tem sido uma tarefa e tanto, e a casa em si demanda muita manutenção. Tivemos que mandar instalar a TV a cabo e a internet, e Adam arrumou um repetidor de sinal para podermos ter um sinal de celular decente, embora eu tenha insistido para ter uma linha fixa. Levando em conta que estamos no meio do nada, um telefone fixo simplesmente me deixaria mais segura.

Agora tenho um carro. Adam me fez uma surpresa e me deu um Honda Civic. É um carro confiável, mas levando em conta a questão que ele fez de que o próprio carro funcionasse perfeitamente na neve, não sei muito bem por que me comprou um carro minúsculo que só tem tração nas rodas dianteiras. Quando começar a nevar, tenho certeza de que vou ficar presa aqui. Mas o raciocínio dele foi que no final das contas eu não deveria dirigir sob neve forte. *Você não dirige há anos, Victoria. Está enferrujada.*

Enfim, de nada adiantava discutir. Não tem como devolver um carro.

Como não vou trabalhar num futuro próximo, Adam abriu uma conta conjunta para nós dois. Cancelei meus cartões e fiz um conjunto com ele.

Como sou muito independente desde a época da faculdade, parece esquisito depender de outra pessoa para o meu sustento, mas Adam insistiu muito, dizendo querer "cuidar" de mim. E, para dizer a verdade, eu trabalho desde o ensino médio; vai ser bom ter um descanso por um tempo.

Adam também contratou uma pessoa para cuidar do jardim, porque o gramado da frente chega a estar constrangedor de tão abandonado, e não levo exatamente jeito para a coisa. No começo, fiquei feliz por ele ter assumido a responsabilidade de contratar alguém, mas não fiquei tão contente assim ao ver a pessoa que ele tinha escolhido. Nossa nova jardineira é uma jovem de beleza estonteante chamada Irina, originária de algum país do Leste Europeu. Tem cabelo comprido, loiro bem claro, e pernas que parecem as de uma girafa. Ela mal fala inglês, mas mesmo assim dá um jeito de achar todas as piadas de Adam bem mais engraçadas do que de fato são.

Também precisei comprar alguns móveis extras, porque as peças que tínhamos do nosso antigo apartamento ficaram ridiculamente pequenas nesse espaço imenso. Adam precisou aprovar tudo que eu comprasse, o que era razoável, claro, mas ele é muito exigente. Eu quis comprar um sofá, e tive que mostrar a ele – sem brincadeira – mais de cem fotos de sofás na internet antes de ele topar um. Aí, uns dias atrás, o sofá chegou, e, no mesmo segundo em que se sentou, ele odiou e me acusou de ter comprado o sofá "errado". Imagino que seja possível, já que eram tantos. Enfim, hoje de manhã eu estava esperando a empresa vir buscar esse sofá e entregar outro. Foi quando Peter apareceu.

Peter é o agente de Adam. Tem 50 e poucos anos e é um cara razoavelmente legal, ou seja: não tenta me cantar. Ele apareceu de terno e gravata, com uma cara ligeiramente irritada por ter precisado vir até aqui de onde quer que more, e mais irritado ainda quando falei que Adam tinha saído.

– Quer esperar? – perguntei.

Ele bufou.

– Acho que sim. Aonde mais eu poderia ir?

Fui até a cozinha improvisar um prato de comida para nosso convidado. Tinha ido ao supermercado na semana anterior e ficado impressionada: achei o lugar bem grande em comparação com os centros comerciais menores que costumava frequentar na cidade. Na maior parte do tempo, eu ia apenas à loja de conveniência no final do quarteirão, que dava conta de noventa por cento das minhas compras. Mas aquele lugar onde estávamos morando não tinha nada de conveniente.

Arrumei um prato de biscoitos salgados com queijo mascarpone e geleia de framboesa, mas, quando o pousei na mesa de centro, Peter nem tirou os olhos do celular.

– Oi – falei.

Nem assim ele ergueu os olhos.

– Pois não?

– Posso te perguntar uma coisa sobre os pais do Adam?

Desde que nos mudamos para cá e começamos a tentar engravidar com mais afinco (cheguei a comprar um teste de ovulação), venho pensando cada vez mais na família do meu marido. Sei que Adam é brigado com os pais, mas está na hora de fazer as pazes. Quem sabe se eu conseguisse entrar em contato, eles também pensassem assim. Quer dizer, quem é que não se deixa seduzir pela ideia de ter netos?

Peter tirou os olhos do celular.

– Você sabe onde eles moram?

– Se eu sei... o quê?

– Ou tem algum número de telefone – digo depressa. – Pode ser qualquer informação...

– Victoria...

– Sei que o Adam é brigado com os pais, mas se eu pudesse pelo menos conversar com eles...

– Victoria. – A voz de Peter saiu mais firme dessa vez. – Os pais do Adam morreram.

Meu argumento seguinte ficou preso na ponta da língua. Os pais do Adam... *o quê*?

– Morreram?

Ele arqueou uma sobrancelha.

– Você não sabia?

– Não, eu... – Senti a cabeça rodar. – Você... tem certeza?

Ele deu uma risadinha sem humor.

– Eu fui ao velório deles. Então, sim, tenho certeza.

Velório? Será que foi um velório só? Isso significava que os dois tinham morrido juntos?

Contra a minha vontade, me veio à mente o primeiro romance de Adam, *Tudo em família*. O protagonista tinha problemas com a família horrível dele. Tramava a morte "acidental" deles. E conseguia escapar impune.

– Eles morreram como? – murmurei.

– Num acidente de carro. Uma fatalidade.

Bom, pelo menos não morreram intoxicados por monóxido de carbono como a família do romance de Adam. Mordi o lábio.

– E o irmão?

Peter se recostou no sofá e deu um suspiro profundo.

– Sério que o Adam nunca te contou nada disso?

– Peter, por favor...

Ele tornou a suspirar.

– Ele se matou poucos meses depois que os pais morreram. Com um tiro na própria garganta.

De repente, achei que fosse vomitar. Então, um segundo depois, corri até a pia da cozinha e fiz exatamente isso. É claro que Adam escolheu esse momento para entrar todo alegre em casa, assobiando uma melodia ao passar pela porta.

Da cozinha, pude ouvir Adam e Peter conversando baixinho. Nem conseguia imaginar o que Peter estaria dizendo. Eu me agachei no chão da cozinha, apertando as têmporas. Estava tonta, enjoada. Queria sair de casa, mas não me sentia em condições de dirigir no momento, e não havia lugar nenhum ao qual pudesse ir a pé. Esse é o problema de morar no meio do nada.

Depois de mais uns cinco minutos, Adam entrou na cozinha e me encontrou no chão.

– O que você tá fazendo aí?

– Eu... eu não tô me sentindo bem.

Um sorriso aflorou nos lábios dele.

– Você tá grávida?

Certo. Porque eu estava vomitando aleatoriamente no meio do dia. Isso nem havia me ocorrido, mas, quando me ocorreu, fiquei surpresa com o pânico que a ideia me causou. Meu primeiro pensamento foi: *Ai, meu Deus, por favor, não permita que eu esteja grávida. Por favor...*

Limpei a boca com as costas da mão e me esforcei para ficar em pé.

– Acho que não.

– Ei, o que é que o sofá ainda tá fazendo aqui? Você não ficou responsável por se livrar dessa porcaria?

Pude ver a raiva brotando dentro dele e me encolhi. Mas, antes de ele conseguir começar a me agredir, eu o interrompi:

– Adam, os seus pais morreram?

Ele abriu a boca, provavelmente tentando decidir se mentia ou não. Uma coisa que estou começando a perceber sobre meu marido é que ele mente muito bem. Já o peguei mentindo uma vez ou outra, e me incomoda não saber dizer quando é o caso. O único jeito de ter certeza é quando a mentira é tão deslavada que chega a ser óbvia... e, mesmo assim, ele raramente dá o braço a torcer.

– Sim – respondeu ele, por fim. – Morreram.

– Meu Deus do céu! – Falei alto o suficiente para Peter conseguir me ouvir, mas nem liguei. – Por que você não me contou?

Ele ao menos teve a elegância de parecer constrangido.

– Desculpa, Vicky. Eu deveria ter contado.

– Com certeza, deveria mesmo.

Ele passou a mão pelo cabelo e se recostou na bancada da cozinha.

– É que... eu tive aquela briga com eles, como te contei. E antes de ter a chance de fazer as pazes, eles sofreram um acidente. Fiquei arrasado... Eu... eu não consegui lidar com esse fato, então fingi que eles continuavam vivos. – Ele baixou os olhos. – Eu ia te contar a verdade, mas fiquei com vergonha por ter mentido. Não achei que algum dia você fosse notar a diferença.

E essa às vezes parece ser a essência do nosso casamento. Ele mente para mim porque acha que não vou notar a diferença.

– Adam, se for para as coisas darem certo entre nós dois, você precisa ser sincero comigo a partir de agora – falei, baixinho. – Estou falando sério. A gente é *casado*.

Ele assentiu devagar.

– Certo. Claro. – Ele deu um passo na minha direção. – Desculpa, Vicky. Nunca deveria ter mentido pra você. Não vou fazer isso outra vez.

Deixei Adam me tomar nos braços, e aos poucos fui relaxando abraçada com ele. Continuava com raiva por ele ter mentido para mim, mas dei um desconto. Afinal, deve ter sido extremamente traumático perder os pais antes de conseguir fazer as pazes com eles. Os meus já se foram, mas pelo menos eles sabiam o quanto eu os amava.

Ao interromper o abraço, Adam afastou um fio de cabelo do meu rosto. Agora estou usando o cabelo sempre solto, porque ele gosta assim. Toda vez que eu prendo, ele reclama.

– Ei, Vicky – disse ele. – Tem mais uma coisa.

Assenti.

– O quê?

– Você nunca mais se atreva a falar de mim com o Peter pelas minhas costas. – Seu maxilar tremeu. – Tá certo?

– É... – Examinei seu rosto, torcendo para encontrar algum indício de humor. – Tá. Desculpa.

Ele resmungou alguma coisa entre os dentes enquanto pegava uma garrafa de vinho numa das prateleiras da cozinha, então voltou para a sala. Fiquei na cozinha, esperando os homens chegarem para levar o sofá.

Mais tarde nesse mesmo dia, fiz um teste de gravidez. Deu negativo.

Chorei de alívio.

18 de novembro de 2017

Hoje de manhã meti na cabeça que ia me matricular numa academia.

Quando era mais nova, nunca tive dinheiro para entrar numa academia; mal tinha como pagar um tênis para ir correr no parque perto de casa. E depois, quando já trabalhava e tinha mais dinheiro, faltava tempo. Bom, agora o que mais tenho é tempo e dinheiro. Já faz dois meses, e ainda não consegui arrumar trabalho por aqui (embora, para ser sincera, não tenha procurado tanto assim). Adam também contratou uma diarista que vem duas vezes por semana, então não preciso fazer grande coisa em matéria de faxina. E agora que esfriou, Irina começou a cozinhar em vez de cuidar do jardim. Pelo visto ela tem múltiplos talentos.

Então meu dia é assim:

Levanto por volta das nove ou dez. Tomo um banho de chuveiro que dura no mínimo quarenta minutos. Preparo um café da manhã extravagante, em seguida me jogo em frente à televisão com um saco de batata frita ou algo igualmente nutritivo. E... é mais ou menos isso até a hora do almoço. Estou ficando perigosamente viciada em alguns *games* de perguntas e respostas. Tipo *Family Feud.* (Que programa ótimo... Acho que mandaria muito bem na rodada bônus.)

Então, quando termino de almoçar, eu saio. Faço umas comprinhas. Tá, umas *compronas*. Estou rapidamente enchendo nossa casa de quinquilharias. Meu guarda-roupa está um pouco fora de controle. Quantos sapatos...

Ultimamente, tenho medo até de chegar perto de uma balança. Mas hoje de manhã tive dificuldade para abotoar a calça jeans. E não estou nem me referindo à minha calça skinny. Estou falando do jeans largão que uso nos dias em que não vou sair de casa e não estou nem aí para quem vai me ver. Não consegui abotoar *essa* calça.

Com isso, me vi diante de duas escolhas. Ou saía e renovava meu guarda-roupa inteiro um tamanho acima (ou, sejamos sinceros: dois tamanhos acima). Ou entrava numa academia e, com sorte, conseguia voltar a usar minhas roupas.

Achei uma academia a uns 8 quilômetros da casa, então depois do almoço fui de carro até lá. Tá, primeiro parei para almoçar no McDonald's. Pensei que pudesse comer um último Big Mac com fritas antes de voltar a ser saudável.

A academia era perfeita. Apesar de pequena, parecia ter muitos equipamentos. Era clara e com aspecto de nova, e as pessoas que malhavam lá não pareciam ter corpos perfeitos; não tem nada pior do que correr ao lado de alguém com cara de modelo. Senti que me encaixava muito bem ali. Então abordei a loira alegre chamada Taylor sentada atrás do balcão e disse a ela que queria me matricular.

Nos quinze minutos seguintes, deixei que ela não só me convencesse a fazer um plano anual, como também me inscrevi para aulas semanais de zumba, natação e kickboxing. Também me inscrevi numa coisa chamada "vinyasa slow flow", o que quer que isso signifique. Se eles tivessem me pedido meu filho primogênito, eu provavelmente teria entregado também.

– Agora só vamos precisar de um cartão de crédito pra registrar na sua ficha – disse Taylor, animada.

Abri a bolsa para pegar minha carteira. Procurei na divisória onde em geral guardo meu cartão, mas ele tinha sumido. Senti o pânico apertar meu peito.

– Ai, meu Deus do céu – falei. – Cadê meu cartão?

Um pequeno vinco se formou entre as sobrancelhas claras de Taylor.

– Seu cartão foi roubado?

– Acho que sim. – Olhei dentro da carteira e vi que o dinheiro em espécie continuava todo ali. – Droga, vou ter que ligar pra administradora. – Ergui os olhos para ela. – Posso me matricular sem o cartão?

Ela franziu o cenho.

– Infelizmente, não. Precisamos ter um cartão na sua ficha. Mas posso salvar seus dados, e a senhora pode voltar quando tiver um cartão novo.

Fiquei irritada com a chateação, mas mais nervosa ainda por ter que contar a Adam sobre o cartão sumido. E eu precisava contar. Aquele era nosso cartão conjunto; se eu precisasse de um novo, ele também precisaria. Adam ia ficar uma fera quando eu contasse que tinha perdido o cartão. Só de pensar nessa conversa, eu já me encolhia de apreensão.

Talvez conseguisse encontrar o cartão. Aí nem precisaria contar que tinha sumido.

Vasculhei meu cérebro tentando pensar em como o cartão poderia ter desaparecido. Não parecia provável alguém ter me roubado, levado o cartão, mas deixado o resto da carteira com todo o meu dinheiro vivo. A última vez que o tinha usado fora dois dias antes, no shopping. Seria possível eu ter esquecido na loja de departamentos?

Passei as duas horas seguintes refazendo meu caminho dos últimos dias, tentando pensar onde poderia ter deixado o cartão. Então comecei a ligar desesperadamente para todas as lojas nas quais algum dia tinha feito compras para ver se o havia deixado lá. Nada feito.

Então passei um tempo dirigindo, sem vontade de voltar para casa. Teria que cancelar o cartão e descobrir se alguém tinha feito alguma compra não autorizada. Não tinha escolha. Adam ficaria uma fera.

Quando finalmente cheguei em casa, ele estava no térreo, na cozinha. Estava com Irina, ajudando a tirar das sacolas umas compras que ela havia feito. Os dois não deviam ter me ouvido entrar, e passei alguns instantes observando meu marido com nossa deslumbrante cozinheira/jardineira do

Leste Europeu. Adam estava perto demais dela, e, quando disse alguma coisa, ela segurou o braço dele e riu.

Ele então se inclinou e cochichou algo no ouvido dela, e Irina riu mais alto ainda.

Foi nessa hora que eu pigarreei.

– Sra. Victoria! – exclamou Irina. A mulher teve a cara de pau de parecer contente por me ver. – A senhorita chegou! Por favor, quer olhar as compras novas? Estou planejando o jantar de hoje.

Fiz que não com a cabeça.

– Não, obrigada. – Respirei fundo. – Adam, posso falar com você um instante?

Estava apreensiva de lhe contar sobre o cartão, mas não tinha muita escolha. Se alguém o tivesse roubado, eu teria que avisar e cancelar o quanto antes. Ele ficaria mais bravo ainda se eu esperasse. Realmente não havia jeito de eu sair ganhando no momento.

Subimos a escada até o quarto, e eu expliquei toda chorosa o que tinha acontecido. No começo, tentei me forçar a chorar, porque achei que assim talvez ele fosse mais compreensivo, mas então me dei conta de que o choro era de verdade. Contei a história das minhas tentativas desesperadas de localizar o cartão. Jurei que ligaria para a administradora, pediria um cartão novo e faria o que fosse preciso para resolver aquilo.

Fiquei observando o rosto dele, já me preparando para um acesso de raiva. Mas, para minha surpresa, ele não pareceu nem um pouco chateado.

– O seu cartão não foi roubado – disse ele. – Fui eu que tirei da sua carteira.

Meu queixo caiu. Foi ele quem pegou? Como pôde fazer uma coisa dessas?

– Você?

Ele assentiu.

– Acho que você não se dá conta de quanto dinheiro gastou nos últimos meses, Victoria. Agora sou o único provedor, e, francamente, essa liberdade toda com que você usa o meu dinheiro é uma afronta. Conversei sobre isso com algumas pessoas, e acho que o melhor seria te dar uma mesada em dinheiro vivo pra você não gastar além da conta.

Não consegui acreditar no que estava escutando. Uma *mesada* em dinheiro vivo? Ele por acaso achava que eu era criança?

– Adam, eu não consigo viver sem cartão de crédito. Como é que vou comprar coisas na internet?

– Você pode comprar coisas na internet – disse ele. – É só me mandar o link, e se achar a compra adequada eu compro pra você. Talvez possa bolar um jeito de aprovar suas compras.

Quase pude sentir minha pressão arterial subindo. Verdade, Adam tinha bem mais dinheiro do que eu quando nos casamos. Mas eu tinha *algum* dinheiro. Nunca precisei pedir permissão antes de comprar a porcaria de uma luminária. Agora estava arrependida de ter posto meu dinheiro numa conta conjunta. Eu queria manter uma conta separada, mas ele insistiu que isso não seria justo. Afinal, por que eu deveria ter acesso ao dinheiro dele se ele não podia ter acesso ao meu?

– Vai ser uma mesada bem generosa – disse ele. – Duzentos dólares por semana. Sem contar as despesas na internet, claro.

– Eu não consigo viver com 200 dólares por semana!

Ele franziu o cenho.

– Por que não? A Irina faz todas as compras. Eu pago a prestação da casa e a diarista. Que despesas você tem que vão custar mais de 200 dólares por semana? Gasolina? Roupas? *McDonald's?*

Meu rosto ardeu. Que golpe baixo.

– Você paga mais de 200 dólares por semana pra Irina.

Ele estreitou os olhos.

– Certo. Mas ela de fato *trabalha*. Já você passa o dia todo com essa bunda sentada sem fazer nada a não ser gastar meu dinheiro.

Fiquei em choque. Fora ideia dele eu ficar em casa, e agora estava jogando isso na minha cara. Mas, se eu falasse isso, ele não iria entender.

– E se eu tiver uma despesa maior em alguma semana?

Ele deu de ombros.

– Nesse caso, você deveria economizar. Ou, se tiver sido irresponsável e não tiver economizado, pode me pedir um empréstimo. Acho que isso vai te ajudar a aprender sobre gerenciamento financeiro.

Respirei fundo. Estava detestando aquela situação, mas por outro lado talvez aquilo não fosse totalmente absurdo. Eu ando *mesmo* comprando muita coisa, em parte por tédio.

– Que tal 250 semanais?

Ele abriu um sorriso tolerante.

– Que tal assim: quando você engravidar, a gente aumenta pra 250.

Certo. Nós ainda estávamos tentando engravidar. Até agora, nada feito. Estou usando o teste de ovulação todo mês, e sempre transamos no dia exato, aí depois passo uma hora na cama com os joelhos para cima. Estou tomando vitaminas para gestantes e parei de consumir álcool e cafeína. Infelizmente, fiquei menstruada alguns dias atrás, de modo que a calça jeans apertada não é início de gravidez, só banha mesmo.

Não admiti para Adam que, toda vez que o teste de gravidez dá negativo, sinto uma onda de alívio. Não entendo muito bem isso, porque quero ter um filho. Quero mesmo.

– Tudo bem – falei. Eu não queria discutir. As discussões com Adam nunca eram rápidas. Quando começávamos a brigar, as brigas duravam dias. – Enfim, eu fui tentar me matricular numa academia hoje. Posso usar o cartão pra isso?

– Academia? – O semblante dele ficou sombrio, e tive a sensação de que no fim das contas não conseguiria evitar uma discussão. – Por que você quer se matricular numa academia?

Por nada nesse mundo eu conseguia entender o que estava lhe causando tanta raiva. Qual era o problema de eu me matricular numa academia?

– Quero tentar voltar a ficar em forma – falei. – Engordei um pouco.

Ele olhou de relance para minha barriga.

– É, eu reparei.

Que ótimo. Não pude evitar visualizar a silhueta perfeita e esbelta de Irina.

– Mas por que você precisa se matricular numa academia? – indagou ele. – O único motivo pelo qual as pessoas entram em academias é pra dar em cima de outras pessoas solteiras. É isso que você quer? Vai se matricular numa academia pra conhecer homens?

– Não!

– Não mente pra mim, Victoria – retrucou ele. – Por que você acha que precisei contratar só mulheres pra trabalhar aqui? Você dá em cima de qualquer homem que chegue perto de você.

– Puxa, achei que você tivesse contratado a Irina pra *você* ter alguém em quem dar em cima, não?

Eu não deveria ter dito isso. A essa altura, já sei muito bem o que faz Adam se descontrolar. E sabia que aquilo seria o início de uma briga feia. Mas não consegui me segurar. Quer dizer, como ele se atreve a contratar uma mulher tão linda para trabalhar na nossa casa, depois vem *me* acusar de dar em cima de outros homens?

– Não estou dando em cima da Irina – disse ele. – Não sei como você pôde pensar uma coisa dessas. Você tem... tipo, um ciúme doentio de qualquer mulher que seja mais bonita do que você.

– Eu não... – Já ia falar que não tinha ciúmes de Irina, mas isso não seria verdade. Eu *tinha* ciúmes dela. É claro que tinha. Quem não teria? – Escuta, só não sei por que você teve que contratar alguém com a aparência dela.

– Eu nem reparo na aparência dela. Quem é obcecada com isso é você.

– Obcecada? – Notei que o volume da minha voz estava ficando muito alto, e provavelmente dava para Irina escutar lá de baixo. – Eu não estou obcecada! Mas vi você cochichando coisinhas no ouvido dela na cozinha.

– Coisinhas? – As sobrancelhas dele subiram depressa. – A gente estava só falando sobre os planos pro jantar. Meu Deus, você tá maluca mesmo, sabia? – Ele balançou a cabeça. – É por isso que não tenho como confiar em você na academia. Que bom que assumi o controle do cartão. Arruma um tênis e vai correr.

A voz dele havia assumido aquele tom frio, garantia de que iria passar os próximos dias sem me dirigir a palavra. Àquela altura, eu nem tinha certeza se me importava mais.

Tá, tudo bem. Eu me importo, sim. Vocês não sabem o que é dividir a casa com alguém que faz questão de não lhe dirigir a palavra. Ele pode ser muito hostil.

Mordi o lábio.

– Posso receber meus 200 dólares da semana?

– É, tá. – Ele bufou. – No domingo eu te dou. Todo domingo, você vai receber seu dinheiro. Tenha paciência, pra variar um pouco.

Agora estou com 53 dólares na carteira que preciso fazer durar até domingo. (Não sei direito se ele vai me dar o dinheiro no domingo de manhã ou à tarde.) Estou sem saber o que fazer. Não sei se deveria tentar procurar um emprego, pois sei que, quando me adaptar, pode ser que engravide e precise sair em pouco tempo. Estou enlouquecendo de tanto tédio, mas, quando tiver um filho, isso vai ocupar bem mais meu tempo.

Acho que vou comprar o tal tênis. Bom, no domingo, né, quando tiver um pouco de dinheiro.

2 de dezembro de 2017

Acabei de ter uma baita briga com Adam.

Ele tinha alguma espécie de reunião com o pessoal da editora hoje, e a nossa faxineira Maggie não vem às terças. Então ele me perguntou se eu poderia passar uma das camisas dele.

Parecia uma coisa razoavelmente fácil de fazer. Peguei o ferro no armário junto da tábua de passar e passei a camisa da melhor forma possível. Não sou exatamente uma profissional da lavanderia, mas achei que tinha feito um trabalho adequado. Mas então, quando ele saiu do chuveiro e eu lhe mostrei a camisa recém-passada, ele surtou. Pelo visto, eu passei errado. Ele ficou me mostrando alguma coisa em relação ao vinco, falando como eu tinha estragado a camisa para sempre. Acabou jogando a peça no lixo, o que para mim nem fazia sentido. Maggie poderia ter passado depois e consertado o que quer que eu tivesse feito de errado.

– Você por acaso é ruim em tudo? – perguntou ele. – Porque eu realmente não consigo ver o que você é capaz de fazer direito, a não ser ficar sentada no sofá vendo televisão e comendo. E gastando meu dinheiro, claro.

– Bom, nesse caso então talvez eu devesse voltar a trabalhar.

Falei isso em tom de ameaça, como se já não tivesse mandado várias cópias do meu currículo para todos os lugares acessíveis de carro dali. Estava começando a pensar que precisaria ampliar o raio da busca. Não queria precisar dirigir uma hora e meia até o trabalho, mas talvez valesse a pena. Seria melhor do que ficar ali. E eu poderia ter dinheiro outra vez.

– Você era péssima no trabalho também. – Ele ergueu a mão esquerda. – Olha só a cicatriz que ficou na minha mão por sua causa.

– Você ficou com uma cicatriz na mão porque se cortou com uma faca.

– Provavelmente teriam te mandado embora se você não tivesse saído – prosseguiu ele, como se eu não tivesse dito nada. – É muito sortuda mesmo de ter a mim pra te sustentar. – Ele me abriu um sorriso cruel. – Era só disso que você estava atrás, né? De um homem pra te sustentar, assim nunca mais precisaria levantar um dedo.

– Isso não é verdade.

– É claro que é! – retrucou ele. – O nosso casamento inteiro não passa de uma armação sua.

E dizendo isso, ele pegou a fotografia de nós dois na mesinha de cabeceira, aquela tirada poucos minutos depois de nos casarmos. Atirou-a no chão, e o vidro do porta-retratos se espatifou em um milhão de pedacinhos. Recuei, porque estava de meia e não queria pisar num caco.

– Limpa isso. – Ele me lançou um olhar feio. – Preciso descobrir que porra eu vou vestir.

Minha vontade foi jogar alguma coisa nele. O ferro continuava em cima da tábua, e mesmo eu tendo desligado, a chapa ainda estava bem quente. Por um instante, fui tomada pela ânsia de pegar aquele ferro e partir direto para cima da cara dele. Isso lhe ensinaria uma lição.

Mas em vez de atacá-lo com o ferro de passar, desci para pegar uma vassoura e um aspirador portátil para catar os cacos de vidro.

Adam já tinha saído quando terminei de catar todo o vidro. Nem se despediu ao sair; só percebi que ele tinha ido porque a porta da frente bateu. Assim que escutei esse som, desabei na nossa cama. Enterrei o rosto nas mãos, e as lágrimas começaram a brotar. Ainda amo Adam, mas às vezes acho que o odeio. Às vezes, tenho a sensação de que seria capaz de assassiná-lo com as minhas próprias mãos.

Estava soluçando havia uns cinco minutos quando meu celular vibrou no bolso da calça de moletom que eu estava usando. Peguei-o e vi uma mensagem de Mack.

Como vão as coisas?

Foi uma mensagem muito simples e inocente, mas que só me fez chorar mais ainda. Mack estava pensando em mim. Estava preocupado comigo.

Peguei o celular sem saber ao certo o que responder. Poderia contar tudo a ele. Mas de que isso iria adiantar? Não mudaria nada. Com a sorte que eu tinha, Adam provavelmente acabaria descobrindo a nossa conversa.

Tudo bem, escrevi por fim.

Ele respondeu quase na mesma hora. *Só tudo bem?*

Como não podia suportar escrever mais nada, enviei apenas: *E você, como está?*

Tudo bem. Em seguida: *Saudades de você.*

Respirei bem fundo. *Você sabe que eu sou casada, né?*

Saudades platônicas de você.

Apesar de tudo, sorri para a tela. Mack e eu passamos a meia hora seguinte trocando mensagens, e minhas lágrimas acabaram secando. Foi bom conversar com um amigo. Ainda não fiz nenhum por aqui. Toda vez que falo com Adam sobre entrar para algum grupo, ele se opõe. Havia um clube do livro na biblioteca, e ele ficou uma fera quando comentei a respeito. Queria uma lista de todo mundo que iria participar. Quando falei que não tinha como lhe dar uma lista assim, ele me proibiu de participar. Até hoje cita esse clube do livro como um exemplo do meu comportamento insano, como se eu tivesse pedido a ele para ir numa festa de suingue.

O encontro do clube do livro vai ser nessa semana, e eu já li o livro. Talvez eu vá. Adam já está furioso comigo mesmo, então não tenho como piorar as coisas. Me sinto muito isolada aqui.

Não, melhor não ir.

TRINTA E SETE

Fui dirigindo o Honda Civic de Victoria até o mercadinho a pouco menos de 2 quilômetros daqui porque é o único lugar aberto no dia de Ação de Graças e Adam percebeu que ia faltar manteiga. (Essa declaração me assustou, levando em conta que comprei um pacote com quatro tabletes semana passada.) Ele comprou o peru e outras coisas ontem, nos deixando com o freezer cheio. E acordou cedo hoje de manhã, ocupado temperando o peru e cuidando da ave como se fosse um bebê recém-nascido.

Adam estava uma graça hoje de manhã, esfregando azeite, manteiga, sálvia e alecrim em todo o peru enquanto cantarolava baixinho. Passei um instante observando-o e senti uma onda de afeto, então me lembrei do que tinha lido no diário de Victoria. Isso é tudo encenação. O verdadeiro Adam é um homem raivoso, violento e possessivo.

Então saí correndo da casa sem nem me despedir.

Quando volto com a manteiga, ele está acabando de pôr o peru no forno. Endireita as costas e me dá um abraço e um beijo, que aceito com o corpo meio rígido. Mas ele nem parece reparar, de tão animado que está com o peru.

– O peru tá prontinho pra entrar no forno – comenta.

– Ótimo. – Ergo os olhos para seu rosto sorridente. – Ei... é... que pena que seus pais não podem vir.

Observo cuidadosamente a expressão dele.

– É, bom – diz ele. – Eles gostam de passar na casa do meu tio. Ele é uma daquelas pessoas extrovertidas que adoram receber visitas e sempre prepara um verdadeiro banquete. Assim minha mãe não precisa cozinhar.

Será que ele está mentindo? Minha vontade é confrontá-lo e perguntar se os pais dele morreram. Mas será que ele inventaria mesmo toda uma história sobre o que eles iam fazer no dia de Ação de Graças? Porque, se for isso, ele tem algum problema bem sério mesmo.

E aquele telefonema na noite do grande temporal? Se não era com a mãe, com quem estava falando?

Tentei encontrar o livro de Adam, *Tudo em família*. Estou curiosa para ver se é tão grotesco quanto Victoria descreveu. Só que não consegui encontrar nenhum exemplar dentro de casa. Cheguei a olhar no supermercado, mas também não encontrei. Pensei em ler no celular, mas acabei achando melhor não.

Preciso terminar esse relacionamento. Ou o que quer que seja isso rolando entre nós dois. Não posso mais fazer isso com Victoria. E não posso mais fazer isso comigo mesma. Não sei quem esse homem é. A única coisa positiva que posso dizer é que pelo visto ele não abusou fisicamente de Victoria.

Mas, se eu terminar com ele, será que ele vai me mandar embora? Eu não poderia de todo culpá-lo. E, nesse caso, o que vai ser de Victoria sem mim? Tenho certeza de que ela preferiria me ter por perto do que ter o marido cuidando dela o tempo todo.

Adam me abraça e me puxa para junto de si. Com o rosto enterrado no meu cabelo, sussurra:

– Sabe pelo que sou grato esse ano?

Faço que não com a cabeça.

– Sou grato por você. – Ele me aperta com mais força. – Não sei se alguma vez já te disse o quanto estava infeliz antes de você aparecer aqui. Minha vida era vazia. Quer dizer, eu tinha a minha escrita, mas nem nisso eu conseguia me concentrar.

– Desde o acidente da Victoria, você quer dizer?

Ele solta um longo suspiro e se afasta de mim.

– Tem uma coisa que eu preciso te contar.

Se ele me disser que os pais dele já morreram, eu me demito.

– A Victoria e eu, a gente não era feliz junto. – Ele esfrega as mãos no rosto. – Enfim, no começo, sim. No começo do nosso namoro. Mas, depois que a gente noivou, ela virou outra pessoa. E aí, depois que a gente se casou, a coisa piorou muito. Mas eu... eu não via como sair daquela situação...

Ele deixa o olhar se perder ao longe. Não sei do que ele está falando. Victoria descreveu em detalhes como ele foi horrível com ela. Será que ele não tinha noção nenhuma? Talvez por isso ela lhe parecesse diferente.

– Bom, levando em conta o quanto as coisas eram difíceis, que bom que você tá cuidando dela desse jeito – comento.

Ele solta outro suspiro.

– Pois é, é justamente essa a questão... – Ele brinca com o injetor de temperos do peru em cima da bancada. – Venho pensando bastante. Eu queria ajudar a Victoria, mas tá difícil demais. Acho que... depois do Natal, vou começar a entrar em contato com algumas casas de repouso aqui por perto. Vai ser melhor assim.

Ele deve ver a palidez no meu rosto, porque acrescenta depressa:

– Você pode continuar aqui, óbvio. Não vou te expulsar. Pode continuar trabalhando aqui, se quiser, ou arrumar outro emprego. Mas o quarto é seu pelo tempo que quiser. O seu... ou o meu.

– Eu... eu não sei – murmuro.

Fico muito enjoada, como se fosse vomitar. Ele estende a mão para tocar meu braço, mas eu me desvencilho. Não quero ficar perto dele no momento.

– Vou dar café da manhã pra Victoria – balbucio.

Ele baixa os olhos.

– Confia em mim, Sylvia. Vai ser melhor assim. Para todos os envolvidos.

Só que não confio nele. Nem um pouco.

TRINTA E OITO

DIÁRIO DE VICTORIA

12 de dezembro de 2017

Passei o dia inteiro hoje quase pulando de alegria porque a Carol e o namorado, Jeff, iam vir me visitar à noite. Ela disse que queria vir antes das festas.

Convencer as pessoas da cidade a virem até aqui não é tarefa fácil, mas, como o Jeff é motorista de Uber, para ele não é nada de mais. Quer dizer, fica longe com certeza, mas ele está acostumado a passar muitas horas ao volante. Enquanto isso, eu não consegui ir à cidade nem uma vez nos três meses desde que viemos morar aqui. Certa vez, sugeri isso a Adam, e ele ficou tão chateado que nunca mais toquei no assunto.

Comprei um vestido novo especialmente para a noite de hoje. Bom, na verdade, comprei porque meus vestidos antigos estão todos apertados. Finalmente subi na balança semana passada e descobri que tinha engordado 7 quilos desde que nos mudamos para cá. Queria me matricular numa academia, agora que esfriou demais para correr ao ar livre. Mas, como isso está fora de cogitação, meu plano é pedir a Adam algum tipo de aparelho de exercício. Quem sabe um elíptico. É um equipamento caro demais para eu comprar com a minha mesada.

Enfim, passei os últimos quinze dias juntando a minha mesada para poder comprar um vestidinho preto justo da Michael Kors, com uma fenda na coxa direita. Quando Adam me viu com ele, seu rosto se iluminou e eu concluí que tinha valido a pena o investimento. Parece impossível fazer meu marido feliz ultimamente, então, se um vestido consegue essa façanha, valeu cada centavo. Também coloquei o colar de floco de neve que Adam me comprou no começo do nosso namoro.

Só que, quando fui pendurar o colar no pescoço, senti uma súbita pontada de tristeza; minha vida havia mudado muito desde a noite em que Adam me dera aquele colar de presente. Parte da mudança foi para o bem, claro. Agora estamos casados. Morando juntos. Tentando ter um filho. Mas, por algum motivo, quando olho para trás e vejo minha vida antes, fico com vontade de chorar.

– Você tá incrível – disse ele, beijando meu pescoço. – Que sorte a minha.

Adam anda num humor espetacular essa semana. As coisas estão avançando superbem com seu livro novo. As provas vão sair muito em breve, e ele mal pode esperar para eu lê-las. Tem se mostrado muito gentil e generoso, além de incrivelmente afetuoso. E não apenas topou na hora a visita de Carol, como inclusive se ofereceu para preparar um jantar italiano completo. Apesar do corte com a faca que o obrigou a ir ao pronto-socorro, ele às vezes cozinhava para mim quando ainda morávamos na cidade; até que se virava bastante bem. Mas a verdade é que fiquei simplesmente feliz por Irina estar longe essa noite. Não conseguia suportar a ideia de Adam passar a noite inteira dando em cima dela na frente dos meus amigos.

Carol e Jeff chegaram com uma cara cansada por causa da viagem, ambos com o rosto vermelho de frio. Carol chegou trazendo uma torta alemã de maçã abraçada junto ao peito, comprada na minha padaria preferida em Manhattan. A visão do rosto conhecido dela quase me fez cair no choro outra vez. Atirei meus braços ao redor de Carol e passei um tempão abraçada com ela.

– Nossa, que saudade de vocês – falei.

Ela se afastou de mim e me olhou de cima a baixo. Seu rosto se iluminou.

– Então, pra quando é o bebê?

Senti como se meu rosto estivesse em chamas.

– Eu não tô grávida.

Carol pareceu querer rastejar para debaixo de um móvel.

– Ai, meu Deus, Vicky, desculpa! Por favor, não leva a mal. Você me falou que estava tentando, e eu só supus que…

– Ninguém poderia te culpar – interveio Adam. – Tudo que ela faz é ficar sentada comendo, então tá aí o resultado.

– Você tá ótima, Vicky – disse Carol depressa. – É que... por algum motivo achei que você já tivesse me dito que tava grávida. Só isso.

Bela emenda. Só que todos nós sabemos a verdade. Eu não estou ótima. Estou horrível.

Adam e Jeff se afastaram para ir assistir a uma partida qualquer na televisão enquanto levei Carol para conhecer a casa. Começamos pelo térreo e fomos subindo. Ela ficou extasiada com a casa todinha; deve ter me dito uma centena de vezes o quanto estava com inveja. Mas não acho que estivesse com *tanta* inveja assim. Ninguém que more em Manhattan tem vontade de morar na ponta de Long Island.

Por fim, concluímos o tour na suíte master. Carol balançou a cabeça enquanto passava os olhos pelo quarto amplo.

– Parece a casa dos sonhos – disse ela. – Dá pra entender por que você quis vir morar aqui.

Eu não quis vir morar aqui, claro. Adam comprou a casa sem me falar. E tive que abrir mão da minha vida inteira na cidade para estar aqui. Não se passou um dia sequer sem que eu tivesse desejado ter feito outra escolha.

– Que sorte a sua – comentou ela, com um suspiro. – Esta casa incrível. Casada com o Sr. Perfeito. E você tá grávida sim, aposto! Tá com aquele brilho especial.

– É... Ah, mas e como vai todo mundo lá no hospital? – Eu estava farta de falar de mim e do quanto ela achava minha vida incrível. – Alguma fofoca?

Isso bastou para Carol abrir a matraca. Ela me contou tudo sobre como uma das enfermeiras fora flagrada se pegando com um médico casado no quartinho de material. E uma das enfermeiras está esperando bebê. Ela falou, falou, mas, enquanto falava, eu me dei conta de que havia apenas uma pessoa sobre quem eu estava curiosa. E comecei a ficar frustrada por ela nunca mencionar o nome dele.

– E o Mack, como vai? – perguntei por fim, quando houve uma pequena pausa na conversa. Tentei fazer a pergunta parecer neutra.

Ela deu de ombros.

– Vai bem. Na mesma.

– Ah. Que bom.

Ela fez uma pausa, pensativa.

– Ele fica me perguntando sobre você.

Senti o coração pular dentro do peito.

– Ah, é?

– É. Tipo uma vez por semana. Sempre tenta fazer parecer casual. – Ela estreitou os olhos para mim. – Ei. Já rolou alguma coisa entre vocês dois?

– Não! – Eu não queria que houvesse nenhuma sugestão de algo entre mim e Mack. Até onde eu sabia, Adam poderia muito bem estar escutando atrás da porta. – A gente era só muito amigo. Só isso. Há séculos não tenho notícias dele. Perguntei só por curiosidade.

Ela sorriu para mim.

– Mas ele é bem gatinho, né?

– Pra quem gosta do tipo... – Consultei meu relógio de pulso. – Vamos lá ver como está a comida.

De volta ao térreo, Adam e Jeff estavam tomando cerveja, totalmente imersos numa partida de futebol americano. Estavam fazendo piada, e Adam exibia aquele seu lado encantador habitual que fazia todo mundo adorá-lo e as garçonetes lhe darem o número de telefone. Sr. Perfeito: esse é o meu marido.

Carol se sentou no sofá enquanto eu ia dar uma olhada na comida na cozinha. Pelo visto, Adam tinha meio que esquecido o jantar ao ficar entretido com o jogo. O molho de tomate que ele estava preparando parecia ter secado além do ponto, quase queimado, e ele nem havia posto a massa para cozinhar ainda. Eu sabia que deveria voltar à sala e avisar que o molho estava prestes a estragar, mas sabia também que, se dissesse isso, ele ficaria bravo comigo. Eu *não* queria brigar na frente de Carol e Jeff.

Por fim, decidi que o melhor a fazer seria pelo menos começar a providenciar a massa. Assim eu estaria ajudando. Além do mais, não queria jantar muito tarde, já que Carol e Jeff tinham pela frente um longo caminho de volta até a cidade. Fervi a água e coloquei o espaguete na panela. Quando estava programando o timer, Adam entrou na cozinha.

– O que você tá fazendo? – perguntou ele.

– Coloquei o macarrão pra cozinhar pra você.

Qualquer vestígio de sorriso desapareceu de seu rosto.

– E quem te deu permissão pra fazer isso?

– Não tem nada de mais. É só macarrão.

– Certo. Mas quem está fazendo o jantar sou *eu*. – Ele ergueu as sobrancelhas para mim. – Quando a gente tá num restaurante, você entra na cozinha e começa a mexer no fogão?

Torci as mãos. Estava claro que minhas tentativas de evitar uma briga não foram bem-sucedidas.

– Não...

– Primeiro você me obriga a receber os chatos dos seus amigos... depois, me constrange com a sua aparência... – Ele foi enumerando nos dedos as ofensas que me fazia. – Aí, tenta estragar o jantar que eu passei a noite inteira preparando... – Ele balançou a cabeça. – Nem sei por que eu te aguento. Você tem sorte de eu ser um cara legal.

– Olha. – Mordo o lábio. – Tudo que eu fiz foi ferver um macarrão. Achei que isso fosse te ajudar.

– Entendi. Então você acha que eu não teria dado conta do jantar sem a sua ajuda? – Ele bufou. – Bom, se é isso que você acha, que tal a gente fazer o seguinte: por que você não termina de preparar sozinha a porra do jantar todo?

E ele então pegou no escorredor um dos pratos de cerâmica e o arremessou na parede, onde o prato se espatifou em um milhão de cacos.

Ele se virou e saiu da cozinha, derrubando o pacote de espaguete ao passar. Como a caixa ainda estava pela metade, o chão ficou todo coberto de macarrão, numa bagunça fenomenal. Ou Adam nem reparou, ou então nem se importou. Enfim, ele não parou. Eu me abaixei para catar a massa e fiz uma careta quando a casa inteira se sacudiu com a porta da frente batendo.

Carol entrou correndo, e inventei uma desculpa; disse que tinha deixado um prato cair e quebrar... que desastrada, eu. Só torci para ela não reparar na marca no gesso da parede. Quanto a Adam, falei que ele tinha precisado sair para buscar alguns ingredientes de última hora. Ela pareceu acreditar e me ajudou a limpar a bagunça no chão da cozinha.

Uma hora mais tarde, Adam ainda não tinha voltado, claro. Fingi que ele me ligou avisando que o carro tinha quebrado. Pelo menos conseguimos salvar parte do jantar e comemos a tal torta de maçã de sobremesa.

De tão nervosa, acabei comendo uns três pedaços. Carol não parava de me dizer que não tinha importância, mas mesmo assim me senti humilhada com a situação toda. Não conseguia acreditar que ele tinha me deixado sozinha por causa de algo tão ridículo e banal. A pior parte é que isso nem me surpreende.

E agora é meia-noite. Ele ainda não voltou.

Meu marido tem o pavio curto. Preciso aceitar isso. Eu sabia que começar a preparar o espaguete o deixaria bravo. Não deveria ter feito isso. Eu sabia! Qual é o problema comigo??? A esta altura, já tenho uma boa ideia do que o deixa com raiva, então tudo que preciso fazer é tomar cuidado para não fazer essas coisas.

Cadê ele? É meia-noite, pelo amor de Deus!

Vou descer e comer mais um pedaço daquela torta de maçã.

TRINTA E NOVE

Victoria está usando um vestido esvoaçante com uma estampa florida que encontrei no armário dela. Roupas justas estão fora de cogitação por causa da sonda, e não teriam caído bem por causa do jeito dela de se afundar na cadeira. Tenho a sensação de que esse vestido antes ficava mais justinho nela, mas agora a roupa ficou folgada no seu corpo ossudo.

Também passei algum tempo arrumando o cabelo dela. Penteei e tornei a passar o óleo de tratamento, e os fios estão sedosos e brilhantes. Pensei em tentar prendê-lo, mas acho que ela fica mais bonita com ele solto.

Agora estou ocupada com a maquiagem. Passei uma camada de batom rosa nos lábios tortos, e agora estou fazendo o melhor que posso para cobrir a cicatriz na bochecha esquerda. Não acho que tenha algum jeito de escondê-la por completo, mas está bem melhor do que quando comecei.

Apesar de estar me deixando maquiá-la, Victoria não parece nem um pouco empolgada. Não posso culpá-la. Por mais que eu fique tagarelando sobre como vai ser divertido, tampouco estou ansiosa por esse jantar.

Meio que queria ir embora de fininho e deixar Victoria e Adam comemorarem o dia de Ação de Graças sozinhos, como o casal que são. Mas, quanto mais leio o diário, mais sinto que não é isso que ela quer. Victoria não quer ficar sozinha com ele. E também não quero que ela fique sozinha com ele.

– Aí está. – Passo mais um pouquinho de corretivo. Usei metade do tubo, e a cicatriz continua bem visível. – Prontinho.

Victoria só me encara.

– Está linda. – Pego o espelho que encontrei no banheiro e o ergo em frente ao rosto dela. – Dá só uma olhada.

Victoria relanceia os olhos por um breve instante para o espelho, em seguida torna a desviá-los. Ela nunca parece muito feliz quando lhe mostro um espelho. Ou vira a cara, ou então franze o cenho para o próprio reflexo. Às vezes, toca a cicatriz. Queria que Adam tivesse pagado uma plástica para ela. Sei que ele acha que ela não repara, mas está enganado.

– É que… – Mordo o lábio. – Eu queria que você soubesse que não vou mais… enfim, o Adam é seu marido, não meu. Hoje à noite vou dizer pra ele que não vou mais…

Pela primeira vez desde que entrei no quarto, os olhos de Victoria exibem uma centelha de interesse.

– Não tá certo – digo. – Foi um erro, me desculpa. Vou falar com ele hoje.

– Toma… – Ela está tão concentrada no que quer dizer que um pouco de saliva escorre pelo lado direito da boca, borrando o batom. – Toma… cui…

Dessa vez, entendo exatamente o que ela está tentando dizer. *Toma cuidado.*

Deixo Victoria sozinha para tentar encontrar um esmalte no banheiro. É a última coisa de que preciso para completar seu visual para a noite. Quero que ela fique bem linda hoje. Como era antigamente, até onde for possível. É importante para mim.

Maggie deve ter mudado o esmalte de lugar durante a faxina. Procuro no lugar de costume no armário do banheiro, mas não está mais lá. Vasculho as outras prateleiras para tentar encontrar a bolsinha com os esmaltes de várias cores. Acho mais maquiagem, mas esmalte não. No entanto, uma coisa que encontro me deixa espantada.

É uma sacola preta de remédios.

Nunca tive certeza de onde Adam guardava os remédios de Victoria. Ele parece simplesmente estar com eles sempre prontos para dá-los a ela. Tiro um frasco da sacola de plástico e leio a data da receita mais recente.

Os remédios foram prescritos menos de um mês atrás. Não são remédios antigos. São os remédios que ele está dando para ela agora.

Leio o nome do remédio no frasco: quetiapina.

Adam disse que Victoria só tomava remédios para evitar que tivesse convulsões. Num rompante, pego meu celular no bolso da calça jeans e digito o nome do remédio no campo de pesquisa. A página da Wikipedia referente a "quetiapina" aparece e clico no link.

Quetiapina não é um anticonvulsivo. Segundo a página da Wikipedia, é um antipsicótico usado para tratar esquizofrenia e transtorno bipolar. É usado também como sonífero devido a seu efeito altamente sedativo.

Há outros frascos na sacola. O nome do remédio no frasco seguinte eu reconheço. Valium. O mesmo que minha mãe às vezes tomava quando estava com crise de ansiedade. Depois de tomar, ela com frequência ficava bem grogue e ia direto para a cama.

Por que Adam está dando a Victoria um monte de remédios para fazê-la apagar?

Ouço passos do lado de fora, e enfio rapidamente o saco preto de volta no armário do banheiro. Um segundo depois de eu guardá-lo, Adam aparece na porta. Está usando uma camisa verde de botão que realça a cor de seus olhos e que o deixa bonito de doer.

– A Victoria tá pronta? O peru já vai sair do forno.

Eu me endireito e assinto.

– Eu ia pintar as unhas dela, mas talvez deixe pra depois. Não quero que ela fique com os dedos cheirando a esmalte durante o jantar.

– Tudo bem. – Ele ajeita a gola da camisa. – Só não esquece de cortar as unhas dela. Não quero ser arranhado quando for dar a medicação.

Pego o cortador de unhas na prateleira ao lado da pia e o ergo.

– Tá. Deixa comigo.

– Incrível. Sylvia, você é demais.

Assim que ele sai do quarto, devolvo o cortador à prateleira.

QUARENTA

Nosso banquete de Ação de Graças está quase pronto.

Eu me troquei e vesti uma roupa um pouco mais elegante do que a calça jeans e o casaco de moletom, mas não muito. Não trouxe nenhuma roupa chique, e não vou começar a fuçar o armário de Victoria, mesmo Adam tendo me garantido que tudo bem. Além do mais, não quero ofuscar Victoria. Esta é a casa dela, e ela merece ser a pessoa mais bem-vestida aqui.

A única coisa que falta é descer com Victoria para o banquete. Só que, quando subo, fica parecendo que essa parte não vai ser tão fácil assim.

Adam está tentando tirar Victoria da cadeira como faz quando vai descer com ela para eu levá-la para passear. Só que ela está resistindo com todas as forças. Empurrando ele para longe e gritando:

– Não! NÃO!

Fico impressionada com a eficiência que ela está demonstrando para resistir, usando seu único braço bom, que nem parece funcionar tão bem assim. Consegue até incluir a perna esquerda na jogada. Por fim, acerta um chute em cheio na canela de Adam, e ele dá um passo para trás e resmunga um palavrão baixinho. O rosto dele está todo cor-de-rosa bem vivo.

– Pelo amor de Deus, Vicky! – Ele esfrega a canela. – Tem um jantar inteiro lá embaixo. Você não quer saborear a comida com a gente?

– Não. – Ela me lança um olhar cheio de significado. – Não. *Não.*

Adam olha para mim.

– Ela me chutou com força mesmo. Não sei o que fazer.

– Não – repete Victoria. – Não. Eu... *não*.

– Acho que está bem claro que ela não quer descer – digo.

Ele cerra os dentes.

– Ela não sabe o que quer.

– Acho que sabe, sim.

Ele estreita os olhos para Victoria.

– Tudo bem. Se não quiser vir, fica aqui em cima então. Mas a gente não vai te trazer comida. Você vai direto pra cama.

Detesto o jeito como ele está falando com ela, como se ela fosse uma criança. Quero me oferecer para levar comida para ela mais tarde e ajudá-la a comer, mas Adam parece fazer questão disso, e está decidido. Então me manda descer enquanto põe Victoria na cama, usa a sonda para alimentá-la um pouco e lhe dá os remédios. Em geral, ele demora uma hora nessa rotina antes de dormir, mas em meia hora desce. Fico pensando que parte terá pulado.

Enquanto isso, servi toda a comida e arrumei nossos lugares na mesa. Quando ele a percorre com os olhos, sinto uma fisgada de nervosismo. Lembro como ele explodiu naquela noite em que Victoria começou a preparar o espaguete. Será que vai explodir comigo por ter servido a comida? Ele já está de mau humor por ela ter se recusado a descer. Por isso, me preparo para o que está por vir.

– Ei – diz ele. – Você serviu a comida toda.

Dou um passo para trás.

– É...

Um sorriso aparece em seus lábios.

– Que ótimo. Assim a gente pode comer agora mesmo.

Solto o ar; não houve explosão nenhuma. É claro que Adam nunca gritou comigo por nada. Se eu não estivesse lendo o diário de Victoria, acharia Adam o cara mais afável que já conheci. Acho que nunca se sabe o que está à espreita abaixo da superfície. E tenho medo de como ele vai reagir quando eu lhe disser que não podemos mais ficar juntos.

Mas preciso falar. Não posso continuar assim por mais tempo.

Espero estarmos os dois saciados de peru, recheio, purê de batata e vagem. E vinho. Bastante vinho. Foi um jantar agradável. No começo, Adam parecia um pouco mal-humorado por causa da história com Victoria, mas depois se acalmou e tivemos uma conversa bacana. Foi uma noite ótima. Mas não consegui parar de pensar em Victoria lá em cima na cama.

– Foi muito divertido – diz Adam para mim ao se recostar na cadeira, saciado e satisfeito.

Ele pousa casualmente a mão por cima da minha.

– É. – Retiro a mão de baixo da dele o mais sutilmente possível. – Foi... legal.

Tá, não vai dar para esperar nem mais um minuto. Preciso falar. É errado não fazer isso.

– Adam, escuta – digo. – Tem uma coisa que preciso te falar.

Ele passa alguns segundos calado, observando meu rosto.

– Eu sei.

– Sabe?

– Sylvia, eu sou louco por você. – Ele esfrega a barba por fazer que lhe cobre o queixo. – Mas não sou totalmente tapado. Sei que você não sente a mesma coisa.

– Não é bem que eu não sinta a mesma coisa, mas...

– É a Victoria – diz ele, sem que eu precise falar. – Eu sei. Ficou uma situação esquisita. Eu não deveria ter te colocado nessa posição. – Ele balança a cabeça. – Em minha defesa, não teria feito isso se não estivesse sentindo uma solidão tão desgraçada.

Ele não está bravo. Não está gritando comigo nem explodindo. Está fazendo eu me sentir arrependida por estar terminando tudo. Sei que ele tem se sentido muito só. E sei que nosso breve relacionamento o deixou feliz.

– Sem mágoas. – Ele estende a mão para eu poder apertá-la. – Amigos?

Estendo a mão para apertar a dele. Sinto-a quente dentro da minha, firme. Será que estou cometendo um erro? Vai ver Adam mudou desde o cara que explodia com Victoria a troco de nada. Ele não parece nem um pouco assim agora.

Mas, seja como for, essa é a coisa certa a fazer. Não posso continuar com ele. Ele é *casado* com Victoria.

Adam e eu tiramos a mesa em silêncio. Guardo as sobras na geladeira, em seguida volto para pegar os copos que usamos. No caminho para a cozinha, meus olhos são atraídos pela depressão na parede. Aquela que Adam alegou ter sido causada ao mover a geladeira.

Victoria escreveu no diário que ele arremessou um prato, que se espatifou na parede e deixou a marca.

Fico encarando a imperfeição no gesso. Será que foi causada pela geladeira ou por um prato? Não tenho como saber.

Não sei se algum dia vou descobrir o que aconteceu nesta casa.

QUARENTA E UM

Depois de Adam ir se deitar, desço de fininho até a cozinha. Espio dentro da geladeira e descubro todos os restos de comida ainda lá dentro. Passo um tempo observando as coisas e acabo pegando a torta de maçã.

A torta é uma das únicas coisas que não foram feitas em casa. Adam a comprou ontem no supermercado. Pego uma faca e corto uma pequena fatia. Então a jogo no processador de alimentos e aperto o botão de triturar.

Quando a torta atinge a consistência certa, despejo-a dentro de uma pequena tigela. Então subo a escada sem fazer barulho até o quarto de Victoria.

Só porque ela se recusou a descer para nosso constrangedor jantar de Ação de Graças, não significa que não tenha o direito de comer hoje à noite. Tenho certeza de que Adam lhe deu alguma coisa na sonda, mas ela ao menos deveria ter o direito de provar algo do nosso gigantesco banquete. Quer dizer, se estiver acordada.

Abro a porta sem bater. À fraca luz do luar, consigo vê-la deitada na cama, de olhos fechados. Está dormindo. Vou na ponta dos pés até a luminária ao lado da cama e acendo. As pálpebras de Victoria estremecem antes de se abrir.

– Sou eu, Sylvie – digo. – Eu te trouxe um pouco de torta.

Baixo os olhos para a tigela que tenho nas mãos. A torta parecia bem mais apetitosa antes de ser triturada até virar uma maçaroca. Queria que ela pudesse prová-la inteira, mas Adam disse que ela iria engasgar.

– Você quer comer um pouco? – pergunto.

Ela baixa os olhos para a tigela que estou segurando. Passa tanto tempo calada que quase tenho medo de estar voltando a pegar no sono de olhos abertos. Mas então ela fala.

– Você…?

– Sim, eu falei com ele – digo depressa. – Foi tudo bem. Ele foi… legal. Ele tem sido muito legal comigo.

Victoria faz um ruído que nunca escutei antes, algo entre uma risada e um muxoxo, mas não está sorrindo. Ela quase nunca sorri.

– Enfim. – Forço um sorriso. – Vai querer torta?

– Sylvie – diz ela.

Pego um pouquinho de torta com a colher.

– Eu…?

– Pega a… – Ela faz uma pausa para engolir a saliva. – A arma dele. Pega.

Como é que é?

– Victoria – digo baixinho. – Não posso…

– Pega. – Ela me encara em cheio. Nunca vi uma mulher menos interessada em comer torta. – Se… senão…

Baixo a colher.

– Desculpa… não dá…

Antes de ela poder dizer qualquer outra coisa, pego a tigela de torta triturada e volto para meu quarto. Fico encolhida debaixo das cobertas e como eu mesma a torta. Na verdade, não está nem um pouco ruim.

QUARENTA E DOIS

DIÁRIO DE VICTORIA

20 de dezembro de 2017

Não sei nem o que pensar em relação ao que aconteceu hoje.

Estava sentada no sofá vendo televisão quando Adam chegou em casa. Ele me lançou um olhar péssimo ao me ver sentada sem fazer nada, mas o que mais eu poderia fazer? Como Irina prepara toda a comida e Maggie faz toda a faxina, o que sobra para mim? Algumas semanas atrás, fiz uma entrevista para um emprego que ficava a mais de uma hora de carro com trânsito, daí eles nunca voltaram a me procurar. Tentei sair para correr alguns dias atrás e quase escorreguei num trecho de chão congelado. Está sendo um inverno especialmente nevado e frio, e o chão está simplesmente escorregadio demais para correr seja lá onde for.

Sugeri para Adam que eu poderia fazer algum curso. Há algumas aulas noturnas na escola de ensino médio aqui perto. Mas ele ficou insistindo que eu só queria fazer um curso para conhecer homens, então não me deixou usar o cartão.

Então meus dias são preenchidos por programas de perguntas e respostas de manhã e maratonas de séries na Netflix à tarde. E muitos lanchinhos, que tento esconder de Adam. Infelizmente, quando ele entrou eu estava com três chips de creme azedo e cebola na boca de uma vez só, e ele me olhou bem feio. Ele não gosta que eu lanche entre as refeições. Também sabia que ele não aprovava o que eu estava usando, meu moletom confortável.

Achei que ele fosse passar o dia inteiro fora, senão teria posto outra roupa. Sempre me certifico de estar usando algo bonito quando ele chega em casa.

– Quer dizer que você largou mão de si mesma – disse ele. – É isso?

Limpei as migalhas de chips do casaco e me sentei mais ereta.

– Não...

Ele balançou a cabeça, enojado.

– Vai se trocar.

Como eu sabia que essa era uma conversa com potencial para azedar depressa, subi para nosso quarto sem discutir. Além do mais, ele tinha razão. Eu estava horrível. Meu conjunto de moletom nem estava limpo: a parte de cima exibia uma mancha bem grande. Constrangedor. Mas como eu estava só de bobeira em casa, achei que não tivesse importância.

Revirei minhas roupas na tentativa de achar algo que ele fosse considerar aceitável. Peguei uma calça jeans de marca que comprei uns dois meses atrás, quando meu jeans antigo ficou pequeno mesmo deixando o primeiro botão aberto. Comprei umas duas calças dois tamanhos acima das minhas antigas.

Só que, ao vestir essa calça nova, vi que estava apertada demais e não fechava. A única calça que cabia em mim era a de moletom.

Eu estava ferrada. Se tornasse a descer de moletom, a briga seria feia. Eu precisava dar um jeito... e rápido.

Então fiquei com a calça jeans e vesti uma das minhas blusas mais compridas para esconder o botão aberto. Não sabia nem como conseguiria me sentar com aquela calça atochada.

O que me lembra: vou ter que economizar outra vez para comprar umas roupas novas. Não tem como pedir dinheiro a ele para comprar calças novas porque não consigo mais entrar nas minhas antigas. Essa é uma discussão que não quero ter.

Enfim, quando tornei a descer, Adam estava remexendo numa pequena pasta preta que estava carregando ao entrar em casa. Tinha pousado a pasta sobre a mesa da cozinha e estava agora espiando lá dentro.

– É a prova do seu livro? – perguntei.

Ainda não consegui ver o livro novo; não sei nem qual é o título.

Ele balançou a cabeça.

– Não. É um revólver.

– Um... *o quê?*

Existem dois tipos de pessoa no mundo. Aquelas que se sentem à vontade com armas de fogo e aquelas que olham para uma arma e são tomadas por um medo absoluto, paralisante. Adivinhem de que tipo eu sou.

Ele abriu a pasta, e pude ver um revólver aninhado na espuma. Dei um passo para trás por instinto. Nunca havia chegado tão perto de uma arma. E, para ser sincera, não tinha interesse algum em ficar tão perto assim de uma. Teria passado a vida inteira perfeitamente feliz sem nunca estar no mesmo recinto que uma.

– Por que você comprou um *revólver*? – perguntei, quase gritando.

– Vicky. – Ele ergueu os olhos verdes e me encarou. – A gente tá no meio do nada. Completamente isolados. Se alguém invadir esta casa, vamos ficar à mercê. Precisamos disso pra nos proteger.

Abracei o corpo com os dois braços.

– Você ao menos sabe usar?

Ele riu e tirou a arma do estojo. Dei um passo para trás.

– É claro que sei. Meu pai me levava a um estande pra treinar tiro quando eu era adolescente. Todo mundo deveria saber disparar uma arma. Está na segunda emenda da Constituição.

– Não quero nem tocar nesse negócio.

Ele revirou os olhos.

– Não fico aqui o tempo todo, sabia? Você deveria saber usar.

– Prefiro não.

Ele segurou o revólver com a mão direita e o apontou na direção da parede.

– Bom, e se um cara estranho entrar em casa quando eu não estiver?

Só balancei a cabeça.

– Você provavelmente iria gostar. – Ele virou a arma para mim. Encarei o cano e senti um peso na barriga. – Provavelmente iria achar ele atraente e dar pra ele.

Minha boca estava quase seca demais para formular qualquer palavra.

– Por favor, não aponta esse negócio pra mim.

– Não tá carregado. – Mas ele baixou o revólver. Graças aos céus. – Anda. Pelo menos deixa eu te mostrar como se usa. A gente não precisa ir num estande de tiro nem nada do tipo.

Eu detestava a ideia de ter uma arma em casa. Mas, ao mesmo tempo, ele tinha alguma razão. Nós estávamos no meio do nada. Se alguém invadisse a casa, poderia fazer o que quisesse conosco e estaríamos vulneráveis. Uma arma talvez igualasse as chances.

– Tudo bem – falei. – *Uma* aula.

Então Adam me mostrou como carregar o cartucho com balas. O revólver era mais pesado do que eu imaginava quando o segurei. Aquilo tudo me pareceu muito surreal. Ele acionou a trava de segurança, então meneou a cabeça em direção à porta da frente.

– Pega seu casaco. Vou te mostrar como se atira.

– A gente vai atirar com o revólver?

Ele revirou os olhos.

– De que adianta ter uma arma se não pode atirar com ela?

Não tenho qualquer intenção de algum dia disparar esse revólver. Nunca mesmo. Talvez possa ameaçar alguém com ele. Poderia balançar o revólver de um jeito ameaçador. Mas, na hora H, acho que jamais conseguiria puxar o gatilho. Mas é claro que, quando Adam encasqueta com uma coisa, é muito difícil dissuadi-lo. Então peguei meu casaco e o segui até lá fora.

Ontem nevou, e a maior parte da neve ainda não tinha sido retirada. Todo o nosso gigantesco quintal da frente era um leito branco. Eu estava de botas, mas elas afundaram tanto na neve que fiquei com os pés encharcados na hora. Precisava desesperadamente de um novo par de botas, mas não tinha economizado dinheiro suficiente para comprar um decente. Além disso, fui burra e tinha esquecido as luvas dentro de casa.

Adam apontou para uma árvore no nosso gramado imenso, bem ao lado do barracão onde guardávamos os apetrechos de jardim. (Meus sonhos de um lugar só meu nunca se realizaram.). A árvore ficava a uns 6 metros de distância.

– Vou te pedir pra mirar naquela árvore.

Ele me explicou o que eu tinha que fazer. Segurar o revólver com a mão direita e o indicador na lateral do cilindro. Então, envolver a frente da coronha com os outros dedos. Encolher o polegar como se estivesse fechando o punho. Aí, pegar a mão esquerda e a fechar por cima da frente da direita. No final da aula, meus dedos estavam vermelhíssimos por causa do frio.

Adam demonstrou ele próprio a pegada, para eu observar alguém que soubesse o que estava fazendo. Ele estava usando suas luvas de couro quentinhas e gostosas, claro. Apontou o revólver para a árvore.

– Você precisa apertar o revólver com o máximo de força de que for capaz sem fazer o cano tremer – explicou ele. – Aí, tem que deixar na altura dos olhos quando for mirar no alvo.

Sem qualquer aviso, ele pressionou o gatilho.

Eu sempre soube que armas faziam barulho. Mas não estava preparada para a altura aterrorizante do som quando aquele revólver disparou. Soltei um grito e pulei mais de meio metro para trás, o que Adam achou hilário. Meus ouvidos apitavam. Consegui ver o tronco machucado da árvore e entendi que ele havia acertado o alvo.

– Sua vez agora – disse ele.

Ele me passou o revólver. Tentei o quanto pude segurá-lo do jeito que ele havia me mostrado, mas minhas mãos estavam tremendo demais. Meus dedos estavam completamente dormentes. Ele riu do jeito como eu tremia e me envolveu nos braços para ajudar a firmar minha pegada. Não adiantou.

– Aperta o gatilho – disse ele. – Lembra: pressão regular e firme.

Eu sabia que ele não ia sossegar enquanto eu não disparasse a porcaria do revólver. Então apontei para a árvore com as mãos trêmulas e apertei o gatilho.

O barulho foi mais alto ainda quando fui eu que atirei. Senti o coice no ombro direito, seguido por uma pontada de dor.

– Você errou a árvore – disse Adam com um sorrisinho superior. – Acho que a bala acertou o barracão.

– Não me diga – murmurei.

Meus ouvidos continuavam apitando.

Voltamos para dentro de casa, e Adam me mostrou onde ia guardar a arma: bem no alto do closet do nosso quarto. Então, resumindo, agora vou dormir com um revólver a 2 metros da minha cabeça. Fiz ele jurar de pés juntos que vamos mantê-lo sempre descarregado e só vamos tocar nele se tivermos certeza de que algum intruso invadiu a casa.

Por mais que eu deteste o fato de ter uma arma em casa, suponho que ele tenha de fato um bom argumento. Estamos no meio do nada. Se eu ligar para a polícia, em quanto tempo será que eles conseguem chegar? Talvez não seja uma ideia tão ruim assim ter uma arma para nossa proteção.

Enfim, não que adiante eu falar qualquer coisa sobre o assunto.

QUARENTA E TRÊS

Se alguma vez houve um momento para pegar a arma no closet de Adam, teria sido quando nós dois estávamos dormindo juntos. Agora que não estamos mais, não tenho desculpa nenhuma para estar no quarto, revirando as coisas dele. A oportunidade passou.

Não que eu tenha qualquer intenção de vasculhar o quarto dele em busca do tal revólver. Não importa quantas vezes Victoria me diga que eu deveria fazer isso.

Fico sem conseguir dormir depois de ler o registro do diário dela. É muito difícil ler sobre o que aconteceu. Antes de começar a ler, eu achava que ela fosse feliz até o instante em que caiu da escada. Agora sei que não. E a cada registro as coisas só parecem piorar.

Tenho medo de ler o que mais ele fez com ela.

Talvez na verdade ela não tenha caído da escada. Talvez ele a tenha empurrado.

Levanto da cama cedo. Como está cedo demais para Victoria estar acordada, desço e visto meu casacão. É tão cedo que esbarro com Eva chegando. Ela me lança um olhar como se eu fosse a escória da humanidade. E talvez eu seja mesmo.

– Aonde você vai? – Ela estreita os olhos para mim. – Vai embora?

– Não, eu... – Preciso apenas sair da casa por alguns minutos. – Volto já.

Quando saio, o ar frio me atinge como se fosse um tapa na cara. Se chovesse, a chuva se transformaria em neve. Maggie me avisou que a primeira nevasca não vai tardar. Estou apreensiva com isso.

Enterro as mãos mais fundo nos bolsos do casaco e começo a percorrer todo o caminho que circunda a casa. Pelo menos todas as folhas foram retiradas. Adam nunca chegou a contratar ninguém para ajudar no jardim e acabou fazendo ele próprio o trabalho. Eu o vi sair com um ancinho não faz tanto tempo assim. Ainda restam alguns galhos que ameaçam me fazer tropeçar, mas não está mais tão ruim quanto antes. Paro ao chegar à árvore que Victoria me mostrou no outro dia. Chego mais perto e fico encarando a rachadura na madeira onde a bala a penetrou.

Isso é o que Victoria descreveu no diário. Adam deu um tiro nessa árvore.

Então olho para o barracão ao lado. Vou me aproximando, mas, a uns metros de distância, já consigo ver o padrão conhecido de madeira partida no barracão também. Uma bala também atingiu esse barracão. Foi a que Victoria disparou quando estava tentando acertar a árvore e errou.

Isso aconteceu. Exatamente como ela descreveu.

Exatamente como também encontrei a marca na parede da cozinha.

Tenho medo do que mais vou ler no diário. Não quero continuar a leitura.

Mas preciso.

QUARENTA E QUATRO

DIÁRIO DE VICTORIA

28 de dezembro de 2017

Hoje, enquanto Adam estava trabalhando no sótão, Peter apareceu com as provas do livro novo.

Eu estava muito animada. Adorei os dois outros livros de Adam, que chegaram ao primeiro lugar da lista de mais vendidos do *The New York Times*. Segundo Peter, esse é ainda melhor do que os outros dois. Ele vive dizendo que vai ser o maior livro do ano.

Estou morrendo de vontade de ler.

– Trouxe o livro? – Foi a primeira coisa que perguntei a Peter ao abrir a porta.

Ele riu.

– Tem alguém ansiosa aí?

Eu também ri, mas era verdade. Quando Adam me disse que as provas iam ficar prontas essa semana, isso passou a ser a minha obsessão. Nem me irritei com o fato de Irina ficar saltitando pela nossa cozinha de regata cavada e shortinho, cantarolando baixinho. Quem é que se veste assim no meio do inverno?

Chamei Adam lá em cima, falando para ele descer. Ele tinha me avisado que Peter viria hoje e dado a entender que era melhor eu me vestir direito. Chegou a me adiantar a mesada da semana. Então, ontem comprei uma roupa nova. Comprei tudo um tamanho maior do que precisava. De um ponto de vista otimista, estava torcendo para perder um pouco de peso, mas, de um ponto de vista realista, não via como isso poderia acontecer antes da primavera.

Pude praticamente ouvir o rufar de tambores quando Peter tirou da mala o volume grosso de capa dura. As letras maiúsculas e brancas na capa me saltaram aos olhos na mesma hora:

A SEDUTORA.

A sedutora? Que história era essa?

Embora soubesse que Adam ficaria bravo se eu olhasse o livro antes de ele descer, arranquei-o das mãos de Peter. Abaixo das letras maiúsculas grandes na capa havia a fotografia de uma mulher. Uma mulher loira. Com o cabelo exatamente do mesmo tom e com o mesmo corte que o meu. A semelhança era inconfundível. E então vinha a frase de capa:

Ela traiu a confiança dele. Agora, vai pagar por isso.

Minhas mãos tremiam. Quase rasguei a capa ao abri-la para ler o texto de orelha com a descrição do livro. *A sedutora.* Uma esposa que trai o marido várias vezes. E depois? Depois ele *se vinga.*

Que porcaria é essa?

Adam desceu a escada, igualmente bem-vestido com uma calça bege e camisa de botão. Ele ficava lindo de morrer quando se arrumava. Continuava tão atraente quanto no dia em que o conheci. Ao passo que eu parecia outra pessoa. Tinha medo até de me olhar no espelho ultimamente, pois mal conseguia me reconhecer.

– O livro! – Ele inclinou a cabeça de lado ao me ver segurando a prova. – Vicky. Achei que você tivesse prometido que ia me esperar.

Eu estava abalada demais até para ficar na defensiva. Ainda estava tentando dar sentido a tudo aquilo. Meu marido havia escrito um livro sobre um homem traído pela esposa. E aí ele se vinga dela.

Isso não faz com que eu me sinta bem.

– Você escreveu sobre mim – falei, com a voz trêmula. – Esse livro é sobre *mim*, não é?

Ele baixou os olhos para a capa do livro. Arrancou-o das minhas mãos.

– Do que você está falando?

– É óbvio que esse livro é sobre mim! – Quase gritei. – Olha só a capa! Sou eu!

– Não foi o Adam quem fez a capa – disse Peter.

É claro que ele iria defender seu autor.

– Exato – disse Adam. – Estou vendo a capa pela primeira vez.

– Ah... que nada!

Lamentei o fato de meus pais terem instilado em mim tamanho desapreço por falar palavrão. Porque, naquele momento, eu queria muito dizer um palavrão para ele.

Os lábios de Adam formaram uma linha reta.

– Victoria, a gente não vai ter essa conversa agora.

Peter abriu um sorriso desconfortável.

– Na verdade, acho que talvez eu já esteja de saída. Adam, me liga quando conseguir ler.

Por mais que eu não quisesse brigar na frente de Peter, tive uma sensação ruim depois que ele se foi. Adam escreveu um livro sobre mim. Sobre como eu era uma esposa infiel que o traíra várias vezes. Era assim que ele me via.

Ele escreveu aquele livro sobre a família. E agora eles estão mortos.

Será que isso quer dizer que ele vai me matar?

Agora que Peter tinha ido embora, Adam trancou a porta. Virou-se para mim.

– Victoria, você precisa se acalmar.

Apontei para o livro.

– É isso mesmo que você pensa de mim?

– Não, claro que não! – Ele balançou a cabeça. – Isso aqui é ficção. Fruto da minha imaginação. Se você ler, vai ver que não tem nada a ver com você.

– Bom, então deixa eu ler.

Ele hesitou alguns instantes, então assentiu.

– Tudo bem. Pode ler. – Comecei a estender a mão para o livro, mas ele então o puxou para longe. – Mas primeiro deixa eu mostrar pra Irina. Ela vai ficar muito empolgada.

Respirei fundo.

– Sério? Você precisa mostrar pra nossa *cozinheira* antes de deixar sua esposa olhar?

O olhar dele ficou sombrio.

– O que é que você tem contra a Irina? Você precisa deixar de ser tão ciumenta. Que loucura, isso. Ela é uma boa moça.

Quis gritar com ele outra vez, mas de nada iria adiantar. Adam não iria parar de dar em cima de Irina. Então o deixei ir até a cozinha mostrar o livro a ela. Vi Irina lhe dar um abraço animado. *Como você é maravilhoso, Adam!*

É isso que Adam adora. Ele quer que todo mundo diga o quanto ele é incrível. Como não ouve isso de mim o suficiente, precisa recorrer a Irina.

Consegui enfim colocar as mãos em um exemplar do livro. E como não tinha nada melhor para fazer hoje, fiquei lendo sem parar no quarto. Acabei tem cinco minutos.

É a coisa mais pavorosa que já li na vida.

O que significa que é brilhante. Personagens tão reais que simplesmente saltam das páginas. A trama é tão completa e inteligente que toda vez que pensava que tinha desvendado a charada, vinha outra reviravolta. E a personagem da esposa, Nicki, bom, ela é o retrato de uma vagabunda interesseira e insensível que recebe exatamente o que merece no final. Tem uma morte horrível, excruciante.

Não sei o que significa o fato de Adam ter escrito esse livro. Eu nunca fui infiel a ele, mas Nicki trai o marido várias vezes, em especial com um homem chamado *Jack*. Assim que os dois se casam, Nicki larga o emprego e fica em casa, gastando todo o dinheiro do protagonista. Nicki cometeu cada uma das ofensas das quais Adam me acusou.

Ele escreveu o livro para me mandar um recado:

Cuidado. Senão você vai acabar igual à Nicki.

E acreditem, não quero acabar igual a ela.

9 de janeiro de 2018

Nas noites em que neva muito, e mesmo algumas vezes quando isso não acontece, Adam tem deixado Irina passar a noite no nosso quarto de hóspedes. A lógica dele é que o trajeto até a casa dela é longo, e ele não quer que ela sofra um acidente. E nós, afinal, não precisamos do quarto sobressalente. (Sobretudo porque estou me revelando um fracasso retumbante para engravidar.)

Quero ser uma patroa generosa, que não vê problema em uma funcionária passar a noite para garantir sua segurança. Só que ontem, às três da madrugada, quando acordei para ir ao banheiro, Adam não estava na nossa cama.

Vesti meu roupão toalhado rosa e saí de fininho para o corredor. Fui andando bem devagarinho para as tábuas não fazerem barulho, algo que tende a acontecer. Estava torcendo para olhar no térreo e ver Adam preparando um lanchinho noturno na cozinha. Mas, infelizmente, quando cheguei ao quarto de hóspedes, ficou evidente que seus ocupantes estavam bem acordados.

Na verdade, ouvi risadinhas.

Gelei, sem saber ao certo o que fazer. Minha vontade era irromper quarto adentro e pegar os dois no flagra. Mas e depois? Eram três da manhã, e meu carro estava enterrado debaixo de quase meio metro de neve. Eu não podia simplesmente ir embora. E, se pedisse para Adam ir, ele com certeza se recusaria. Afinal de contas, o dono dessa casa é ele... não eu.

Para completar, eu não conseguia suportar a visão do meu marido com outra mulher. O simples fato de pensar nisso fazia meu corpo inteiro arder de humilhação. Se eu testemunhasse uma cena dessas, isso iria me destruir.

Então resolvi confrontá-lo de manhã.

Não sei como, mas acabei dando um jeito de pegar no sono outra vez. E, quando acordei de novo, Adam estava ao meu lado na cama. Era como se nunca tivesse saído dali. Se eu não tivesse bebido tanta água antes de ir me deitar, jamais teria percebido nada.

– Ei, Vicky. – Adam beijou meu pescoço, em seguida deixou escapar um bocejo bem alto ao mesmo tempo que se aconchegava a mim. – Que gostosa e quentinha você tá.

Antes de eu dar por mim, ele já estava me beijando de maneira mais agressiva, puxando minha camisola folgada. Eu me encolhi sob seu toque.

– Por favor, Adam... agora não.

– Você não tá interessada. – Ele tornou a bocejar e se afastou. – Que novidade.

– Então por que não vai fazer outra visita à Irina?

Ele esfregou os olhos.

– Que história é essa?

Eu me sentei ereta na cama, com as cobertas agarradas junto ao peito.

– Você foi no quarto dela ontem à noite.

– Fui, nada. – Ele se sentou também, me encarando com seus olhos verdes sinceros. – Não sei do que você tá falando.

– Eu ouvi vocês.

Ele balançou a cabeça.

– Vai ver você sonhou. Sério, Vicky. Você sabe que eu jamais faria isso.

Um minuto antes, eu tinha cem por cento de certeza do que havia escutado. Mas depois passei a duvidar de mim mesma. Ele parecia tão sincero. Talvez eu tivesse mesmo sonhado aquilo tudo. Com certeza, era possível. Porque ninguém mente tão bem assim, não é?

– É claro que, se eu tivesse feito isso, ninguém iria me culpar – prosseguiu ele. – Quer dizer, olha só pra você. Está uma baleia. Difícil ter tesão nisso.

Senti o calor tomar conta do meu rosto.

– Bom, sinto muito.

Ele bufou.

– Sei que a maioria das mulheres fica mais largada depois de se casar, mas você exagerou na dose. Pra ser bem sincero, tem muita sorte que eu *não* te traia.

E com essas palavras, ele saiu da cama e foi para o chuveiro antes de eu conseguir formular uma resposta.

Será que imaginei tudo? Fechei os olhos. Consegui me visualizar em frente à porta do quarto de hóspedes. Pude ouvir risinhos. Sussurros. Irina não estava sozinha lá dentro. Ela estava acompanhada… acompanhada por um homem. Mas não precisava necessariamente ser meu marido. Talvez ela tivesse convidado algum cara, e Adam estivesse o tempo todo no sótão, trabalhando. Ou talvez eu tivesse sonhado, como ele falou.

Tornei a vestir meu roupão e saí do quarto para ir preparar o café da manhã. Quem sabe poderia fazer panquecas com rodelas de banana, como costumava fazer às vezes, quando Adam e eu começamos a namorar. Era bem verdade que ele não estava sendo um marido muito bom ultimamente, mas eu tampouco tenho sido uma esposa ótima. Estamos casados não faz nem um ano, e parece que todo o romantismo já se esvaiu do nosso casamento.

Fiquei me perguntando se talvez precisássemos reacender a chama de antes. A começar por um café da manhã... à luz de velas? Bom, pelo menos um café da manhã.

Só que antes mesmo de chegar à escada, dei de cara com Irina.

Ela também estava de roupão, só que o dela era vermelho, translúcido, e mal roçava o alto das coxas. A pele de suas pernas compridas era perfeita. Se eu fosse chutar a idade dela, teria dito uns 22, por aí. As maçãs do rosto dela eram proeminentes e os olhos, azuis cristalinos. A qualquer distância, era uma das mulheres mais lindas que eu já tinha visto.

– Sra. Victoria – disse ela. – Olá.

– Olá, Irina – balbuciei.

Ela hesitou, com os lábios cor-de-rosa franzidos.

– Ouvi sua conversa com Adam. Sobre ter escutado ele no meu quarto.

– Ah... – Desviei os olhos. – Bom, eu não quis supor...

– A senhora ouviu certo – disse ela com o forte sotaque do Leste Europeu. – Seu marido esteve no meu quarto ontem à noite. Por muitas horas. – E, para não haver absolutamente nenhuma confusão, ela arrematou: – Fizemos amor.

– Ah. – Olhei para ela, piscando os olhos, aturdida. – Tá... entendi.

– A senhora não merece ele. – Os olhos azul-claros translúcidos me encararam em cheio. – Ele é um homem maravilhoso, brilhante. E a senhora... eu vejo o que faz. Fica jogada pela casa feito uma lesma. Não ergue um dedo sequer. Fica só vendo televisão e engordando.

Minha boca se escancarou. Quando imaginava confrontar Irina, não era isso que me passava pela cabeça.

– Eu...

– Ele diz que a senhora é nojenta – prosseguiu ela, mesmo eu querendo tapar os ouvidos com os dedos. – Diz que não sente mais nada pela senhora. Está arrependido por ter se casado e se sente encurralado. – Os olhos dela se estreitaram. – Ele em breve vai te abandonar. E a senhora vai ser posta na rua sem nada.

Minha boca continuava escancarada. Precisei de algumas tentativas para obrigar meus lábios a voltarem a agir.

– Irina, você está demitida.

Dois círculos apareceram nas duas maçãs saltadas do rosto dela.

– A senhora não pode me mandar embora! Eu vou contar pro Adam!

Ela passou por mim, esbarrando com violência no meu ombro. Foi pisando firme direto para o banheiro e abriu a porta sem bater. Ouvi sua voz aguda com sotaque berrando com Adam. Segundos depois, ele saiu do banheiro com o cabelo molhado e uma toalha enrolada na cintura.

– Vicky – falou. – O que aconteceu? Por que você quer mandar a Irina embora?

Fiquei sem palavras. Não conseguia acreditar no que estava acontecendo bem na minha frente. Em que a minha vida tinha se transformado?

– Mandei ela embora porque vocês estão transando.

Adam grunhiu.

– E eu já te disse que a gente *não* está. – Ele franziu o cenho para mim. – Victoria, você precisa aprender a controlar esse seu ciúme. Você tá doente. Precisa fazer terapia. Se medicar.

Por um instante, pensei no revólver dentro do closet. Eu me imaginei tirando-o de lá, apontando-o para o rostinho bonito de Irina e apertando o gatilho. Posso ter errado a árvore, mas a uma distância tão curta assim, não iria errar. Imaginei o lindo rosto com seu ar de superioridade explodindo num jato de sangue.

É claro que não iria fazer isso de verdade.

Adam passou a hora seguinte acalmando Irina, em seguida voltou para o quarto e gritou comigo sobre meu ciúme estar descontrolado. Também me informou que eu não tinha o direito de demitir ninguém sem a permissão dele. Então saiu pisando firme e batendo a porta do quarto.

Não sei mais o que fazer. Deveria largar Adam. Tenho certeza disso. Só que não é tão fácil. Não tenho para onde ir. Não tenho dinheiro nenhum, tirando os cerca de 40 dólares que sobraram da minha mesada da semana. Meu carro nem vai conseguir passar pelos portões com essa neve.

Estou presa aqui.

QUARENTA E CINCO

Tenho muitas perguntas que gostaria de fazer a Victoria, mas sei que ela não vai conseguir responder nenhuma.

Depois de ler sobre o último livro de Adam, *A sedutora*, larguei o diário de Victoria e comecei a ler o romance. Tenho lido um pouco por dia na última semana, sempre que tenho uma hora ou duas para mim. Não há nenhum exemplar em casa, então tenho lido no celular, o que deixa minha cabeça dolorida por causa do excesso de luz.

Apesar disso, estou devorando o romance. Adam disse que se achava "sortudo" por ter se tornado um autor de sucesso, mas ele não teve sorte. Ele tem talento. Muito talento mesmo. Nunca li nada igual a esse livro.

Posso ver por que Victoria teve medo de o livro ser baseado nela. A vilã, Nicole, é a esposa do protagonista e uma psicopata total. Ela tortura o cara gastando todo o dinheiro dele e dando em cima dos outros descaradamente, ao mesmo tempo que desenvolve um ciúme doentio de qualquer uma para quem ele olhe, mesmo que de relance. Quando ela começa a traí-lo na caradura, ele dá um basta. E trama sua vingança.

Não sei se a personalidade de Victoria tinha alguma semelhança com a de Nicole antes do acidente, mas pelo visto, na cabeça de Adam, havia algumas. No mínimo, ele achava que ela o traía. Fisicamente, não há dúvida de que as duas se parecem.

Até os apelidos são parecidos. Vicky. Nicki.

E os nomes do outro homem. Mack. Jack.

O que acontece com Nicole no livro é nada menos que horripilante. Mesmo que eu esteja lendo no meu celular minúsculo, meus olhos ficam grudados na tela. Seja como for, o protagonista com certeza consegue sua vingança. Nicole acaba o livro partida ao meio. Literalmente.

Enquanto dou colheradas de purê de batata na boca de Victoria, tento imaginar como ela deve ter se sentido ao ler aquilo. Fico pensando também se há alguma verdade no livro. Quer dizer, Victoria sofreu mesmo um acidente terrível, mas que não teve nada a ver com o que aconteceu com Nicole.

Um pouco de purê escorrega pelo canto direito dos lábios dela. Estendo um guardanapo para limpar. Baixo os olhos para o prato, no qual ainda resta cerca de um quarto da comida.

– Está ficando satisfeita? – indago.

Victoria assente.

– Mais uma colherada e não vai precisar de nada pela sonda – digo.

Esse é um grande fator de motivação para ela. Ela odeia se alimentar pela sonda.

Victoria baixa os olhos para a comida, em seguida torna a erguê-los para mim.

– Sylvie – diz.

Abro um sorriso para ela.

– Só mais uma colherada.

– Irina – diz ela.

Minha mão para em pleno movimento. É a primeira vez que ela diz o nome de Irina, embora tenha escrito bastante sobre a moça no diário. E Maggie me contou que Victoria tinha ciúme da relação de Adam com Irina. Eu me lembro que, quando perguntei a Maggie para onde Irina tinha ido, ela foi muito evasiva.

– Irina – repete Victoria. – Irina... Glen cão.

Não sei o que Victoria está tentando me dizer. Realmente passamos a valorizar a fala quando estamos tentando ter uma conversa com alguém que só consegue formar frases com uma ou duas palavras. Maggie me disse que Irina era de Glen Head. Será que Victoria quer que eu a encontre?

– Você quer que eu procure a Irina? – pergunto. – Ela está em Glen Head agora?

– É. – Ela assente, mas parece hesitar. Agora não vai comer mais nada do purê de batata, mas tudo bem. A maior parte já foi. – Mas... não. Ela...

Eu me inclino para a frente, esperando ansiosamente que ela desembuche o restante da frase. Mas, antes de ela conseguir dizer mais qualquer palavra, alguém bate na porta. Ergo a cabeça e vejo Adam ali parado. Está segurando a temida seringa.

– Agora é uma boa hora para dar a medicação? – pergunta ele.

Victoria me encara com uma expressão de dor. Ela detesta mais do que tudo tomar esses remédios. No começo, achava que fosse porque doía quando eles entravam, mas agora desconfio que seja pelo estado em que ela fica depois. Esses remédios a deixam apagada. Não sei ao certo se é esse o objetivo, mas é o que fazem. Ela passa metade do dia dormindo por causa deles.

– Eu... eu acho que sim. – Fico de pé, de modo a dar espaço para Adam chegar até ela. – A gente já acabou de comer.

– Ótimo. – Ele me dá uma piscadela ao se aproximar de Victoria. – Certo, Vicky. Vamos fazer isso depressa.

Eu provavelmente deveria mencionar que não corto as unhas de Victoria há mais de uma semana. Poderia alertá-lo.

Mas não faço isso.

Ele estende a mão para levantar a camiseta dela e acessar a sonda. Vejo o olhar estranho no olho bom de Victoria, e instintivamente dou um passo para trás. Adam está tão concentrado na sonda que nem repara.

E então ela avança para cima dele.

QUARENTA E SEIS

Adam grita.

Chega a sangrar de verdade no ponto onde as unhas de Victoria rompem a pele do rosto dele. Adam xinga Victoria, joga a seringa em cima da cama e sai correndo do quarto, segurando a lateral do rosto. Ela o observa sair com uma expressão satisfeita.

– É melhor eu ir ver como ele está – balbucio.

No fim das contas, não pegou no olho, então ele deveria se considerar sortudo. Quando chego ao banheiro, ele está segurando um pano molhado junto ao lado direito do rosto. O sangue encharca o pano.

– Que diabo foi isso? – vocifera ele para mim. – Achei que você estivesse cortando as unhas dela.

– Eu cortei – minto.

– Não o suficiente. – Ele afasta o pano molhado do rosto e vejo três marcas de arranhões vermelho-vivo na bochecha, minando sangue. – Meu Deus do céu. Parece que fui atacado por um tigre.

– Escuta, por que você não deixa eu dar os remédios pra ela de agora em diante? Ela não vai lutar contra mim como faz com você.

Embora os arranhões no rosto dele pareçam dolorosos, Adam hesita.

– Você pode amassar os remédios e pôr na seringa – sugiro. – Eu só injeto. Acho que ela iria preferir assim.

Ele põe um pedaço limpo de papel higiênico sobre os ferimentos e faz uma careta.

– Tá. Tudo bem. Mas só… toma cuidado. Não quero que isso aconteça com você.

Não vai acontecer. Se tenho certeza de uma coisa, é disso.

Volto para o quarto de Victoria. Ela está sentada calmamente na cadeira de rodas, me observando. Vou até lá e pego a seringa em cima da cama. Sacudo-a e consigo ver partículas brancas boiando no líquido. Os remédios dela, moídos.

– Você não quer tomar isso aqui, né? – pergunto.

Victoria faz que não com a cabeça, sem nunca desgrudar os olhos dos meus.

Abro a janela ao lado da cadeira dela. Uma brisa gelada invade o quarto. Seguro a seringa para fora da janela e pressiono o êmbolo até o conteúdo ser despejado no chão do lado de fora. Em seguida, torno a fechar a janela.

– Tá bom assim? – indago.

Pela primeira vez desde que comecei a trabalhar aqui, ela sorri.

QUARENTA E SETE

DIÁRIO DE VICTORIA

13 de janeiro de 2018

Hoje de manhã, enquanto Adam estava no sótão trabalhando, recebi no celular uma mensagem de texto de Mack.

Ei, estou indo visitar uns amigos aí na ilha. Topa receber uma visita?

Foi preciso todo o meu autocontrole para não gritar: *Sim! Que saudade de você! Vem agora! Me salva!*

Não vejo Mack há seis meses, é claro. Já acho incrível ele estar pensando em mim, quanto mais querer ser meu salvador. Ele não está nem vindo me ver de verdade; está só passando a caminho de visitar amigos.

Seria legal, escrevi por fim. *Que dia?*

Ele respondeu na mesma hora: *Sou flexível. Que dia fica bom pra você?*

Adam tem uma reunião na cidade na quinta. Vai passar o dia inteiro fora. E Irina não vem às quintas. Não que nada de suspeito vá acontecer, mas Adam com certeza não iria pensar assim.

Quinta à tarde?

Quinta dá. Me manda seu endereço, e eu chego por volta das três.

Mandei o endereço para ele. E, logo em seguida, apaguei todas as mensagens do celular. Nem tenho mais o número de Mack salvo no meu aparelho. Adam não continuaria pagando minha conta se não tivesse minha senha, e checa meu telefone periodicamente.

Não posso correr nenhum risco.

Meu único medo é ele encontrar este diário. Nesse caso... bem, não quero nem pensar. Eu escondo muito bem. Ele não vai encontrar.

Pela primeira vez no que parecem ser muitos meses, sinto uma pequena bolha de felicidade no peito. Vou ver Mack! Mal posso esperar!

17 de janeiro de 2018

Suspirei aliviada hoje de manhã quando Adam saiu para a reunião na cidade. Estava convencida de que alguma coisa acabaria surgindo de última hora e ele iria desmarcar, e nesse caso eu teria que pensar no que fazer quando Mack chegasse. Se ele aparecesse enquanto Adam estivesse em casa, meu marido ficaria maluco. Eu precisaria dar um jeito de cancelar a visita.

Mas felizmente tudo correu conforme o planejado. Assim que Adam saiu, subi depressa para me trocar. Tinha algumas roupas novas que havia comprado e ainda cabiam bem, mas, ao me olhar no espelho de pé do quarto, senti um mal-estar. Eu estava *horrível*. Inchada, o cabelo loiro lambido e sem brilho, olheiras roxas debaixo dos olhos e a pele toda manchada. Como não havia muito que eu pudesse fazer em relação ao cabelo, simplesmente o torci atrás da cabeça como costumava usar no pronto-socorro. Passei meia hora me maquiando para esconder as olheiras e as manchas. Ficou mais ou menos.

Mas teria que bastar.

Alguns minutos depois das três, a campainha tocou. Corri até lá e escancarei a porta, e ali estava ele. Mack. Igualzinho da última vez em que eu o vira: o cabelo preto ainda bagunçado, o sorriso meio torto. Ao vê-lo, esqueci a preocupação com minha própria aparência e apenas me atirei nos braços dele.

Ele riu e se equilibrou, como se eu tivesse alguma chance de derrubar um cara grande como Mack. Retribuiu meu abraço. Foi tão bom estar nos braços dele, quentinha e segura. Queria que ele me levasse embora daquele lugar. Um nó se formou na minha garganta.

– Que bom te ver – consegui dizer.

Eu me afastei do abraço, embora não quisesse, pois não podia deixar que ele ficasse pensando coisas. Ele com certeza já devia estar namorando. E, afinal, estava só dando uma passadinha ali antes de ir visitar algum amigo.

– Bom ver você também. – Ele sorriu para mim, e seus olhos se franziram. – Não é a mesma coisa sem você lá no pronto-socorro. Todo mundo sente saudade de você.

Aquiesci, sem confiar em mim mesma para dizer qualquer coisa.

– Você tá ótima – disse ele.

Uma mentira evidente.

– Obrigada – balbuciei. Em seguida, pigarreei. – Bom, entra. Vem conhecer a casa.

Mostrei a Mack nossa casa gigantesca. Ele exibiu uma animação educada, mas deu para ver que não estava ligando tanto assim. Ficava tentando me perguntar como eu estava, mas fiz o melhor que pude para me esquivar. O que poderia ter dito a ele? Que passo os dias vendo TV? Que meu marido está me traindo com a cozinheira?

– E você, quais as novidades? – perguntei quando terminamos na sala.

Eu me sentei no sofá, e ele se acomodou ao meu lado.

– Bom...

Um sorriso surgiu em seu rosto, e eu soube exatamente o que ele ia dizer. Que tinha conhecido uma moça maravilhosa e ia se casar com ela. Esse pensamento me deu vontade de vomitar, embora é claro que eu ficaria feliz por ele.

– Entrei pra faculdade de medicina! Vou começar no outono.

– Mack! – exclamei.

Ele tinha falado muito sobre estudar medicina, mas ficava preocupado por se achar velho demais. Mesmo assim, dava para ver que ele queria muito isso. Era o sonho dele. Fiquei muito empolgada por Mack ter corrido atrás disso.

– Que coisa mais sensacional!

– É *mesmo* sensacional. – O sorriso dele se alargou. – Não sei como vou pagar, claro. Vou ter que continuar dando plantão na ambulância enquanto estiver estudando. E vou estar com quase 35 anos quando me formar. Mas...

Pela segunda vez desde que ele tinha chegado, eu me atirei nos braços de Mack. Ele retribuiu meu abraço, só que, dessa vez, ao me afastar, percebi que meu rosto estava a apenas poucos centímetros do dele. E antes de conseguir me conter, já tinha me inclinado para lhe dar um beijo.

Um lampejo de surpresa momentâneo se estampou no rosto de Mack, mas ele não me empurrou para longe. Muito pelo contrário. Retribuiu meu beijo. E beijar Mack foi... bom, foi incrível. Ele foi ávido, porém delicado. Me fez perceber o quanto eu passara a não gostar de beijar meu marido. Parte de mim ainda amava Adam, mas uma parte maior sentia desprezo por ele.

Foi Mack quem se afastou primeiro. Estava piscando os olhos castanhos bem depressa.

– Vicky – disse ele, baixinho. – Eu não esperava que...

Senti o rosto arder. Onde eu estava com a cabeça? Por que o havia beijado assim? Se ele algum dia de fato tivesse sentido alguma coisa por mim, com certeza não sentia mais. E minha aparência atual certamente não iria reacender seus sentimentos.

– Desculpa – balbuciei. – Eu sei que estou horrorosa.

Os lábios dele se abriram.

– Como assim, horrorosa? Vicky, você tá lindíssima. Como é que pode dizer... – Ele balançou a cabeça. – Mas você é *casada*. E eu...

E foi então que comecei a chorar.

Contei tudo a ele. Tudo. Ele passou o braço à minha volta e ficou escutando com uma ruga entre as sobrancelhas o tempo inteiro. Contei que detestava ficar isolada ali no meio do nada. Que não conseguia arrumar um emprego. Que Adam não me deixava nem ter um cartão de crédito. Que ele quase com certeza estava me traindo com Irina. Que eu às vezes achava que não seria capaz de aguentar nem mais um minuto. Falei, falei, até minha voz ficar rouca e as lágrimas por fim secarem.

– Meu Deus do céu. – Mack passou a mão pelo cabelo. – Não acredito no que você tá me contando, Vicky. Você tem que ir embora daqui. Agora.

Enterrei o rosto nas mãos.

– Eu não tenho pra onde ir.

– Bobagem. – Mack apertou meus ombros. – A Carol deixa você ficar na casa dela. E... bom, se você quiser, pode ficar comigo. Mas o que estou querendo dizer é que você tem, sim, pra onde ir.

– Não tenho dinheiro.

– E daí? Vicky, a gente te ajuda. *Eu* te ajudo.

Ele queria me ajudar. Apesar de não ter dinheiro para pagar a faculdade, estava disposto a dividir o pouco que tinha.

Enxuguei os olhos com as costas da mão. Não conseguia nem imaginar como meu rosto devia estar feio nesse momento. Sem dúvida, a maquiagem devia ter borrado toda.

– Eu não queria jogar tudo isso nos seus ombros. Você já deve estar atrasado pra ir encontrar seu amigo.

Mack passou alguns instantes calado. Puxou um fio solto da calça jeans.

– Não tem amigo nenhum. Eu vim aqui ver *você*. A Carol me contou o que aconteceu no tal jantar, e fiquei preocupado.

É óbvio que isso me fez voltar a chorar.

– Olha. – Ele tornou a apertar meus ombros. – Vai arrumar uma mala. A gente sai daqui agora mesmo.

– Você veio de carro?

Ele fez que não com a cabeça.

– Peguei o trem e de lá vim de Uber.

Olhei pela janela. O sol já estava baixo no céu, e havia começado a nevar. Adam iria chegar dali a pouco. Eu o imaginei chegando em casa e vendo que eu tinha ido embora. Ou pior: chegando em casa e me encontrando fazendo as malas enquanto outro homem me esperava na sala. Ele não ia gostar nem um pouco.

– Não posso ir agora. – Baixei os olhos. – Depois que for embora daqui, não vou poder mais voltar. Preciso de um tempo pra arrumar minhas coisas e avisar ao Adam que estou indo.

Ele franziu o cenho.

– Então avisa quando ele chegar em casa. Eu espero.

– Não dá. – Eu estava com dificuldade para articular o que queria dizer, mas precisava fazê-lo entender. – Mack, ele é meu marido. Devo a ele pelo menos uma explicação.

Ele mordeu o lábio inferior.

– E se ele te machucar?

– Ele nunca encostou um dedo em mim. Não faria isso.

– Vicky, eu não confio nele.

– Por favor. – Pousei a mão na dele. – Preciso fazer isso do meu jeito. Confia em mim.

Ele passou um tempão me olhando. Dava para ver que não achava nada disso uma boa ideia, mas não conhece Adam como eu. Mesmo no seu pior momento, Adam nunca ameaçou me machucar. Ele grita e berra, e no fim é só isso.

– Me avisa quando for ter a conversa com ele. Eu alugo um carro e fico te esperando lá fora. Tá bom assim?

Antes de conseguir responder, ouvi a fechadura da porta da frente girar. Arranquei a mão da de Mack. Droga! Adam tinha voltado mais cedo. Só era para ele ter chegado dali a uma hora ou duas, mas às vezes acho que ele me passa informações erradas só para me manter sempre em estado de alerta. E dessa vez conseguiu me surpreender.

Fiquei de pé depressa e limpei uma poeira invisível da saia. Mack não se mexeu do sofá. Estava com uma expressão sombria, e fiquei um pouco preocupada que no mesmo segundo em que Adam entrasse pela porta, Mack fosse lhe dar um soco no meio da cara. E devo admitir que parte de mim teria gostado muito de ver isso.

Os olhos de Adam se arregalaram quando ele viu Mack sentado na nossa sala. A mão direita se contraiu num punho cerrado, e um músculo tremeu no maxilar.

– Victoria – disse ele. – Você não comentou que íamos ter visita.

Mack enfim se pôs de pé. Virou-se e encarou meu marido.

– Não foi planejado. Eu estava de passagem.

– Por acaso estava de passagem por Montauk. Que interessante...

Mack deu de ombros. Queria que ele fingisse que estava tudo bem, só para facilitar as coisas para mim depois que fosse embora.

– Bom, e você já conheceu a casa então? – perguntou Adam.

A mão direita tinha relaxado, e ele estava desfazendo o nó da gravata.

– Já. A Vicky me mostrou tudo.

– Maravilha. – Adam sorriu. Não sei como conseguia ser tão encantador quando sem dúvida por dentro devia estar fervendo de raiva. – Nesse caso, posso te oferecer alguma coisa pra beber?

– Não. – Mack olhou de relance na minha direção. – Acho melhor eu... Bom, acho que já vou indo.

Por favor, me leva com você. Um mal-estar horrível, uma sensação de que eu tinha tomado a decisão errada, brotou no meu estômago. Talvez não fosse tarde demais para ir embora com Mack. Mas, se eu fosse naquele momento, precisaria deixar tudo para trás. E não poderia ter uma conversa com Adam com outro homem presente.

– Espero que seu carro tenha tração nas quatro rodas – comentou Adam. – A neve lá fora está ficando forte.

Olhei pela janela outra vez. Ele tinha razão: a neve estava começando a cair com tudo. Grandes flocos brancos despencavam depressa do outro lado da janela. Nosso gramado já estava coberto por uma camada branca. No dia seguinte, íamos ficar ilhados aqui. De novo.

– Vou chamar um Uber – disse Mack. – Vou só pedir pra me levarem até a estação de trem.

– Aqui? Com esse tempo? Esquece. – Adam foi com toda a calma até a cozinha e se serviu uma taça de vinho. – Você vai esperar uma hora... com sorte. E aí a neve já vai ter virado uma nevasca.

Mack coçou a nuca.

– Bom, não tenho muita escolha, né?

Adam tomou um gole grande do vinho tinto. Agitou-o dentro da taça.

– Deixa eu terminar isso aqui e te dou uma carona até a estação.

– Não precisa.

– Não tem problema nenhum. Meu carro se vira muito bem na neve.

A expressão de Mack era de cautela, mas o argumento de Adam fazia sentido. A neve estava piorando, e se ele quisesse ter alguma chance de voltar para a cidade naquela noite, precisava sair naquele exato instante. Caso contrário, ficaria preso ali por dias.

– Tudo bem. – Mack assentiu. – Vamos.

Eu estava com uma sensação horrível. Não me agradava a ideia de os dois ficarem sozinhos no carro de Adam. É claro que eu não sabia exatamente com quem estava preocupada. Mack tinha no mínimo uns 10 centímetros a mais do que Adam e uns bons 25 quilos de vantagem. Eu sabia o quanto ele era forte e não tinha dúvida de que conseguiria se defender com facilidade do pavio curto do meu marido.

Então talvez fosse com Adam que eu devesse me preocupar. Se o tema do meu bem-estar viesse à baila, tinha medo de Mack deixar Adam com um olho roxo. Será que ele ainda poderia cursar medicina se fosse fichado por agressão? Isso poderia arruinar a vida toda dele. Eu nunca havia pensado em Mack como um cara particularmente esquentado, mas vi como ele havia ficado furioso quando lhe contei como Adam estava me tratando. Deu para ver o modo como ele estava olhando para o meu marido.

Adam subiu até o andar de cima para ir ao banheiro enquanto Mack vestia seu casaco. Ele não parava de lançar olhares nervosos na minha direção.

– Se você quiser, eu fico – falou em voz baixa.

– Aqui?

– Sei lá. – Os olhos dele se voltaram mais uma vez para a janela, onde a neve caía forte. – Quem sabe a gente não encontra um hotel ou algo assim. Ou posso passar a noite aqui. É que... Vicky, eu não acho que deveria ir embora. Estou realmente preocupado com você.

– Vou ficar bem. – Estendi a mão e segurei a dele por uma fração de segundo antes de Adam tornar a descer. – Prometo. Não faz nenhuma besteira.

Ele abriu a boca para dizer mais alguma coisa, mas foi tarde demais. Adam já estava descendo os degraus da escada. E antes de eu dar por mim, os dois estavam saindo.

18 de janeiro de 2018

Que estranho... Estava preparada para uma briga homérica com Adam quando ele voltasse para casa, mas em vez disso aconteceu justamente o contrário. Ele nem comentou o fato de ter encontrado outro homem sentado no nosso sofá ao chegar. E foi gentil comigo. Disse que, como Irina não tinha vindo hoje, ia me preparar o jantar. E então me serviu a comida à luz de velas.

A situação toda me fez pensar se largá-lo seria um erro.

Quero conversar com Mack sobre tudo isso. Infelizmente, estamos com dificuldade para entrar em contato. Ele me mandou um texto dizendo que estava no trem a caminho da cidade, mas desde então mais nada. Eu não parava de olhar ansiosamente para o celular, esperando receber notícias dele. É claro que, no mesmo instante em que recebesse uma mensagem, teria que apagá-la. Não posso correr o risco de Adam ver.

Porém, por mais gentil que Adam tenha se mostrado, isso não muda nada. Eu sei quem ele é. Essa encenação de cara legal é só temporária. Talvez ele estivesse com medo de ser traído, e agora sente que precisa me reconquistar. Mas, assim que se sentir seguro outra vez, vai voltar a ser quem era antes. Um desgraçado infiel de pavio bem curto.

Então, hoje de manhã mandei uma mensagem para Mack: *Aluga um carro pra sexta que vem.*

Tenho menos de uma semana pra avisar ao Adam que vou deixá-lo.

QUARENTA E OITO

Tem uma nevasca grande chegando. A primeira do ano.

Hoje de manhã fui ao mercadinho, e o clima era de véspera do apocalipse. Quando tentei estender a mão para o último pão, uma mulher quase me deu uma cotovelada na cara. Deixei que ela ficasse com ele. Não vale a pena levar uma cotovelada na cara por causa disso.

Maggie está na cozinha quando chego, trabalhando duas vezes mais rápido do que seu ritmo relaxado habitual.

– Quero sair daqui antes de a neve começar – explica ela.

– Vai ficar mesmo tão ruim assim?

– Bom, a previsão está dizendo 60 centímetros de neve. – Ela passa um pano na bancada. – Então, sim, pelo visto vai ficar ruim. Vocês com certeza vão ficar sem energia de novo.

E dessa vez eu *definitivamente* não vou me aconchegar com Adam. Sem chance.

– Quando vai começar? – pergunto.

Maggie baixa os olhos para o relógio em seu pulso.

– Deu na previsão que ao meio-dia vai começar a nevar. Às três ou quatro da tarde vocês provavelmente já vão estar ilhados aqui. Pelo menos, se dependerem do seu carrinho. O BMW do Adam talvez se saia um pouco melhor, mas hoje à noite as estradas vão estar impraticáveis.

Tenho uma sensação inquietante. Pelo menos, no último temporal, eu sabia que, assim que a chuva parasse, as estradas ficariam acessíveis de novo. A ideia de passar dias presa nessa casa me perturba. Especialmente depois de todas as coisas que agora sei sobre Adam.

Como se estivesse lendo minha mente, Maggie diz:

– Você deveria vir ficar comigo e com o Steve.

– Quê?

Ela me cutuca com o braço.

– Anda. A neve na frente da nossa casa é retirada bem depressa, e lá não falta energia tão fácil assim. Nosso sofá é bem confortável. A gente pode maratonar alguma coisa na Netflix. Você curte *BoJack Horseman*? O Steve e eu somos viciados.

– Não quero atrapalhar...

– Não vai atrapalhar! Sério, vai ser divertido.

Estaria mentindo se dissesse que não me sinto tentada. O apartamento quentinho de Maggie parece muito convidativo em comparação com essa casa gigante. Eu me sinto muito isolada aqui.

Só que não posso ir embora. Porque, se for, Victoria vai ficar sozinha aqui com Adam. Não posso fazer isso com ela.

– Foi mal – digo. – Obrigada pelo convite, mas acho que eu deveria ficar aqui e ajudar com a Victoria.

Ela dá de ombros.

– Tá, mas ainda vou ficar mais uma ou duas horas, então me fala se mudar de ideia.

Enquanto guardo as compras, olho pela janela para o gramado ao redor da casa: ele logo vai ficar coberto por uma grossa manta de neve. Penso na noite em que Mack veio visitar Victoria aqui. Estava nevando naquela noite também. Ele disse que voltaria para buscá-la, mas pelo visto nunca voltou.

Por que será? Ou será que voltou, e ela havia mudado de ideia em relação à decisão de ir embora?

Ou quem sabe algo tenha acontecido que a impediu de ir embora com ele.

Olho pela janela e vejo um único floco de neve cair do céu. Começou.

QUARENTA E NOVE

Quando chega a hora do jantar, a neve já está caindo forte. Ao olhar pela janela, tudo que vejo é um branco sem fim. É de dar medo. Maggie já foi embora faz tempo. Se eu quisesse sair de casa, não conseguiria. Estamos presos aqui.

Adam desce para a cozinha quando estou preparando o jantar de Victoria. Está com os braços cheios de cobertores, que deposita na bancada.

– Trouxe pra você – diz. – Você sabe, caso a calefação pare de funcionar.

Quem ele está tentando enganar? A calefação com certeza vai parar de funcionar.

– Obrigada – digo.

Adam toca delicadamente a bochecha direita. Os arranhões que Victoria deixou com as unhas já criaram casquinha.

– Me avisa quando a Victoria estiver pronta pra ir dormir. Deixei a seringa com os remédios dela em cima da cômoda.

– Tá, pode deixar.

Ele tamborila os dedos na bancada.

– Obrigado por cuidar da medicação dela. É muito importante ela tomar esses remédios.

– É. Eu sei.

– Se não tomasse, ela poderia ter uma convulsão.

– Não se preocupa. Eu cuido disso.

Desligo o processador de alimentos e despejo o conteúdo num prato. Adam passa um instante me observando, então se afasta. Pelo menos, parece confiar em mim.

Apesar de já fazer uma semana que não dou a medicação de Victoria.

Subo a escada com o prato de comida. Quando chego lá, ela está vendo TV com o olho direito pregado na tela com interesse, embora o esquerdo esteja olhando em outra direção. Mesmo assim, parece muito mais alerta do que uma semana atrás. Não passa mais a manhã inteira dormindo. Tomou o café da manhã inteiro três dias seguidos. Tempo suficiente para eu começar a me sentir culpada em relação ao mingau de aveia.

– Boa noite – digo ao entrar no quarto.

Os olhos de Victoria se viram na mesma hora para mim. Essa é outra mudança na qual reparei. Antes, quando eu lhe dirigia a palavra, ela demorava muito para olhar na minha direção. Agora parece superconsciente de tudo à sua volta.

– Sylvie – diz.

Isso é outra coisa. Ela agora está falando bem mais. Não diria que fala *muito*. Continua dizendo frases de uma, talvez duas palavras, e cada uma delas é um suplício. Mas antes passava dias inteiros sem dizer uma palavra sequer, e na metade das vezes a palavra não fazia sentido. Agora ela sempre tem algo a dizer.

É muito difícil não chegar à conclusão de que Adam a vinha drogando. A única dúvida é: por quê?

– Hora do jantar! – anuncio, num tom animado.

Victoria olha para o prato de comida e franze o nariz. Não posso culpá-la. Pus ervilha demais nesse purê, e ficou meio parecido com vômito. Mas o gosto não está ruim. Eu provei.

– O gosto está melhor do que a aparência – digo.

Ela dá as costas para mim e olha pela janela.

– Eve – diz.

– Está achando leve? – Sorrio para ela. – Porque eu com certeza não.

Ela faz uma careta.

– Não. É...

– Neve.

Ela assente, aliviada.

– É. Neve.

Olho pela janela e fico vendo os flocos gigantes caírem. É lindo, mas também assustador.

– Com certeza, tem muita.

Ela torna a assentir.

– Não dá... esa.

Dou risada.

– É, acho que a gente tá presa aqui.

Ela lambe os lábios devagar, em seguida ergue os olhos para o meu rosto e diz de uma vez só:

– Você tem que pegar a arma, Sylvie.

Fico encarando-a. É a frase mais comprida que já a ouvi dizer.

– Victoria...

– Closet – diz ela. – Vai pegar. Traz... aqui.

– Victoria, eu não posso...

Os olhos azuis dela se enchem de lágrimas.

– Vai pegar. Senão ele...

Não sei do que ela está falando. Mesmo nas páginas do diário, Victoria nunca descreveu Adam sendo fisicamente violento com ela. Ele nunca a ameaçou com uma arma. Pelo menos, foi isso que ela disse a Mack. Não há motivo para pensar que estejamos correndo qualquer perigo. A menos que Adam me flagre fuçando no quarto dele.

– Vamos jantar e pronto, tá bom? – digo.

Vejo a frustração no rosto de Victoria. Se pudesse, ela iria pessoalmente pegar esse revólver. Essa parte está óbvia. Mas não vou deixar nada acontecer com ela.

E daqui a poucos dias a nevasca vai ter passado.

CINQUENTA

DIÁRIO DE VICTORIA

22 de janeiro de 2018

Não consigo parar de tremer.

Por volta das dez da manhã, estava sentada no sofá vendo televisão quando alguém bateu na porta. Foi uma batida forte, que fez com que eu me sobressaltasse. Não me senti nem um pouco melhor ao chegar na porta e me deparar com um policial parado lá fora.

– Aqui é a residência dos Barnetts? – perguntou ele.

O homem tinha 40 e poucos anos e o rosto marcado. O cabelo já estava rareando na testa, mas isso lhe caía bem.

Minha boca estava tão seca que quando a abri nenhum som saiu. Pigarreei.

– É, sim…

– Sou o investigador Patterson – disse o policial. Não me estendeu a mão. – Queria fazer umas perguntas à senhora, se tiver um instante.

– É…

Meu coração estava batendo tão forte que fiquei tonta. Por que tinha um policial na porta da minha casa? Aquilo devia ser um erro. Não cometi crime nenhum. Ou cometi?

– Claro – falei. – Pode entrar, por favor.

O investigador Patterson entrou atrás de mim em casa no exato instante em que Adam vinha descendo a escada. Embora eu estivesse à beira de um infarto, ele parecia totalmente tranquilo com o fato de haver um policial na nossa casa. Abriu um dos sorrisos que costuma usar quando está tentando encantar alguém. A essa altura, já conheço muito bem esse sorriso.

– Investigador! – exclamou ele. – Podemos ajudar o senhor com alguma coisa?

O investigador Patterson assentiu.

– Estamos tentando localizar o paradeiro de um amigo seu, Sra. Barnett.

Enquanto ele explicava os detalhes, minha cabeça começou a zumbir. Era em relação a Mack. Ele não tinha aparecido para trabalhar por dois dias seguidos. Mack é um cara confiável, e esse era um comportamento muito incomum para ele. Então um dos colegas foi ao seu apartamento ver como ele estava, mas não o encontrou em casa. Ninguém tem notícias dele há cinco dias.

Desde a noite em que ele esteve em Long Island.

– Uma certa Carol Webber afirmou que ele veio aqui visitar a senhora – disse o investigador. – Sra. Barnett, a senhora o viu nessa noite?

Olhei para Adam. Ele continuava com aquele mesmo sorriso afável no rosto. Não consegui interpretar sua expressão. Mas não há nada de incomum nisso.

– Sim, vi – respondi. – Ele veio aqui.

O investigador assentiu.

– Qual foi a natureza da visita?

– Mack e minha esposa eram colegas de trabalho e amigos – respondeu Adam por mim. – Foi só uma visita de cortesia.

– E quando ele saiu daqui?

– Deviam ser quase seis da tarde – falei, anestesiada. – Adam deu uma carona pra ele até a estação. Por causa da neve.

O investigador se virou para Adam.

– O senhor o viu embarcar no trem?

Adam fez que não com a cabeça.

– Ele foi comprar a passagem, mas o trem ainda ia demorar um tempinho. Então me disse que eu não precisava esperar, então vim pra casa. Como a neve já estava ficando bem forte, não quis arriscar ficar ilhado lá.

Arrisquei um olhar na direção do investigador. Ele não parecia nem um pouco desconfiado.

– Mack parece mesmo ter comprado uma passagem usando o cartão de crédito dele – disse o policial. – Mas não tenho certeza se ele embarcou no trem. Estou tentando entrar em contato com o responsável por verificar as passagens naquela noite.

Um pensamento me ocorreu.

– Ele me mandou uma mensagem de texto do trem. Então deve ter embarcado.

– A senhora tem a mensagem no seu celular? – quis saber o investigador.

– Eu... – Mordi o lábio e olhei para Adam. – Eu apaguei.

Não estava disposta a contar ao investigador que apagava todas as mensagens de texto de Mack assim que as recebia. Pela primeira vez, detectei uma centelha de interesse na expressão do policial.

Torci as mãos.

– O senhor acha que ele tá bem?

O investigador Patterson hesitou.

– Espero que sim. Tomara que só tenha decidido fazer uma viagem sem avisar ninguém. Acontece. Mas estou preocupado que ele possa ter sido atacado no trem, ou mesmo na estação.

– O senhor acha? – Adam arqueou as sobrancelhas. – Mack é um cara bem grande.

– Ele é grande, mas não é à prova de balas.

À prova de balas. Ao ouvir essas palavras do investigador, eu me lembrei do revólver escondido na prateleira de cima do closet. Antes de Adam dar carona a Mack até a estação, ele sumiu por um tempinho. Seria possível ele ter...?

– Bem. – O investigador deu um suspiro. – Se tiverem alguma notícia de Mack, por favor, nos avisem na hora. A família dele está muito preocupada.

Fiquei olhando o investigador sair pela porta da frente. Senti uma ânsia de vômito. Adam levou Mack até a estação de trem, e ninguém nunca mais soube dele. Sim, eu recebi a tal mensagem dele do trem. Mas como podia ter certeza de que fora ele mesmo quem havia mandado?

Adam fechou a porta depois de o investigador sair. Assim que ele a trancou e passou o trinco, senti o estômago revirar.

– Bom – disse ele. – Pelo visto, o seu amigo sumiu.

– O que você fez? – resmunguei.

– Mack e eu tivemos uma conversa muito interessante no carro – prosseguiu Adam, como se eu não tivesse dito nada. – Pelo visto, ele achava que eu não estava te tratando direito. Não sei de onde ele tirou isso. Tentei dizer que ele estava enganado, mas ele não pareceu muito interessado em escutar. Só no finalzinho. Mas aí já era tarde demais, claro.

Fechei os olhos. *Não. Por favor, não. O Mack não...*

– Aquele policial tinha razão – disse Adam. – Ele não era à prova de balas.

Tapei a boca com a mão.

– Não é possível que você...

Adam sorriu para mim. Foi a coisa mais horrível que eu já tinha visto. Não consigo acreditar que algum dia eu já tenha achado esse homem bonito.

– Seu monstro! – sussurrei. – Como você pôde...

– Ah, foi fácil. – Ele deu um passo na minha direção. – E sabe qual a melhor parte? O revólver está coberto com as suas impressões digitais. Na verdade, é o *seu* revólver. O porte está no seu nome.

Eu me lembrei do dia em que ele me levou para treinar tiro. Estava usando luvas de couro, enquanto eu estava com as mãos nuas. Ele estava certo: aquele revólver está coberto com as minhas digitais.

– Não se preocupa – disse Adam. – Não vão encontrar ele tão cedo. A menos que você volte a se comportar mal.

Adam continuava com aquele sorriso. Minha vontade era arrancar os olhos dele com as unhas. Mas, ao encará-lo, me dei conta de que estava total e absolutamente encurralada.

Nunca vou poder largá-lo. Se algum dia tentar, ele vai dizer à polícia que sou uma assassina.

Afundei no sofá, com as mãos tremendo. Não me atrevi a encará-lo.

– Você está me entendendo, Victoria? – perguntou ele.

Não respondi nada.

– VOCÊ ESTÁ ME ENTENDENDO? – Um viés de ameaça transpareceu na sua voz. – Responde, Victoria.

– Vai se foder – sussurrei.

Foi muito bom finalmente dizer essas palavras para ele.

Rápido como um raio, Adam esticou o braço e segurou meu pulso. Eu tinha dito a Mack que ele nunca havia encostado um dedo em mim, mas hoje isso mudou. Consegui sentir os hematomas brotando no antebraço.

– Você *nunca mais* me faça de bobo desse jeito, Victoria – sibilou ele. – Ou prometo que vai se arrepender.

Quando ele me soltou, meu pulso ficou cheio de marcas bem vermelhas onde ele tinha me segurado. Ele saiu batendo o pé, e ouvi uma porta se fechar. Enterrei o rosto nas mãos e comecei a soluçar como se o mundo estivesse acabando.

Adam matou Mack. Assassinou o único homem que já me amou de verdade, só por ter tentado me ajudar. E se eu não fizer exatamente o que ele mandar, vou ser a próxima.

E a pior parte é que nem tenho mais certeza se me importo.

15 de fevereiro de 2018

Passei as últimas semanas num transe. Não saí de casa durante esse tempo todo, mas, para ser bem sincera, está nevando tanto que não sei se conseguiria mesmo se quisesse. Meu Honda Civic não vai a lugar nenhum na neve.

Minha vida está no piloto automático. Fico deitada na cama até quase meio-dia. Quando finalmente consigo me arrastar do meio das cobertas, vou direto para o sofá e ligo a televisão. Nem sei o que assisto. Não faz diferença. Pego um pacote de batatas fritas, cookies ou qualquer outra coisa na cozinha, e vou enfiando na boca um a um. Nem sinto o gosto.

Nada mais importa. Simplesmente vou me deixar apodrecer no sofá. Quem sabe, se eu ficar repulsiva o suficiente, Adam me deixe em paz.

Hoje de manhã, ele veio até a sala para gritar comigo. Ficou parado na minha frente, com os punhos cerrados na cintura.

– Olha só o que você está fazendo consigo mesma – falou. – Sai desse sofá. Vai tomar um banho, pelo amor de Deus.

Não me mexi.

– Victoria. – Nem ergui os olhos quando ele se dirigiu a mim. – Levanta dessa porcaria de sofá agora mesmo. Tá me ouvindo? Para de assistir televisão. Quero que vá tomar um banho e colocar uma roupa respeitável. Você é uma vergonha.

Não falei nada.

– Victoria! – Ele agora estava aos gritos. – Responde, porra!

Quando mais uma vez não respondi, ele estendeu a mão para pegar o cinzeiro pesado de metal em cima da mesa de centro. Por um instante, tive certeza de que ia arremessá-lo na minha cabeça. Imaginei o talho que aquilo iria deixar no meu crânio. Imaginei tudo ficando preto.

Achei isso bom.

Mas, em vez disso, o que ele fez foi arremessar o cinzeiro na televisão. A tela se espatifou e a imagem ficou preta. Ele provavelmente imaginava que eu fosse reagir a isso, mas, se era o que esperava, ficou decepcionado. Apenas continuei encarando a tela preta. Adam passou alguns minutos me observando, então desistiu e saiu da sala batendo o pé.

22 de fevereiro de 2018

Passei as duas últimas horas fazendo as malas.

Depois do que Adam fez com Mack, minha vida inteira pareceu sem sentido. Eu não conseguia mais pensar direito. Mas, nas últimas horas, essa névoa enfim se dissipou. Nunca tive o pensamento mais claro que nesse momento.

Hoje de manhã fiz um teste de gravidez. Deu positivo.

Não sei há quanto tempo estou grávida. Com tudo mais que tem acontecido, parei de checar. Não consigo nem me lembrar da última vez que Adam e eu transamos. Se tivesse que adivinhar, diria que estou de três meses. Daqui a seis meses, vou ter um bebê.

Não ligo para o que acontecer comigo. Mas não posso deixar esse monstro pôr as mãos no meu filho. Não posso deixar que ele destrua a vida dessa criança do mesmo jeito que destruiu a minha. Se vou ser mãe, preciso proteger esse bebê. E isso significa me afastar de Adam Barnett. Para sempre.

Não sei para onde vou. Não tenho dinheiro. Tinha guardado a aliança de noivado na minha caixa de joias, torcendo para conseguir empenhá-la, mas o anel sumiu. Adam deve ter pegado. Se ele descobrir que estou grávida, não tenho certeza se vai me deixar ir embora. Então tem que ser agora, antes de a barriga crescer.

Talvez Carol me aceite na casa dela. Talvez eu consiga encontrar algum tipo de abrigo para vítimas de violência doméstica. Meu chefe no hospital falou que eu podia voltar quando quisesse, então, depois de recuperar meu emprego, eu pelo menos vou ter algum dinheiro entrando. Vou poder pagar um lugar para morar. E, com sorte, uma creche quando o bebê chegar.

Que ironia. Comecei este diário para contar aos meus futuros filhos a história de como conheci o pai deles. E agora estou contando a história de como o deixei, para o bem do meu futuro filho.

Pouco importa o que eu tenha que fazer. Vou proteger esse bebê. É por isso que, aconteça o que acontecer, preciso sair desta casa. Preciso fugir de Adam. A neve enfim derreteu o suficiente para eu poder ir embora daqui no meu Civic.

Para meu futuro filho: se estiver lendo isto, eu fiz tudo por você.

Vou deixar seu pai. Hoje à noite.

CINQUENTA E UM

Não consigo parar de tremer.

A energia caiu faz uma hora, e estou usando uma lanterna para ler o fim do diário de Victoria. Porque agora o diário acabou. O último registro foi sobre como ela ia contar para Adam que ia largá-lo. Em algum momento entre escrever esse registro e agora, ela caiu da escada e quase morreu.

A calefação também caiu. Apesar de estar enfiada debaixo de três cobertores, continuo com calafrios. Está um gelo aqui dentro. Quando olho pela janela, tudo que consigo ver é a cor branca.

Vou passar dias ilhada aqui.

Estou encurralada nesta casa. Encurralada com Adam, um psicopata armado. Deveria ter escutado Victoria. Deveria ter pegado o revólver enquanto ainda tinha chance.

Não é de espantar que a mulher no Hospital Mercy nunca tenha ouvido falar em Mack. Ele sumiu tem quase um ano.

E se Adam descobrir que não tenho dado a medicação de Victoria? O que vai fazer comigo? Principalmente agora que estamos totalmente sozinhos aqui, sem nenhuma testemunha.

De repente, me sinto sufocada pelos cobertores. E fico com uma vontade de louca de fazer xixi. Após refletir por alguns instantes, afasto as cobertas e saio de fininho do quarto, ainda segurando a lanterna.

O corredor parece infinito à luz da lanterna. As tábuas do piso rangem a cada passo meu. Abraço o corpo para me esquentar enquanto avanço pelo corredor. Meu Deus, que frio. É como se o vento atravessasse a casa. Prendo a respiração ao passar pelo quarto de Adam e...

A porta está aberta. E o quarto está um breu.

Miro a lanterna lá dentro. A cama está vazia. Ouço um rangido acima de mim e me dou conta de que ele deve estar no sótão. Ainda deve estar trabalhando no escritório lá em cima.

O que significa que eu poderia vasculhar o closet.

Mas não deveria fazer isso. Adam sempre foi gentil comigo o tempo todo desde que vim trabalhar aqui. Se me encontrar revirando suas coisas, só Deus sabe o que vai fazer. O melhor é simplesmente cruzar os dedos e torcer para a nevasca passar sem nenhum incidente.

Você tem que pegar a arma, Sylvie.

Deu para ouvir a urgência na voz de Victoria. Será que ela sabe alguma coisa que eu não sei? Talvez a nevasca seja uma oportunidade para ele. Talvez ele esteja esperando para ficar a sós com ela. Mas é claro que ele não está inteiramente a sós com ela. Eu também estou aqui.

Não faço ideia do que ele planeja fazer. Só sei que ele já matou uma pessoa antes.

Respiro fundo e entro no quarto de Adam. O closet dele é o da esquerda; é bem menor que o de Victoria. Deveria ser bem mais fácil achar alguma coisa lá dentro. Dou uma última olhada pela porta para me certificar de que a barra está limpa e giro a maçaneta do closet.

É um closet completamente normal, mas, à luz de uma lanterna, qualquer armário parece ameaçador. Há uma fileira de ternos pendurados e algumas camisas sociais. Uma fileira de sapatos meticulosamente alinhados rente ao chão. Não vejo nada ali que se pareça remotamente com uma arma. Miro a lanterna em toda a parte inferior do closet para procurar.

Mas ele não guardaria a arma na parte de baixo. Guardaria na de cima, não? Para não haver chance de alguém de cadeira de rodas alcançar.

Miro o facho da lanterna no alto. Vejo uma caixa de sapatos lá em cima.

Pego a caixa. Prendo a lanterna na axila e a abro, ansiosa. E ali está, aninhado em um papel branco. Um revólver.

Um rangido alto ecoa lá em cima, e quase deixo a caixa cair. Um segundo depois, ouço passos. E estão ficando mais altos.

Ai, meu Deus. Ele está na escada.

Se me vir com essa caixa de sapato, não sei o que vai fazer. Sim, quem está com o revólver sou eu, mas não sei atirar. Assim como Victoria, nunca segurei uma arma. Ele poderia arrancar o revólver de mim e usá-lo para me matar antes de eu conseguir abrir a boca.

Os passos se detêm por um instante. Ele está no pé da escada. Está neste andar.

Arranco o revólver da caixa e enfio no cós da calça. Por algum milagre, ele não dispara, abrindo um rombo no meu pé. Minhas mãos tremem loucamente quando fecho a tampa da caixa e torno a enfiá-la no closet. Abaixo a camiseta por cima da arma bem na hora em que a porta do quarto se abre.

Adam também está com uma lanterna, e protejo os olhos da luz forte quando ele adentra o próprio quarto. Depois de meus olhos se demorarem um segundo para se adaptarem à luz, percebo que ele está fazendo o mesmo.

– Sylvia? – Ele parece desconcertado. – O que está fazendo aqui?

– Eu... – Roubando seu revólver. – Eu vim procurar outro cobertor. Está congelando lá no meu quarto.

Uau. Parabéns pelo improviso.

– É, tá frio mesmo. – Ele estremece. – Desculpa por isso. Vou pegar outro cobertor pra você. Na verdade, eles ficam no armário do hall.

Não me diga.

Adam pega outro cobertor para mim e me dispensa. Volto para o meu quarto, mas não consigo dormir. Em primeiro lugar, estou com um revólver enfiado no cós da calça sem a menor ideia de onde colocá-lo. A porta do meu quarto nem tranca. Se Adam notar que o revólver sumiu e o encontrar no meu quarto, tenho medo do que vai acontecer.

Preciso perguntar a Victoria o que fazer.

Espero tempo suficiente para que Adam tenha ido se deitar. Então, saio do meu quarto na ponta dos pés e entro no dela logo ao lado. Algumas semanas atrás, Victoria estaria inteiramente apagada a essa hora. Mas, desde que parei de dar a medicação, ela tem ficado muito mais desperta à noite. Quando entro no quarto, ela está na cama, mas de olhos bem abertos. Fecho a porta para ninguém conseguir nos escutar.

– Peguei – digo a ela. Só então percebo que minha voz está tremendo. – Peguei o revólver no closet dele.

Levanto a camiseta para mostrar o cós da calça e miro ali a lanterna para ela poder ver. Mais uma vez, noto aquele esboço de sorriso nos lábios dela.

– Mas não sei o que fazer com ele – digo.

– Meu... – Sigo a direção na qual ela está apontando com a mão esquerda trêmula. Está apontando para o próprio closet. – Ba... baú.

Miro a lanterna dentro do closet. De fato, há um baú no chão. Tem uma tranca de segredo, mas está aberto.

Abro o baú e vejo algumas roupas lá dentro. Enrolo a arma numa blusa e a enfio dentro do baú. Fecho a tampa, mas hesito antes de embaralhar o segredo da tranca.

– Você sabe o segredo?

– Nove... cinco... seis.

Olho para trás, para o rosto dela. Essa mulher teve uma lesão grave na cabeça. Será que confio mesmo nela para se lembrar de um segredo de tranca de três algarismos?

– Tem certeza?

– Tenho.

Bom, qual é a pior coisa que poderia acontecer? Se ela tiver lembrado errado o segredo, pelo menos ninguém vai conseguir pegar o revólver. A não ser que...

– O Adam sabe o segredo?

Victoria bufa.

– Não.

Volto a ficar em pé e lanço um último olhar na direção do baú no chão. Torço para ter feito a coisa certa. Para Adam não descobrir que a arma sumiu e enlouquecer de vez.

Olho de novo para Victoria, que continua com o mesmo sorriso no rosto. Acho que está aliviada. Depois de tudo por que passou, não a julgo.

– Boa noite, Victoria – digo.

– Boa noite, Sylvie.

CINQUENTA E DOIS

Após sair do quarto de Victoria, vou direto para o banheiro e abro o armário. Encontro o saco preto com os remédios e o reviro até achar o Valium lá dentro. Faço força para abrir o frasco e engulo dois, a seco. Como nunca tomei esse remédio antes, suponho que dois vão bastar para me fazer apagar.

É então que reparo que meu celular está tocando dentro do bolso. O sinal caiu horas atrás, mas agora voltou, ao menos por ora. Tiro o aparelho do bolso e checo o número. Não o reconheço.

Deve ser Freddy.

Normalmente, eu deixaria qualquer chamada de Freddy cair na caixa postal. Mas algo me faz atender.

– Sylvie! – A voz dele parece empolgada e chocada por eu ter atendido. – Tudo bem? Como tá se virando nessa nevasca?

Não consigo sequer começar a descrever o que tem acontecido por aqui. Não vou nem tentar.

– Tá tudo bem.

– Sua voz tá esquisita.

Sigo o corredor até meu quarto e fecho a porta.

– Não tá, não.

– Tá, sim. Tem certeza de que tá tudo bem? Precisa que eu vá aí?

Sim! Eu me dou conta nesse instante de que preciso desesperadamente dele aqui. A única pessoa de quem fui próxima nos últimos sete anos é esse homem. Por que o mandei embora? Por que fiquei tão brava quando ele não fez nada de errado, a não ser o que lhe pedi para fazer? Foi tudo culpa minha, não dele. Eu *preciso* de Freddy.

Só que não posso dizer isso para ele agora. E com certeza não quero obrigá-lo a pegar o carro e vir até aqui no meio de uma nevasca.

– Não precisa.

– Tem certeza? Acho que eu deveria ir, sim.

Deito na minha cama e fecho os olhos enquanto espero o Valium fazer efeito.

– Tô bem. Não preciso de você aqui.

– Foi o que você disse da última vez.

Ele nunca vai se perdoar por isso. Eu lhe garanti que conseguiria enfrentar meu pai sozinha, e ele me deixou fazer isso. E, por esse motivo, nossa vida mudou para sempre.

– Só que dessa vez tô falando sério.

Ele passa um tempão sem dizer nada do outro lado da linha. Eu me lembro de como no ensino médio Freddy costumava me ligar antes de ir para a cama, e nós simplesmente ficávamos no telefone um com o outro até pegarmos no sono.

– Se precisar que eu vá, é só ligar – diz ele. – Chego aí em uma hora.

– Isso não é fisicamente possível.

– Eu dou um jeito.

Estou começando a me sentir sonolenta. É uma sensação gostosa. Meio como flutuar.

– Freddy?

– Oi. – A voz dele parece muito distante.

– Se a gente tivesse um filho agora, como você acha que ele seria?

Qualquer outra pessoa me acharia doida, mas Freddy não. Aposto que ele já imaginou a mesma coisa.

– Bom – responde ele, pensativo. – Seria uma menina, como você. E ela teria olhos azuis, como você, mas cabelo escuro, como eu. – Sinto um calafrio e puxo as cobertas por cima do corpo. – A comida preferida dela seria pizza, e o animal preferido dela seria unicórnio.

– Unicórnio não é um animal de verdade.

– É claro que é. Pelo menos, é isso que ela diria.

Freddy segue falando. Ele me conta tudo sobre a filha que teríamos criado se eu o houvesse deixado ir comigo naquela noite. Depois de algum tempo, meus olhos se fecham e pego no sono escutando a voz dele.

CINQUENTA E TRÊS

Continua nevando de manhã. Não sei como é possível. Como é que ainda tem neve no céu? É como se toda a precipitação do universo estivesse acumulada bem ali, no nosso quintal. A neve é tanta que acho que nem a porta da frente dá para abrir.

Continuamos sem energia, e sem calefação também. Tenho andado pela casa, tentando conseguir sinal de celular. Até agora, não consegui.

Quando vou para a cozinha preparar alguma coisa para o café da manhã de Victoria, desço enrolada nas minhas roupas mais quentes e com botas nos pés, para garantir. Mesmo assim, estou congelando. Quando Adam desce vestido com roupas igualmente quentes, sinto um calafrio me percorrer. Mas não é por causa do frio.

– A Victoria já saiu da cama – diz ele para mim. – Agasalhei ela o quanto pude e pus uns cobertores no colo dela. – Ele esfrega os próprios braços. – Desculpa estar esse frio desgraçado aqui.

– Tudo bem. Não é culpa sua.

Esvazio um vidro de comida de bebê num prato, pois não tenho como esquentar a aveia. Fico pensando se, agora que Victoria está mais alerta, quem sabe consiga comer algo mais sólido. Não posso perguntar isso a ele, claro.

– O café dela está quase pronto.

– Obrigado, Sylvie. – Ele sorri para mim. – Fico grato pela sua ajuda. Não sei o que a gente faria sem você.

Mas há algo de estranho no sorriso dele. Será que existe alguma chance de ele saber que peguei o revólver no quarto? Não teria como. Bom, seja como for, ele não vai conseguir pegá-lo de volta.

A não ser que saiba o segredo para abrir aquele baú.

Engulo em seco.

– É pra isso que eu tô aqui. – Olho pela janela. – Você tem alguma ideia de quando vai parar de nevar?

Ele dá de ombros.

– Pela previsão, vai continuar o dia inteiro. É provável que a gente ainda passe no mínimo mais dois dias ilhados aqui. Por quê? Você precisa ir a algum lugar?

Há um tom de provocação na voz dele, e mais uma vez fico incomodada. Não gosto da ideia de passar mais dois dias presa nesse lugar com ele. E se eu precisar chamar a polícia, não há nada que possa fazer. Estamos sem telefone.

Sem responder à pergunta, passo por ele e subo a escada em direção ao quarto de Victoria. A porta está aberta, e vejo-a sentada na cadeira de rodas, agasalhada com um suéter grosso e três cobertores por cima.

– Frio, né? – comento.

Ela na mesma hora ergue os olhos para mim.

– Calefação… caiu?

Assinto.

– Caiu. Mas não se preocupa, a gente vai te manter agasalhada.

Meus olhos recaem no closet, onde guardei o revólver na noite anterior. Eu roubei mesmo um revólver do closet de Adam ontem à noite? Não parece algo que eu faria.

– Você acha que ele sabe que a gente pegou? – deixo escapar.

Victoria olha para mim, piscando os olhos, aturdida.

– *Você* pegou.

– Certo, mas…

Torno a baixar os olhos para o baú dentro do closet. Talvez eu não devesse ter posto lá dentro. Talvez devesse ter guardado no meu quarto.

– Enfim, quer tomar café?

Ela espia o prato de comida que estou segurando.

– O quê?

– Purê de maçã. E torta de pêssego.

Victoria faz uma careta, e não posso dizer que a culpo. O purê de maçã não parece particularmente apetitoso, e a única coisa na torta de pêssego que de fato se parece com torta de pêssego é a cor aproximada da fruta. Já provei uma vez e achei bem nojento.

– Desculpa – fico compelida a dizer.

– Não é... sua... – Victoria franze a testa, tentando encontrar a palavra.

– Culpa?

Ela aquiesce depressa.

– É. Culpa.

Apesar de a refeição estar um nojo, ela aceita comer. Pela primeira vez, consegue comer quase tudo sozinha. A mão esquerda em geral treme muito, e ela perde o interesse na comida depressa, mas dessa vez leva o purê de maçã rapidamente até a boca e termina em cinco minutos.

Ela parece estar melhor. Eu deveria estar feliz. Só que tudo nessa casa tem me dado uma sensação horrorosa, como se eu devesse ir embora correndo e nunca mais voltar.

Infelizmente, isso não é possível. Estou presa aqui. Pelo menos até essa desgraça de neve passar.

CINQUENTA E QUATRO

Não há grande coisa para se fazer nessa casa.

Estamos sem internet e sem televisão. Então encontro um livro no térreo numa das muitas estantes e passo a maior parte da manhã lendo para Victoria. E, depois do almoço, fazemos a mesma coisa, mas por volta do meio da tarde a cabeça dela começa a pender para o lado e ela parece estar pegando no sono. Minha vontade é fazer o mesmo. Somando o frio e a falta de estímulo, estou exausta.

Deixo Victoria na cadeira e volto para o meu quarto. Assim que chego lá, meu celular começa a tocar dentro do bolso, e minha surpresa é tanta que quase solto um gritinho. Passei o dia inteiro sem sinal. Fico animada por finalmente ter voltado. Pego o telefone no bolso e vejo o nome de Maggie escrito na tela. Ela deve estar ligando para saber como eu estou.

– Sylvie! – exclama. – O sinal de vocês voltou!

– Acabou de voltar. E é provável que não dure.

– Só queria ver como você tá. Tudo bem por aí?

Não sou nem capaz de lhe descrever o terror que venho sentindo.

– Tudo. Tudo certo.

– Preciso confessar uma coisa, Sylvie. – Maggie baixa um pouco a voz. – Uma vez, muito tempo atrás, passei a noite aí durante uma nevasca e foi... quer dizer, quando chegou a hora em que pude sair, estava a ponto de fugir correndo aos gritos. As brigas que esses dois tinham... Uma coisa horrorosa. Eles obviamente não brigam mais, mas é difícil esquecer como costumava ser.

Ergo os olhos para me certificar de que a porta do quarto está fechada.

– Eu soube que o Adam jogava coisas.

– O Adam? – Ela ri. – Não... você entendeu errado. O Adam *se desviava* das coisas. Quem jogava coisas era a Victoria. Era como se ela estivesse *possuída*.

Franzo o cenho.

– Que história é essa?

– Sylvia – diz Maggie baixinho. – Você sabe que a Victoria era...

Aperto o aparelho na mão.

– Era *o quê*?

Maggie hesita.

– Ela é perversa.

Hein?

– E não só perversa. – Maggie respira fundo. – Ela é perigosa.

CINQUENTA E CINCO

O quê? Do que Maggie está falando? Victoria não é perversa. *Adam* é. Victoria foi a vítima nessa história toda. Quem entendeu tudo errado foi Maggie.

– Como assim? – pergunto com cautela.

– Ai, meu Deus – diz Maggie, com um gemido. – Eu não deveria te contar isso, mas... bom, por onde começar? Ela vivia começando umas brigas horrorosas com ele. Gritava de se esgoelar. Um dia, vi ela jogar uma torradeira na cabeça dele e deixar uma marca na parede da cozinha. Dá pra acreditar numa coisa dessas?

Visualizo a marca na parede da cozinha lá embaixo. Mas não. Quem fez isso foi *Adam*. Quando jogou um prato na parede.

– Ela... ela jogou?

– Jogou! – Posso até ver os olhos arregalados de Maggie. – Ela sentia um ciúme louco da cozinheira, Irina Brunner. Metade das brigas que os dois tinham era por causa disso. Ela vivia chamando Irina de puta e acusando ele de transar com ela. Não sei se os dois estavam transando ou não... acho que não... mas a Victoria ficava com ciúme de qualquer mulher com quem ele falasse. Eu tentava usar as roupas mais desleixadas possíveis e ficar longe do caminho dela, porque não queria despertar seu ciúme.

– Mas... – Penso nos detalhes do diário. – Ela não podia ser tão descontrolada assim. Quer dizer, ela trabalhava como enfermeira num pronto-socorro.

– É. Até mandarem ela embora.

– Ela... ela foi mandada embora?

– Essa era outra coisa sobre a qual os dois viviam brigando. Ela culpava ele por ter perdido o emprego, mas está bem claro que foi mandada embora por ser uma descontrolada. E não conseguiu ser contratada por mais ninguém por causa do que aconteceu lá. Parece que ela era muito antiprofissional, vivia tendo ataques de raiva e jogando coisas.

Ai, meu Deus, será possível? Não. Maggie deve estar enganada...

– E a pior parte... – Ouço a voz de Maggie falhar. – Um dia, ela levou um revólver pra casa. Tipo, um revólver *de verdade*. Com balas, com tudo. O Adam surtou total. Ficou implorando pra ela se livrar daquilo, mas ela ficava dizendo que eles precisavam da arma pra se proteger. – Ela faz uma pausa. – Tomara que depois do acidente ele tenha tirado esse revólver dela.

Tirou, sim. E eu acabei de devolver.

– Aí teve uma noite em que eles estavam tendo uma briga bem feia – diz ela. – E, no dia seguinte, a Irina não foi trabalhar, mesmo sendo o dia dela. Uns dias depois, a polícia apareceu, perguntando por ela. Foi muito assustador.

– O quê... – Não pareço capaz de pronunciar as palavras seguintes. Preciso engolir a saliva antes de falar de novo. – O que você tá dizendo?

Maggie fala em voz baixa.

– Juro por Deus, Sylvia, acho que a Victoria pode ter matado a Irina.

Não. Não, não, não...

– Eu mesma ia procurar a polícia e contar o que sabia – diz ela baixinho. – Mas aí a Victoria teve o tal acidente e... bom, depois disso não tinha mais por quê. Achei que a gente provavelmente nunca fosse descobrir o que realmente aconteceu com a Irina.

Minha cabeça está zumbindo. Minha respiração está acelerada, e abraço os joelhos junto ao peito.

– Maggie, tenho que desligar.

– Tá tudo bem, Sylvia? Sua voz tá esquisita.

– Tenho que desligar. Agora.

Sem esperar resposta, desligo o celular. Meus dedos estão formigando, e sinto que estou à beira de um ataque de pânico. Com as mãos tremendo, digito no campo de busca do celular:

Irina Brunner. Long Island. Desaparecimento.

Vários resultados aparecem na hora. É verdade. É tudo verdade. Em fevereiro deste ano, Irina Brunner, 22 anos, desapareceu sem deixar rastros.

Não foi Mack quem sumiu. Foi Irina. Vai saber se Mack sequer existiu. Provavelmente, não. Ele deve ter sido apenas uma invenção da imaginação desenfreada de Victoria.

E acabei de lhe devolver o revólver que matou Irina. E parei de lhe dar os antipsicóticos que faziam parte de sua medicação diária.

Preciso pegar aquele revólver de volta. Antes que algo terrível aconteça.

CINQUENTA E SEIS

Victoria está dormindo. Eu mesma a vi pegar no sono. Tudo que preciso fazer é entrar de fininho no quarto dela, abrir o baú e pegar o revólver de volta. Bem fácil.

Tiro as botas e me encaminho na ponta dos pés até o quarto, só de meias. Tinha deixado a porta aberta, e quando espio lá dentro ela ainda está cochilando. O baú está a cerca de meio metro dela. Seria possível chegar até lá, abri-lo e pegar o revólver sem ela perceber?

E mesmo se eu de fato acordá-la sem querer, será que isso tem alguma importância? Ela está com metade do corpo paralisada. Não vai conseguir me deter.

Sigo de mansinho até o baú e me ajoelho do lado dele. Ponho os números na combinação que Victoria me passou. Nove. Cinco. Seis.

A tranca não abre.

– Sylvie?

Ergo a cabeça com um tranco ao ouvir o som da voz de Victoria. Ela está me olhando de cima enquanto mexo na tranca. Endireito o corpo e estampo um sorriso na cara.

– Eu só queria... – Pigarreio. – Achei que talvez o meu quarto fosse um esconderijo mais seguro pro revólver.

Ela faz que não com a cabeça.

– Seguro. Aqui... seguro.

– Certo. – Coço a cabeça. – Mas vem cá, você não falou que o segredo era nove, cinco, seis? Porque não está funcionando.

Ela estreita o olho bom para mim. Não estou conseguindo enganá-la. Mesmo com uma lesão no cérebro, Victoria não é burra. Ela sabe exatamente o que estou tentando fazer.

– Desculpa. – É tudo o que diz.

– Você acha que talvez o baú poderia ficar mais seguro no meu quarto?

Os olhos dela parecem feitos de pedra.

– Não.

Percebo então para o que estou olhando. Estou olhando para uma assassina. Para uma mulher que matou outra por acreditar que ela estava tendo um caso com seu marido. Para uma mulher que escreveu no diário sobre o mundo como acreditava que fosse, só que era tudo mentira... e ela me fez acreditar nessas mentiras para conseguir o que queria. Estou olhando para uma mulher com um histórico de comportamento insano e paranoico, que não vem tomando sua medicação graças a mim.

E, além do mais, ela sabe que transei com o marido dela.

Olho pela janela. O sol já baixou, mas a neve segue caindo. Nunca vou conseguir sair daqui.

Só que Victoria não é mais perigosa. Não em seu estado atual. O revólver lhe dá um pouco mais de poder, mas não vejo como ela poderia tirá-lo do baú com a mão esquerda tremendo tanto. Apesar de ter se virado bem melhor com o café da manhã hoje mais cedo...

– Enfim – digo, animada. – Vou começar a preparar seu jantar.

Ela passa alguns segundos me encarando.

– Comida de bebê, não.

Não sei o que eu poderia lhe dar de comer sem ser comida de bebê, uma vez que estamos sem energia. Mas pouco importa. Porque não vou começar a preparar o jantar dela.

Vou procurar Adam. Preciso contar a ele o que fiz.

CINQUENTA E SETE

Encontrar Adam é mais fácil do que pensei. Ele está no quarto. Tem a lanterna na mão, e pelo visto está revirando o lugar. Ao me ver na porta, parece a ponto de dar um pulo até o teto.

– Sylvia! – exclama. – Vem aqui um instante.

Entro no quarto, e antes de conseguir dizer qualquer coisa ele fecha a porta. Mesmo com a luz fraca da lanterna, consigo ver o quanto está assustado. E posso adivinhar por quê.

– Sylvia – diz ele em voz baixa. – Você… você tem alguma ideia…? – Ele passa a mão pelo cabelo. – Olha, preciso te contar uma coisa.

Nesse momento, não consigo suportar mais uma revelação.

– Tá bom…

– O fato é que… – Ele percorre depressa o quarto com os olhos. – Tinha um revólver dentro do meu closet. Desculpa não ter te contado antes. Era da Victoria, e eu nunca usei. Bom, usei uma vez… ela me fez sair lá fora e treinar tiro ao alvo. Mas era dela. E, depois do acidente, eu simplesmente guardei no closet. – Ele inspira de maneira entrecortada. – E agora o revólver sumiu.

Essa é a minha deixa para contar tudo. Mas as palavras entalam na garganta.

– É…

– Você deve estar achando isso uma maluquice… – balbucia ele. – Eu sei. Metade do que aconteceu quando eu estava casado com a Victoria me parece maluquice. Achei que ela fosse ficar melhor aqui na ilha, mas a coisa só piorou…

– Que coisa?

– A paranoia. – Ele se deixa encostar na cama. – Ela sentia um ciúme absolutamente doentio. Quando contei isso ao médico na reabilitação, depois do acidente, ele ficou achando que ela talvez sofresse de esquizofrenia paranoica não diagnosticada.

Ai, meu Deus do céu.

– É sério?

– Bom, olhando para trás, tudo se encaixa. – Ele dá um suspiro. – Ele me passou uma medicação antipsicótica pra testar com ela. Ela vem tomando desde o hospital, mas é difícil saber se está funcionando, levando em conta que… bom, levando em conta como ela está agora. E, além do mais, meio que agora é tarde.

E, além disso, ela não está mais tomando a medicação. Mas não precisamos mencionar essa parte.

– Na noite do acidente… – Ele balança a cabeça. – Achei que, depois que ela engravidasse, as coisas pudessem mudar. Talvez ela confiasse mais em mim. Só que nada mudou. Muito pelo contrário: ela ficou mais paranoica do que nunca.

Não sei se quero escutar o resto dessa história.

Adam pressiona os punhos fechados um no outro.

– Aí, uma noite, quando estava no final do primeiro trimestre, ela simplesmente *surtou*. Começou a me ameaçar com a arma, dizendo que ia me matar por ter traído ela. Tive certeza de que ia puxar o gatilho, então, quando vi uma oportunidade… – Ele ergue os olhos verdes, que parecem escuros sob a luz débil do quarto. – A gente estava no alto da escada. Então… eu empurrei ela.

Ele enterra o rosto nas mãos. Nem consigo imaginar como deve se sentir péssimo em relação a isso tudo. Ele matou o próprio filho ainda por nascer. Quase matou a própria esposa.

– Por favor, acredita em mim – diz ele. – Eu não teria feito isso se tivesse algum outro jeito. Pensei em simplesmente deixar ela me matar. Depois de tudo que passei com ela, quase nem parecia tão ruim…

Eu me sento ao lado dele na cama.

– A culpa não foi sua.

– É claro que a culpa foi minha – insiste ele. – Eu deveria ter me esforçado mais pra conseguir ajuda pra ela depois de ela ser demitida do hospital. Deveria ter insistido. Eu poderia…

Meu coração está aos murros dentro do peito.

– Adam, quem pegou o revólver fui eu.

Em vez de parecer bravo, ele parece apenas aliviado.

– Foi você? Por quê?

– É uma longa história, mas… Você pode pegar de volta. Acho que vai ficar mais seguro com você.

Há uma centena de perguntas em seus olhos, mas ele só assente.

– Tá bom. Onde ele está?

– Dentro de um baú no quarto da Victoria.

– *Como é que é?* – Ele se levanta abruptamente. – No quarto da *Victoria*? Que diabos o revólver tá fazendo lá?

– Relaxa. – Eu me levanto e tento pôr a mão em seu braço, mas Adam se desvencilha. – Ele está seguro lá. A Victoria não vai pegar. Ela está com metade do corpo paralisada.

Ele se vira para me encarar.

– Você não conhece a Victoria como eu. Não tem ideia do que ela é capaz de fazer.

Ele atravessa o quarto e abre a porta com um tranco. Penso que vai partir zunindo pelo corredor, mas, em vez disso, fica paralisado. Começo a perguntar qual o problema, mas então vejo com meus próprios olhos.

Victoria está sentada na cadeira de rodas, bem em frente à porta do quarto dele.

E está com a arma em punho.

CINQUENTA E OITO

Não sei como ela fez isso. Algumas semanas atrás, mal conseguia manter os olhos abertos por mais de vinte minutos. Mas, depois que saí do quarto dela, Victoria pegou o revólver dentro daquele baú e empurrou a própria cadeira de rodas pelo corredor. Não consegue mexer a mão direita, que continua inerte sobre o encosto da cadeira, então pelo visto deve ter empurrado a cadeira usando a mão e o pé esquerdos pelo corredor.

Ela está com uma lanterna equilibrada no colo, o que torna as sombras de seu rosto quase monstruosas. O olho direito está cravado em Adam. O esquerdo está virado para algum outro lugar, mas o direito parece gelo. Não quero que ninguém jamais me olhe do jeito que ela está olhando para ele.

Adam dá um passo para trás e ergue as mãos.

– Victoria...

– Para.

Ela sacode o revólver com a mão esquerda. A arma está surpreendentemente firme, levando em conta que a mão esquerda dela costuma tremer. Lembro como ela estava firme ao tomar o próprio café da manhã hoje mais cedo. Parar de receber aquela medicação fez mesmo diferença.

– Você... você... – Ela se esforça para encontrar as palavras certas. Mas então encontra. – Vou te matar.

Adam cambaleia ao dar outro passo para trás.

– Victoria, por favor. – Ele parece engasgado. – Não faz isso.

Ela bufa.

– Eu te amo. – Ele baixa as mãos e as une numa súplica. – Victoria, meu amor. Você sabe o que eu sinto por você. Por favor, não faz isso...

A arma não se mexe na mão dela.

– Irina...

– Não aconteceu nada entre mim e a Irina. – A voz dele é lenta e cuidadosa. – Eu te juro, Vicky. Não aconteceu nada.

– Mentira! – Um pouco de saliva escorre pelo lado direito da boca dela. – É... mentira. Você e ela...

– Não...

– E... *ela!* – De repente, o revólver é apontado para mim. Eu estava tentando passar despercebida. Não funcionou. – Eu sei.

Ai, meu Deus, Victoria vai me matar. Depois de matar Adam, a próxima sou eu. Ou quem sabe eu vá ser a primeira. Não sei qual vai ser a ordem, mas não importa. Seja como for, estou ferrada.

É assim que isso vai terminar. Vou ser assassinada por uma mulher maluca na própria casa dela.

Adam olha para trás na minha direção. Deixa a cabeça pender.

– Victoria, me desculpa, mesmo. Juro que vou me redimir... Eu faço qualquer coisa que você quiser. Me diz o que você quer.

Felizmente, ela para de apontar o revólver para mim... por enquanto. Encara Adam em cheio.

– Quero... você... – O rosto dele se ilumina por um segundo apenas, e então ela completa: – ... morto.

Ela vai matá-lo. Vai matá-lo mesmo.

Ele sabe. Toda a cor se esvai de seu rosto. Parece prestes a cair no choro.

– Victoria, por favor... não faz isso.

Mas ela não vai mudar de ideia. Consigo ver isso nos olhos dela.

E ela então aperta o gatilho.

O tiro é surpreendentemente alto. Tão alto que por alguns segundos fico desorientada. Mas não tanto quanto Victoria, cuja cadeira de rodas inteira dá um tranco para trás. Olho para Adam, que continua de pé. Ele não morreu. Não tenho nem certeza se a bala o acertou. Ele olha para trás, e nós dois vemos a marca no papel de parede do corredor.

A lanterna rolou do colo de Victoria quando ela disparou o revólver. Ela está se esforçando para se endireitar. Essa é minha única chance. Se eu não fizer alguma coisa agora, com a bala seguinte ela vai matar Adam. E depois vou ser a próxima.

Então me jogo em cima dela.

Estava escuro demais para eu perceber isso, mas ela estava a menos de meio metro da escada. Então, quando me jogo em cima dela, a cadeira recua e as rodas de trás resvalam nos degraus. Ela percebe o que está acontecendo um segundo antes de mim e solta um grito angustiado.

E, juntas, nós duas despencamos.

CINQUENTA E NOVE

Estou no pé da escada.

Minha cabeça dói. Bati em algo ao cair. Talvez num degrau ou dois. Meu ombro também dói. Nem tentei me mexer no chão e já sinto dor em dois lugares. Estou com medo de ver o que mais vai doer quando tentar me levantar. *Se* eu me levantar. Victoria caiu nessa mesma escada um ano atrás e nunca mais se levantou.

– Sylvia! – É a voz de Adam. – Sylvia, tudo bem com você?

Ele está perguntando para mim, não para Victoria, embora ela tenha caído da escada do mesmo jeito que eu. Reúno todas as minhas forças e me sento. Por alguns instantes, o mundo gira ao meu redor, mas depois passa. Sinto a cabeça latejar.

– Sylvia. – Adam está ajoelhado ao meu lado, com os olhos verdes arregalados. – Você tá bem? Fala alguma coisa.

– Alguma coisa – digo.

Adam inclina a cabeça e olha para algo atrás de mim. Tapa a boca com a mão. Seu rosto perde a cor.

– Meu Deus do céu.

Sigo seu olhar até Victoria, que está caída no chão a alguns metros da cadeira de rodas. O pescoço de ninguém deveria ficar dobrado nesse ângulo. Ela está com os olhos ligeiramente abertos, encarando o nada.

– Eu… eu acho que ela tá morta – digo.

Que eufemismo. É claro que ela morreu. É a pessoa mais morta que já vi em toda a minha vida.

– Ai, meu Deus. – Adam enterra o rosto nas mãos. – Victoria…

– Adam. Ela ia te matar.

Faço uma careta ao sentir uma forte pontada de dor na nuca. Então me ocorre que, depois de um acidente grave, não é indicado se mexer por causa de uma possível lesão no pescoço. Ah, bem, agora é tarde para isso.

Ele engatinha no chão até chegar ao lado dela. Inclina-se por cima do corpo, e seus olhos se enchem de lágrimas.

– Eu sinto tanto, Victoria – sussurra ele.

Adam envolve com os braços o corpo inerte da esposa, e meus próprios olhos se enchem de lágrimas. Não, Victoria não era uma boa pessoa. Tinha um ciúme doentio. Era violenta. Provavelmente, uma assassina. Mas ele a amava mesmo assim.

– A gente precisa chamar a polícia – digo com delicadeza.

Adam se senta devagar, mas continua segurando com força a mão sem vida de Victoria.

– Você não pode contar pra eles o que ela tentou fazer.

– Adam…

– Não, Sylvia. Não quero que ela seja lembrada desse jeito.

Olho rapidamente para o revólver, que escapou da mão de Victoria durante a queda e está jogado no chão a alguns metros de onde estamos. O revólver que chegou tão perto de acabar com a vida de nós dois.

– Como é que a gente vai explicar *isso*?

– Eu escondo em algum lugar. Ninguém precisa saber. – Ele envolve com a mão a bochecha branca de Victoria. – *Por favor*, Sylvia.

Por mais que eu deteste a ideia de mentir para a polícia, entendo o que ele está dizendo. Não vai ajudar ninguém saber que Victoria ameaçou nós dois com um revólver. E isso é muito importante para ele.

– Tá bom – digo. – Não vou contar pra ninguém.

SESSENTA

Por causa da neve, a polícia leva horas para chegar até nós. Felizmente, para de nevar depois de um tempo, e um limpa-neve consegue abrir caminho até a casa para a polícia e uma ambulância passarem. Já é muito tarde para Victoria, porém. Uma ambulância não vai conseguir ajudá-la.

Presto depoimento à polícia. A energia caiu por causa da nevasca e não estava dando para ver nada, então Victoria e eu caímos da escada por acidente quando eu a estava levando ao banheiro. Eu sobrevivi à queda; ela não. Adam e eu concordamos que o melhor é manter a história simples.

A polícia acreditou na nossa versão. Fiquei apavorada que fossem desconfiar e fazer várias perguntas, e quem sabe me pedir para ir à delegacia prestar mais esclarecimentos. Mas isso não aconteceu. Talvez em parte devido ao fato de Victoria já estar tão doente antes de morrer. Talvez tenham achado que a vida dela não valia muito. Mas eu discordo.

Depois que a polícia me interroga, um socorrista chamado Drew me examina no sofá. Pelo fato de eu ter despencado a escada inteira, ele se comporta como se eu estivesse muito ferida, o que na verdade não é o caso, e está sendo muito irritante ao insistir para eu acompanhá-lo até o hospital.

– Você no mínimo está com uma concussão – diz ele.

– Não estou, não.

Ele me encara.

– Você caiu da escada. Precisa fazer uma tomografia da cabeça.

Ainda sinto a cabeça doer. Um galo imenso está crescendo na minha testa, mas não quero ir para o hospital.

– Eu tô bem.

– Anda – insiste Drew. – Já é bem difícil ver o que aconteceu com a Vicky. Não quero ir embora daqui sem terem feito uma avaliação completa em você.

Ergo os olhos para ele, espantada com seu jeito casual de chamá-la pelo apelido. Então olho para Adam, que ainda está falando com a polícia. Pelo visto, estão encerrando a conversa, e ele está conduzindo os policiais até a porta da frente, que está aberta.

– Você já conhecia a Victoria? – pergunto a Drew.

– Claro. – Ele balança a cabeça com tristeza. – A gente vivia se encontrando quando ela trabalhava na cidade. Às vezes eu dava plantão com um cara chamado Mack, e ele sempre levava pacientes pro Hospital Mercy... era lá que ela trabalhava. Eu ficava brincando com ele, dizendo que ele fazia isso porque era a fim da Vicky e queria uma desculpa pra ficar perto dela.

Como é que é?

– Mack? – Sinto a língua dormente. – Você trabalhou com um socorrista chamado Mack?

– Bom, meio que trabalhei. – Drew brinca com o estetoscópio ao redor do pescoço. – O nome dele na verdade era Glen MacNeil, mas todo mundo chamava ele de Mack. Por quê? Você conheceu ele?

Sinto uma tontura. Não sei se é devido ao que ele está me contando ou à concussão. Talvez precise mesmo ir ao hospital.

– Esse cara, esse MacNeil... Você ainda mantém contato com ele?

Drew franze o cenho.

– Aí é que tá... Pouco depois de a Vicky ir embora, o Mack meio que... sumiu. Ninguém soube o que aconteceu com ele. E aí, logo em seguida, a Vicky sofreu o acidente. Muita falta de sorte ao mesmo tempo. – Ele faz uma pausa. – Srta. Robinson, tá tudo bem? A senhorita está com cara de quem vai passar mal.

– Tudo – respondo, ofegante. – Estou bem. Tudo bem.

Ele estreita os olhos para mim.

– Eu acho mesmo que deveria levá-la até o hospital.

– Não. Por favor.

A última coisa que quero agora é ir para o hospital. Não quero pensar em nada do que acabou de acontecer. Não quero um bando de médicos e enfermeiros me fazendo perguntas. Não consigo dar conta disso agora.

Drew ainda insiste comigo por mais alguns minutos, mas então Adam volta para dentro de casa. Parece tão cansado quanto eu. Ao ver nós dois juntos, ele estaca.

– O que está acontecendo?

– Ela bateu feio a cabeça. – Drew agora está tentando convencer Adam. – Precisa ir ao hospital, mas está se recusando.

A testa de Adam se enruga.

– Você está se sentindo bem?

– Eu tô bem – insisto. Encaro-o nos olhos. – Juro que estou. Não quero ir pro hospital.

Adam me encara com um ar pensativo.

– Acho que ela tá bem. Vou ficar de olho nela durante a noite.

Fico pensando se estou cometendo um erro. Se essa é minha única chance de fugir deste lugar, e se estou jogando fora. A verdade é que não sei mais ao certo em que acreditar.

Drew olha alternadamente para nós dois, então suspira.

– Tudo bem. Mas, se ela começar a ficar letárgica ou mostrar qualquer outro sinal preocupante, liguem pra emergência.

Acompanho Drew até a porta, só para ter certeza de que ele vai embora. Já quase parou de nevar, mas a visibilidade lá fora está horrível. Provavelmente estou mais segura aqui do que na estrada, mesmo numa ambulância. Afinal, ambulâncias não estão imunes a acidentes.

– Meu Deus, quanta neve – diz ele.

E ele tem razão. Até onde meus olhos alcançam, não vejo nada além de neve, tirando o único caminho aberto pelo limpa-neve para a ambulância e a viatura da polícia chegarem até nós. Há um caminho para sair agora, mas não para mim: o Honda que andei usando está totalmente enterrado.

– Até seu barracão está enterrado – comenta ele.

– Pois é – digo.

Então reparo no montinho branco cobrindo o barracão dentro do qual eram guardadas as ferramentas do jardim. Ainda consigo ver a porta, mas não muito mais.

Drew me lança um último olhar, bem demorado.

– Jura que vai ficar bem?

– Juro – minto.

E então ele vai embora. Entra na ambulância, e eu o vejo se afastar.

Deveria entrar na casa agora. Está absolutamente congelante do lado de fora, e não quero ficar com problemas de circulação por causa do frio, embora dentro de casa não esteja muito melhor. Minha única vontade é deitar e passar as próximas 24 horas dormindo. Minha cama está me chamando.

Só que por algum motivo não consigo me mexer. Alguma coisa está cutucando minha memória. Algo que Drew me disse.

O barracão.

De repente, sinto o coração disparar dentro do peito. Consigo ouvir a voz de Victoria em meu ouvido:

Glen cão.

Ela não parava de repetir isso, várias vezes. Só que a voz dela era muito arrastada. Imaginei que estivesse se referindo a Glen Head porque tinha visto esse lugar pouco antes num mapa. Mas agora entendo o que ela estava realmente dizendo.

Glen barracão.

O nome verdadeiro de Mack não era Mack. Era Glen MacNeil. Ele desapareceu quase um ano atrás, e ninguém conseguiu encontrá-lo. E Victoria ficava repetindo várias vezes Glen barracão.

Preciso ir até esse barracão. Preciso saber se estou ficando maluca, ou se tudo o que Victoria disse era verdade.

Volto para dentro da casa. Não vejo Adam; ele deve ter subido. Graças a Deus, pois não sei como explicar para ele que vou sair no meio dessa baita nevasca. Calço minhas botas, visto um gorro e um casaco, mas não acho que vá bastar. Mas o que mais posso fazer?

Deve estar fazendo uns 6 graus abaixo de zero do lado de fora. O vento parece um tapa na minha cara. São menos de 10 metros até o barracão, mas parecem 10 quilômetros. A cada passo, minhas pernas afundam mais um pouco na neve, que está batendo no alto da minha coxa. Parece que vou levar uma hora para percorrer esses 10 metros, mas me forço a seguir em frente.

Vamos lá, Sylvia. Você consegue. Só mais um pouquinho.

Quando chego à porta do barracão, estou muito ofegante. A madeira está toda coberta de neve, mas mesmo assim ainda consigo ver a rachadura no ponto em que a bala penetrou a parede. Graças a Deus, a porta parece abrir para dentro da casinha, e não para fora. Estendo a mão para a maçaneta, mas ela não se mexe. Deve estar congelada.

Ponho as duas mãos na maçaneta e empurro para baixo com todas as minhas forças. Por fim, a maçaneta cede, e consigo empurrar a porta e abri-la. Praticamente caio dentro do barracão, e montes de neve entram junto comigo. Zero chance de fechar essa porta de novo. Não vou nem tentar.

Nunca me dei ao trabalho de entrar aqui antes. Adam me disse que o barracão era usado para guardar ferramentas de jardim e deu a entender que talvez não fosse seguro ali. Alguma coisa poderia cair em cima de mim. Como eu não fazia a menor questão de ver uma porção de enxadas ou ancinhos, deixei o barracão em paz.

A maior parte da descrição que ele fez do local foi bem precisa. Tudo que parece haver aqui dentro são ferramentas de jardim. Ancinhos, um cortador de ervas daninhas, algo que parece um cortador de grama. É um barracão bem inocente. Nada digno de nota. Com certeza, nenhum cadáver.

Talvez Victoria no fim das contas não estivesse se referindo ao barracão. Ou, mesmo se estivesse, talvez não estivesse dizendo coisa com coisa. Nesse momento, é nisso que eu gostaria de acreditar. Levando em conta que ela morreu e tudo mais. Porque, se tudo que ela escreveu naquele diário no fim das contas for verdade, eu deveria tê-la deixado matar Adam.

E então vejo o alçapão no chão. Por que um barracão teria um alçapão?

Há um cadeado nele. Dou um chute, e ele faz um barulho alto e metálico. Eu me abaixo para dar uma olhada mais de perto no cadeado e tentar entender se tem algum jeito de abri-lo, e...

Meu Deus do céu.

O cheiro que sai de baixo do alçapão é inacreditável. Não consegui sentir quando estava em pé, mas agora, com o nariz perto do chão, é inconfundível. Um cheiro de putrefação. E Adam deve saber, porque esteve no barracão. Afinal, foi ele quem recolheu todas as folhas.

É verdade. É tudo verdade. Tem o cadáver de uma pessoa dentro desse barracão, e ele está apodrecendo neste exato momento.

– O que você pensa que está fazendo?

Fico de pé e viro a cabeça para trás, o que causa uma pontada de dor na minha têmpora. Meu Deus, que dor de cabeça... eu deveria ter ido para o hospital. Mas, em vez disso, fiquei aqui, feito uma boba. Porque queria descobrir a verdade.

Seja como for, nem preciso olhar para ver quem está parado atrás de mim. Só tem mais um ser humano aqui essa noite.

É Adam.

SESSENTA E UM

Ele me seguiu até aqui fora. Deve ter me visto sair da casa e vindo atrás de mim. E, por causa do vento e da escuridão, nem percebi que ele estava na minha cola. Por que não olhei para trás?

Recuo um passo. Ele não sabe tudo que eu sei. Acha que estou do lado dele. Talvez, se eu fingir, consiga sair dessa situação.

Mas então, à débil luz que entra pela única janela do barracão, vejo a expressão em seus olhos.

– Você mentiu pra mim – digo, sem pensar. – Você matou o Mack. Disse que nem sabia quem ele era.

– É, bom. – Adam não tira os olhos do meu rosto. – Aquele MacNeil mereceu morrer. Ele estava trepando com a minha mulher.

– Você não tem como saber disso.

– Não me diga.

Alguma coisa cintila na mão direita dele. Meu Deus do céu, é o revólver. Pensei que tivesse se livrado dele... mais uma coisa sobre a qual mentiu.

– A Victoria era uma vagabunda. Ela dava pra todo mundo. Você não sabe o que era ter uma esposa dessas.

Só balanço a cabeça.

– E aí descobri que ela tava grávida. – Ele balança a cabeça também.

– Achei o teste enfiado no fundo da lixeira do banheiro. Ela não me contou, e só existe um motivo pra isso ter acontecido. Porque o filho não era meu.

– Isso não é verdade...

– Não vem me dizer o que é verdade! – Adam agora está gritando, mas o som é engolido pelo vento. – Ela ia me largar pra ir criar aquele filho bastardo que estava esperando. Tem ideia de como as pessoas iriam rir de mim se eu deixasse isso acontecer? Eu precisava me livrar dela. Do mesmo jeito que me livrei dos babacas dos meus pais.

Fico simplesmente parada, com medo de dizer qualquer outra coisa.

– A Victoria teve o que mereceu. – Um sorriso transparece nos seus lábios. – E preciso te agradecer por ter me ajudado a terminar o serviço. Eu queria fazer isso desde que ela voltou pra casa, mas iria levantar suspeitas. Obrigado por levar a culpa. Ótima atuação, aliás.

Outro pensamento me ocorre.

– E a Irina? Ela tá...

Aponto para o alçapão.

– Ah, essa foi uma história totalmente diferente. – Ele dá um suspiro. – A Irina descobriu o que eu tinha feito com a Victoria. Ela estava me *chantageando*. No começo, quis só morar na casa e que eu comprasse um monte de roupas e sapatos caros pra ela. Mas depois começou a querer mais. Muito mais.

Aquele closet imenso que Victoria tinha... fico imaginando quantas daquelas roupas seriam de Irina.

– Então você matou ela?

– Eu não tive opção, Sylvia.

Fico ali parada, sentindo os dedos começarem a ficar dormentes por causa do frio. Tento entender como tudo isso vai terminar e não vejo nenhum jeito de acabar bem para mim. Adam está armado. Não existe a menor chance de eu fugir correndo com essa neve toda. Estou presa aqui.

Ai, meu Deus: ele vai me matar e me enfiar debaixo do barracão. E ninguém nunca vai saber.

Ergo as mãos.

– Não vou contar pra ninguém. Juro!

Ele bufa.

– Você não me acha tão burro a ponto de acreditar nisso, acha?

Valeu a pena tentar.

– Eu te *salvei* – observo. – A Victoria ia te matar.

– Certo. E agora eu vou me salvar.

Ele ergue o revólver e o aponta em cheio para mim. Tapo o rosto com as mãos, como se meus dedos pudessem constituir alguma proteção contra uma bala. Quando Victoria apontou esse mesmo revólver, ela errou. Mas as mãos dela tremiam. As de Adam estão totalmente firmes, e ele já treinou tiro. Não vai errar.

Lembro como o barulho foi alto quando Victoria disparou. Eu me preparo para esse som. Vai ser a última coisa que vou escutar na vida.

Pá!

O barulho alto faz com que eu me sobressalte. Só que não é o mesmo som que escutei antes. Não é tão alto. E pareceu mais uma batida metálica do que um tiro.

Afasto as mãos do rosto. Adam não está mais de pé na minha frente. Está caído no chão, desacordado.

E Freddy está em pé no vão da porta, com o cabelo escuro grudado na cabeça por causa da neve. Está segurando uma pá bem grande. Ergo os olhos para seu rosto e quase desato a chorar.

– Pelo visto, no fim das contas, você precisava de mim – diz ele. – E dessa vez eu vim.

EPÍLOGO

6 meses depois

Estou começando a me acostumar outra vez a acordar ao lado de Freddy Ruggiero.

Ele sempre dorme com um braço acima da cabeça, como se estivesse levantando a mão em sala de aula para avisar que sabe uma resposta (uma ocorrência bem rara nos nossos tempos de escola). A outra mão ele sempre deixa em cima de mim. No começo da noite, me puxa para junto de si, geralmente em alguma variação da posição de conchinha. Mas, mesmo que nos separemos durante a noite, ele sempre dá um jeito de manter uma das mãos em cima de mim. Como se estivesse com medo de eu me soltar e partir à deriva.

Passo um tempinho observando-o dormir. Seus cílios negros parecem fuligem e têm um comprimento injusto para alguém do sexo masculino. São a única coisa que ele tem de delicado.

Nunca achei que fôssemos tornar a viver esse momento. Depois de todas as brigas, de todas as dívidas e da culpa por ter perdido o bebê, achei que nunca mais fôssemos voltar ao ponto de nos amar outra vez. De nos atrever a falar sobre um futuro que não incluísse nos matar de trabalhar em troca de um salário mínimo.

Meu despertador toca, e os cílios delicados de Freddy estremecem. Ele esfrega os olhos com a mão que estava erguida acima da cabeça, mantendo a outra bem firme na minha coxa. Desligo o despertador.

– Desculpa pelo alarme – digo.

Ele grunhe e torna a esfregar os olhos.

– Que cedo...

Freddy não é uma pessoa matinal.

– São oito da manhã.

– Mas hoje é *sábado*! – Ele pisca os olhos castanho-escuros e os abre. – E eu tive aula ontem até as dez!

Fiquei sem acreditar quando o cara que só se formou no ensino médio por um triz e jurou que nunca mais colocaria os pés numa escola confessou estar fazendo um curso noturno para se formar em ciências da computação. Freddy sempre teve um certo talento com computadores. Sempre sabia o que fazer quando o meu dava defeito. Então essa área combina com ele. E paga melhor do que os empregos braçais que ele tem tido desde o ensino médio.

O mais incrível foi que ele me convenceu a voltar a estudar também. Vou começar no outono. Acredite ou não, estou superanimada. Ainda não sei o que quero ser quando crescer, mas vai ser bacana ter alternativas.

Eu me inclino para a frente e lhe dou um beijo no nariz.

– Tenho um compromisso. Mas você pode continuar na cama.

Ele me puxa um pouco mais para um beijo mais profundo. Juro, Freddy é o único cara do mundo que não acorda com mau hálito.

– Volta antes do jantar?

– Pode apostar que sim.

Uma hora mais tarde, estou embarcando num trem da linha D na direção de Manhattan. Sentada no metrô, fico mexendo no celular para passar o tempo. Como adquiri o costume de fazer, minha primeira ação é checar os sites de notícias em busca de alguma menção a Adam Barnett.

Depois de encontrar Adam com o revólver apontado para mim no barracão, Freddy chamou a polícia. No começo, Adam tentou se livrar de tudo contando mentiras, como sempre fazia. Mas as provas eram indiscutíveis. Ele acabou se confessando culpado pelos assassinatos de Glen MacNeil e Irina Brunner. Foi a jogada mais inteligente. Em troca da confissão, a polícia não o indiciou por tentar assassinar Victoria... evitando assim o circo midiático prolongado que certamente iria acontecer quando um autor de sucesso mata duas pessoas. Foi feito também um acordo segundo o qual o inquérito sobre as mortes dos pais e do irmão dele não seria reaberto.

Adam atualmente está cumprindo duas sentenças consecutivas de 25 anos a prisão perpétua num presídio estadual de Nova York. Então existe uma chance ínfima de ele um dia ser solto. Quando estiver com 85 anos.

Encontro uma notícia sobre Adam, mas é pequena. Todo o lucro de *A sedutora* será doado para uma instituição beneficente que ajuda mulheres vítimas de violência doméstica. Acho que é um começo.

Meu destino ao sair do metrô é um pequeno restaurante de brunch em Manhattan. Como tenho trabalhado muito ultimamente e passado a maior parte do tempo livre com Freddy, quando Maggie me mandou uma mensagem de texto me convidando para um brunch, aproveitei a oportunidade na hora. Não a vejo desde o funeral de Victoria. A última notícia que tive foi que o namorado dela arrumou um emprego mais perto da cidade, e eles se mudaram.

Chego ao restaurante lotado às quinze para as dez, evitando por um triz o horário de pico do brunch. Maggie me disse que aqui servem a melhor rabanada da cidade, embora eu pessoalmente prefira omelete. Tudo menos mingau de aveia. Não acho que algum dia vá conseguir voltar a comer mingau de aveia.

Maggie já pegou uma mesa para nós. Está imprensada num cantinho, um pouco isolada, para podermos ter uma conversa reservada. O cabelo ruivo está solto ao redor do rosto, e parece mais bonita do que quando estava fazendo faxina naquela casa imensa. Está usando uma blusa que lhe cai muito bem e um lindo colar cintilante que nunca a vi usar antes. Acena toda animada ao me ver.

– Sylvia! – exclama. – Aqui.

Para chegar até a mesa, preciso me espremer para passar por uma família com quatro filhos pequenos e por umas duas garçonetes carregadas com bandejas cheias de comida. Começo a me acomodar no assento na frente dela, mas Maggie se levanta num pulo e me abraça. É a cara dela.

– Que demais te ver! – diz ela, animada.

Nós duas nos acomodamos em nossos lugares, e fico espiando Maggie por cima da borda do cardápio. Ela está um arraso. Não consigo acreditar nos meus próprios olhos. O que quer que esteja fazendo agora está lhe caindo superbem. Acho que alguma coisa naquela casa de Montauk devia estar sugando sua energia vital.

– Como vai o emprego novo? – pergunto.

Em nossa última conversa por telefone, Maggie me contou que tinha arrumado um emprego novo como faxineira no Queens. Pelo visto, estava bem felizinha com o trabalho.

– Ah, sabe como é, a mesma coisa de sempre. Nada sinistro demais. E você?

– Estou só de garçonete – respondo.

Não menciono o fato de ter voltado a estudar. Não quero que Maggie se sinta culpada por não estar fazendo a mesma coisa.

Nossa garçonete aparece e anota nossos pedidos. Rabanada salgada com linguiça para Maggie e um omelete recheado para mim. Depois de a garçonete se afastar, ela chega mais perto e baixa a voz.

– Já foi visitar ele? – pergunta.

– Ele quem?

Ela me olha de um jeito engraçado.

– Quem você acha? O Adam.

Faço que não com a cabeça.

– Não. Óbvio que não.

Vi as notícias que mostravam Adam recebendo a sentença, e ele estava com uma cara horrorosa. Um homem como ele não vai se dar bem na prisão. Pela cara dele, parecia preferir estar morto. Se no estado de Nova York existisse pena de morte, talvez tivesse considerado uma injeção letal melhor do que passar o resto da vida atrás das grades.

– Você foi? – indago.

Ela brinca com o pingente de diamante pendurado no pescoço. Algo nesse colar me parece familiar… isso está me deixando com a pulga atrás da orelha.

– Uma vez – admite ela.

– Sério? – Eu a encaro com surpresa. – Por quê?

Ela dá de ombros.

– Me espanta você não ter ido.

– Por quê? Como assim?

Ela bufa.

– Ah, Sylvia, qual é. Sou *eu*. Não precisa fingir.

– Fingir o quê?

Meus olhos são novamente atraídos para o colar em volta do pescoço de Maggie. E é então que me dou conta de repente por que essa joia me parece tão conhecida.

É o floco de neve. O mesmo que Victoria estava usando no primeiro dia em que a conheci. O que Adam tinha lhe dado de presente.

Como Maggie conseguiu esse colar? Será que pegou na casa? Claro, e por acaso isso é tão grave assim? Era o colar de Victoria, e Victoria agora está morta.

Mas algo no fato de Maggie estar usando esse colar me deixa muito incomodada. Eu me lembro da palavra que Victoria me disse naquela noite, durante a primeira tempestade.

Meu.

Pelo visto, Adam era muito generoso em se tratando dos pertences da esposa. Em especial com determinadas mulheres.

– Maggie – digo. – Posso... posso te perguntar uma coisa?

Ela assente.

– Claro.

Fico observando seu rosto sardento. Tem uma pergunta que não me sai da cabeça desde aquela grande tempestade, e nunca tive coragem de fazê-la. Até hoje.

– Então, você me contou que viu a Victoria atirar uma torradeira e que foi isso que deixou a marca na parede da cozinha deles.

Ela ri.

– Isso não é uma pergunta.

Franzo a testa.

– Acho que a minha pergunta é: foi isso mesmo?

Qualquer vestígio de bom humor desaparece de seu semblante.

– Isso mesmo o quê?

– Você viu mesmo isso? Ou inventou?

Ela mexe o copo d'água com o canudo.

– Não entendo você, Sylvia. Achei que a gente pensasse igual.

– Em relação a quê?

– Você sabe do que eu tô falando. – Ela balança a cabeça. – Todo mundo age como se o Adam fosse o vilão dessa história toda. Mas você e eu, a gente sabe a verdade. Olha só como a Victoria era. Vivia só deitada no sofá comendo porcaria. Eu vi com meus próprios olhos. E você... você viu como ele cuidou dela depois que ela se machucou. Ela ficou agradecida? É claro que não.

– Quer dizer... que ela não jogou a torradeira, então?

– Não. – Maggie cruza os braços. – Não jogou, não.

Fico tonta de repente, como se fosse vomitar.

– O que você fez? – sussurro.

– O MacNeil era um cara grande. Era difícil demais pro Adam levar ele sozinho até o barracão. – Ela funga. – Enfim, meu trabalho era limpar pra ele. Então, quando ele me pediu ajuda com a limpeza, eu ajudei. – Ela faz uma pausa. – Do mesmo jeito que você ajudou ele a se livrar da Victoria.

Passo alguns segundos sem conseguir encontrar minha própria voz.

– Aquilo foi um *acidente*.

– É, tá. Se você está dizendo.

– Foi, sim!

– E foi um acidente você ter transado com ele?

Nem sei o que responder em relação a isso.

– Não... mas...

– Olha, quem sou eu pra atirar a primeira pedra? – Ela dá de ombros outra vez. – Eu tive a mesma relação com ele que você. Por que você acha que a Eva odiava tanto nós duas? – Ela passa um dedo pela borda do copo d'água. – Ele é incrível na cama, né? E tão atencioso. Sempre que tinha uma tempestade, ele me ligava pra ver se eu estava bem.

Sinto um peso na barriga. Lembro de Adam falando com "a mãe" antes da primeira grande tempestade. Só que ele não podia ter falado... A mãe dele estava morta.

Ele estava falando com Maggie.

– O Steve é um cara legal e tal, mas não tem comparação – prossegue ela. – Eu teria largado ele pelo Adam num piscar de olhos se o Adam tivesse me pedido. – Ela suspira. – Uma pena ele ter sido preso. Um crime, na verdade.

A garçonete chega com nossa comida. Põe o omelete recheado na minha frente, e fico encarando o bolo amarelo de comida. Maggie começa a devorar sua rabanada, mas meu apetite desapareceu.

– Eu... eu preciso ir embora... – consigo dizer.

Ela ergue os olhos depressa.

– Sylvia, você não tá pensando em... A gente tá se entendendo, né?

Estico a mão para pegar minha bolsa pendurada no encosto da cadeira.

– Preciso ir.

Mas, antes de eu conseguir me levantar, sinto algo se fechar em volta do meu pulso como se fosse um torno.

A mão branca e magra de Maggie está segurando com força meu pulso para me impedir de ir embora. Estamos em Nova York, claro. Todo mundo está cuidando da própria vida. Ninguém vai se meter, assim como naquele dia em que a velha senhora começou a engasgar e eu tive que executar a manobra de Heimlich... coisa que parece ter acontecido séculos atrás.

– É que... preciso de um pouco de ar.

Maggie chega mais perto, tão perto que sinto o cheiro da rabanada no hálito dela.

– Foi você quem matou a Victoria. Se disser uma palavra sobre mim, também vai se ferrar.

Seus olhos castanhos parecem feitos de gelo. Os dedos estão cravados na minha pele com força suficiente para deixar um hematoma. Ela deve ser muito forte se conseguiu ajudar a levantar um cara como Mack.

– Entendeu? – diz ela.

Aquiesço.

– Sim.

– Fala. Diz que entendeu.

– Entendi.

Os olhos dela passam alguns instantes observando meu rosto, e então ela solta meu pulso. Meu coração está batendo com tanta força que tenho a sensação de que eu poderia ter um infarto fulminante. E o pior é que não há nada que eu possa fazer.

Não existe absolutamente nenhuma prova de que Maggie tenha feito qualquer coisa errada. Como ela disse, Adam nunca deu um pio. Fui eu que empurrei Victoria escada abaixo. Se alguém poderia acabar na cadeia, esse alguém sou eu.

É a palavra dela contra a minha.

Maggie me lança um último olhar e volta a devorar a comida. Como é que ela consegue ter apetite numa hora dessas? Põe um pedaço bem grande de linguiça na boca e o garfo sai limpo. Então mastiga e engole.

Fico olhando para ela enquanto seus olhos se arregalam e a boca se abre. Ela parece querer dizer alguma coisa, mas nenhum som sai. O pânico na sua expressão vai aumentando. Tenho uma sensação de déjà-vu e volto a me lembrar do dia de outono em que salvei aquela mulher de morrer engasgada.

Maggie está engasgando.

Na fração de segundo que se segue, imagino seu rosto aos poucos ficando azul. Imagino Maggie desabando no chão enquanto seus pulmões clamam por oxigênio. Em seguida, haveria uma ambulância… tarde demais. Uma ida para o hospital. Ou quem sabe direto para o necrotério. Vejo tudo isso se desenrolar na minha frente.

Banquei a heroína uma vez, e olha só aonde isso me levou.

Dessa vez, portanto, não faço nada.

AGRADECIMENTOS

Sempre que termino a versão inicial de um livro, a primeira coisa que digo é: “Acabei, mas está uma porcaria.” Então obrigada a todas as pessoas que me ajudaram a fazer este livro não ser uma porcaria. Obrigada à minha mãe, por seu entusiasmo sem limites e sem rédeas. Obrigada a Kate pelo apoio e também pelo trabalho de edição incrível e completo. Obrigada a Jen pelas críticas sempre pertinentes. Obrigada a Rebecca pelos ótimos conselhos. Obrigada a Rhona por estar sempre disposta a olhar mais uma capa. Obrigada a meu incrível grupo de escrita. É sensacional ter esse apoio todo na minha vida.

Obrigada ao restante da minha família. Sem seu incentivo, nada disso seria possível.

E obrigada a todos os meus pacientes com lesão cerebral. Trabalho nessa área há mais de dez anos, e estou só começando a entender quão complexo o cérebro é. Obrigada por terem me permitido fazer parte da sua recuperação.

CONHEÇA OUTROS LIVROS DE FREIDA McFADDEN

A empregada

Todos os dias, Millie limpa a casa de Nina e Andrew Winchester de cima a baixo. Pega a filha deles na escola. Prepara refeições deliciosas para a família toda antes de poder se recolher e enfim comer o próprio jantar, sozinha em seu quarto minúsculo e claustrofóbico no sótão.

Quando Nina passa a sujar todos os cômodos de propósito só para vê-la limpar, Millie tenta não perder a cabeça. Quando conta mentiras perturbadoras sobre a própria filha e tortura psicologicamente o marido, que parece mais e mais fragilizado, Millie tenta ignorar.

Afinal, com seu passado problemático, ela tem mais é que agradecer por ter conseguido esse emprego.

No entanto, ao olhar dentro dos lindos e doces olhos de Andrew e ver o sofrimento contido neles, Millie não consegue deixar de imaginar como seria ter a vida de Nina. O closet cheio de roupas lindas, o carro elegante, o marido perfeito.

Logo os Winchesters vão descobrir que não fazem a menor ideia de quem Millie é de verdade. Nem do que ela é capaz de fazer.

O detento

No primeiro dia de trabalho em uma prisão de segurança máxima, a enfermeira Brooke Sullivan aprende três regras cruciais: 1) tratar todos os detentos com respeito, 2) nunca revelar nenhuma informação pessoal e 3) jamais ser simpática demais com os presos.

Ninguém sabe que Brooke já violou todas elas.

E ninguém sabe de sua íntima ligação com Shane Nelson, um dos detentos mais infames e perigosos da penitenciária.

Nem que, na escola, Brooke namorou Shane – na época um atleta estelar, o menino de ouro condenado à prisão perpétua por uma série de assassinatos sinistros.

Muito menos que o testemunho de Brooke foi crucial para colocá-lo atrás das grades.

Mas Shane sabe. E ele nunca esquecerá.

A sete chaves

Quando tinha 11 anos, Nora Nierling nem imaginava que, enquanto fazia os deveres de casa no quarto, seu pai matava mulheres no porão.

Até o dia em que ela encontrou a porta destrancada e resolveu descobrir por que o pai passava tanto tempo lá.

Décadas depois, Aaron Nierling está atrás das grades – onde vai ficar para sempre – e Nora é uma cirurgiã bem-sucedida, que leva uma vida tranquila mas solitária. Ninguém sabe que ela é filha de um famoso serial killer. E ela pretende continuar assim.

Um dia, porém, Nora fica sabendo que uma de suas pacientes foi assassinada. E o mais chocante: do mesmo modo único e terrível que o pai dela usava com suas vítimas.

Alguém sabe quem Nora é e quer que ela pague por esse crime. Só que ela não é uma assassina como o pai. A polícia não tem como culpá-la por nada.

Desde que não entre em seu porão.

CONHEÇA OS LIVROS DE FREIDA McFADDEN

O detento

Até o último de nós

A sete chaves

O filho perfeito

A mulher em silêncio

SÉRIE A EMPREGADA

A empregada

O segredo da empregada

O casamento da empregada (apenas e-book)

A empregada está de olho